W0319282

Le dernier homme innocent

Phillip M. Margolin

Le dernier homme innocent

ROMAN

Traduit de l'américain
par William Olivier Desmond

Albin Michel

COLLECTION « SPÉCIAL SUSPENSE »

Titre original :

THE LAST INNOCENT MAN

Traduction française :

22, rue Huyghens, 75014 Paris

ISBN : 2-226-10691-X
ISSN : 0290-3326

À Joseph et Eleonore Margolin, parents sensationnels
et merveilleux amis,
et à Doreen, Daniel et Amy,
le reste de l'équipe familiale.

Première partie

PROCÈS

1

De son bureau au trente-deuxième étage de la First National Bank Tower, David Nash observait les cumulus qui montaient sur Portland. La pluie serait la bienvenue en ce mois de juin étouffant. Les premières grosses gouttes touchèrent le fleuve. David regarda quelques instants le spectacle, puis tourna le dos à la fenêtre. Sur le canapé, Thomas Gault changea de position.

La presse avait surnommé David « l'Impassible », à cause du calme parfait qu'il conservait toujours devant la cour. Titre que Gault aurait aussi mérité. Il était presque huit heures. Cela faisait deux jours que le jury délibérait. Gault somnolait, cependant, indifférent au fait que douze personnes, en ce moment, décidaient s'il fallait ou non le condamner pour meurtre.

Le téléphone fit sursauter David. Gault ouvrit les yeux. L'avocat décrocha à la seconde sonnerie. Son cœur s'était mis à battre plus fort. Il tenait le récepteur d'une main moite.

« Mr Nash, fit la voix de l'huissier du juge McIntyre, le verdict est prêt. »

David inspira profondément pour se calmer. Il avait la bouche sèche. C'était toujours la même chose, chaque fois qu'il entendait prononcer la formule rituelle. Elle était tellement définitive... en dépit de ses nombreux succès, elle lui laissait toujours un sentiment de désespoir.

«J'arrive tout de suite», répondit David en raccrochant.

Gault s'était assis et s'étirait.

«Alors, mon vieux, c'est le moment de vérité?» demanda-t-il avec un bâillement.

Il paraissait immunisé contre la tension que son avocat éprouvait.

«Oui, le moment de vérité, répéta David.

— Bon, on y va? Et n'oubliez pas ce que vous allez ressentir. Je tiens à vous interviewer dès que le verdict aura été prononcé. J'ai pu parler à mon éditeur cet après-midi et il ne tient pas en place; il veut mettre le bouquin sous presse dès que possible. Pour profiter de la publicité.»

David n'en revenait pas.

«Comment pouvez-vous penser au livre, à un moment pareil?»

Gault éclata de rire.

«Avec les honoraires que vous me demandez, j'ai intérêt à y penser. Voyez-vous, j'ai envie de vous rendre célèbre.

— Rien ne vous atteint jamais, vous?»

Gault étudia David un instant; son sourire avait disparu, son regard était froid.

«Non, rien, mon vieux. Absolument rien. Sans compter, ajouta-t-il, souriant de nouveau, que j'ai vécu fichtrement pire en Afrique. N'oubliez pas que ces pairs qui me jugent ne peuvent pas me tuer. Dans le pire des cas, j'aurai quelques années pour écrire tranquillement, aux frais de la princesse. Mais le pire ne se produira pas, mon vieux; j'ai confiance en vous.»

Gault avait un sourire communicatif et David se rendit compte que malgré tout, lui aussi souriait.

«D'accord, Tom. Alors allons-y.»

La pluie et le vent, de l'autre côté de la rue, secouaient le grand drapeau américain qui ornait le fronton du bâtiment, l'entortillaient et le déroulaient sans ménagement autour de son mât. L'un des grands symboles américains en train de se faire étriller, songea David. S'il était à la hauteur de sa réputation, la femme au bandeau sur les yeux et à la balance en aurait aussi pris un coup sérieux lorsqu'il ressortirait du tribunal.

L'affaire Gault aurait certainement rendu David célèbre, si ce n'avait déjà été chose faite. Des journalistes étaient venus de Paris et Moscou jusqu'à Portland pour couvrir le procès d'un inculpé beau comme une vedette de cinéma et qui écrivait aussi bien que Joseph Conrad.

A dix-neuf ans, on avait donné à Gault, alors membre d'une des bandes les plus violentes de Los Angeles, le choix entre la prison et l'armée. Il avait adoré la discipline militaire et s'était naturellement retrouvé dans un centre de formation pour les forces spéciales.

A vingt-six ans, devenu mercenaire, il avait mis ses aptitudes au service de causes douteuses en Afrique de l'Est et de l'Ouest.

Pendant les années qu'il avait passées à l'étranger, il s'était également livré à une autre de ses passions, écrire. Enrichi d'éléments empruntés à son séjour africain et achevé en six mois d'un travail acharné dans un appartement minable de Manhattan, *Plains of Anguish* avait fait la fortune de Gault et lui avait donné une certaine notoriété d'écrivain. Ses romans suivants n'avaient fait que renforcer sa réputation. Mais ses écrits n'étaient pas la seule raison de sa célébrité.

Peu après la sortie sur les écrans du film tiré de son deuxième roman, Gault avait épousé la femme avec laquelle on le voyait le plus souvent. Les journaux à scandale ne tardèrent pas à faire leurs choux gras de ses derniers esclandres, liaisons tapageuses, bagarres d'ivrogne. Lorsque, défonçant un mur, il pénétra avec avec sa Rolls Royce jusque dans la chambre d'une villa du bord de mer appartenant à l'amant de sa femme, celle-ci déclara forfait. Gault, lassé de Hollywood, opta pour le climat plus tempéré et l'ambiance plus paisible du Nord-Ouest, en Orégon.

Il sortit un an plus tard de sa retraite avec sous le bras le manuscrit de *A Ransom for the Dying*, qui lui valut le prix Pulitzer. C'est pendant qu'il travaillait à ce livre qu'il avait rencontré Julie Webster, la femme qu'il était actuellement accusé d'avoir battue à mort.

Julie Webster Gault, riche et belle, fille d'un ancien secrétaire d'Etat au Commerce, était une enfant gâtée. A la grande consternation de ses parents, elle avait épousé Thomas Gault après une brève liaison surtout marquée par une série d'accouplements violents dans des lieux incongrus et des positions peu orthodoxes. Mariage voué à l'échec.

Julie Webster était incapable d'aimer quelqu'un d'autre qu'elle-même, et Thomas Gault souffrait du même syndrome. Le temps d'épuiser les nouveautés qu'offrait le catalogue revisité du *Kâma sûtra*, ils s'étaient tous les deux rendu compte qu'ils ne pouvaient pas se supporter. La consommation d'alcool de Gault, déjà excessive en temps normal, ne fit qu'augmenter. Julie se mit à porter des vêtements à col roulé et des lunettes de soleil pour dissimuler ses bleus. Puis, un soir, elle fut battue à mort dans sa chambre, au premier étage de leur maison au bord du lac.

La police arrêta Gault. Il jura qu'il était innocent. Il expliqua qu'il dormait, ivre-mort, lorsque les cris de sa femme en provenance de la chambre l'avaient tiré de son sommeil. Selon ses dires, il avait trouvé Julie baignant dans une mare de sang et s'était agenouillé à ses côtés pour lui prendre le pouls. Un bruit, derrière lui, l'avait fait se retourner et il avait vu un homme de taille moyenne, athlétique, aux cheveux blonds frisés, debout derrière lui. L'intrus l'aurait frappé à la tête et Gault serait resté quelques instants inconscient. A l'arrivée de la police, il avait du sang sur les mains et sur sa robe de chambre, ainsi qu'une ecchymose au côté gauche du visage.

Déterminer si c'était Thomas Gault ou ce mystérieux étranger qui avait assassiné Julie Webster avait fait l'objet d'un procès de deux mois. Des écrivains célèbres et des vedettes de cinéma vinrent témoigner, soit pour raconter les scènes de ménage des Gault, soit pour plaider en sa faveur. Au fur et à mesure que s'approchait le moment du verdict, David s'était senti de plus en plus inquiet. C'est alors que Gault était venu à la barre.

Depuis que David assurait la défense de Gault, pas une fois ce dernier n'avait semblé affecté par la mort de sa femme. Il paraissait au contraire heureux d'en être débarrassé. Mais l'homme était un sacré comédien, et il avait fait un numéro superbe à la barre des témoins. Au bout de deux jours d'interrogatoire et de contre-interrogatoire, il avait réussi à se tailler l'image d'un personnage sympathique. Il avait même éclaté en sanglots pendant sa déposition. On avait envoyé le jury délibérer, et ses membres n'avaient pu voir avec quelle facilité Gault avait recouvré son sang-froid.

L'homme était ainsi. Se mettre au diapason des autres et les manipuler était chez lui un don inné. David le trouvait à la fois fascinant et terrifiant ; il voyait en lui un original avec quelque chose de mauvais au fond de lui. Tout ce qu'il savait de l'écrivain tendait à lui faire croire que le détachement qu'il manifestait était authentique. Rien ne semblait l'atteindre. Il se demandait cependant comment Gault réagirait si le jury le déclarait coupable.

Il y eut une explosion de flashes et une ravissante journaliste de NBC manqua de peu la lèvre inférieure de David à qui elle tendait son micro. L'avocat fit une brève déclaration avant de se frayer un chemin au milieu de la foule, afin de gagner la salle d'audience. Gault le suivait, bavardant et plaisantant avec les représentants de la presse.

Un photographe local demanda au prévenu de prendre la pose, et celui-ci s'exécuta aussitôt, repoussant en arrière ses longs cheveux bruns soigneusement brushés pour mieux révéler son profil avantageux. Avec son mètre quatre-vingts et la minceur qu'il avait réussi à conserver à sa silhouette grâce à un entraînement constant, il était tout à fait photogénique.

Les appareils photo crépitaient; les portes du tribunal s'ouvrirent. Une rumeur d'excitation qui avait quelque chose de quasiment sexuel emplit le prétoire à l'entrée de Gault. David étudia plus particulièrement le visage des femmes. Toutes désiraient Gault. Toutes voulaient connaître l'excitation de se retrouver allongées à ses côtés, sans savoir ce qu'il avait à offrir : l'amour ou la mort.

Gault remonta l'allée centrale et se dirigea vers la petite barrière qui séparait le public du tribunal proprement dit. Un homme en jean et chemise à carreaux lui lança quelque chose que David ne comprit pas. Gault se mit à rire et le salua de son poing levé.

David suivit son client jusqu'à la table de la défense. Norman Capers, l'avocat général, était déjà à sa place. Il paraissait fatigué. L'huissier s'entretenait avec un des policiers de garde. David le salua d'un signe de tête en s'asseyant. L'huissier quitta le tribunal pour aller dire au juge que les parties étaient prêtes. Quelques instants plus tard, il alla chercher le jury.

David se sentait dans un état second. Il se tourna vers

Gault pour voir si son client ne manifestait pas une certaine tension. Il fut étonné de le voir fixer intensément la porte par laquelle allaient arriver les jurés. Les conversations s'étaient tues peu à peu, et un silence absolu régnait dans la partie de la salle réservée au public.

La porte latérale s'ouvrit, les jurés entrèrent en file indienne, silencieux, et gagnèrent leur box. Aucun ne souriait et ils évitaient scrupuleusement de regarder en direction de Gault et des avocats.

David se sentit pris d'une légère nausée. C'était, pour lui, le pire moment. Il chercha des yeux le président du jury. Le papier blanc plié se trouvait entre les mains du juré numéro six, une institutrice d'âge moyen. Il essaya de se souvenir : comment avait-elle réagi aux dépositions ? Etait-ce bon ou mauvais signe que le jury l'ait choisie comme présidente ?

Le silence devint total. L'huissier appuya sur une sonnette qui le reliait au bureau du juge McIntyre. Celui-ci entra par la porte située derrière l'estrade.

« Asseyez-vous », dit-il d'une voix qui tremblait légèrement — comme Capers et Nash, il avait trouvé ce procès épuisant.

« Le jury est-il parvenu à un verdict ? demanda McIntyre.

— Oui », répondit la présidente du jury, tendant le papier qu'elle tenait à l'huissier.

Gault se pencha pour suivre le document pendant qu'il passait du box du jury au bureau du juge. Il y eut une toux dans le public, une chaise racla le sol.

Le juge McIntyre ouvrit lentement le papier, puis le lut avec soin. Ensuite, sans regarder Gault, il déclara :

« Sans donner les attendus, voici quel est le verdict : Nous, membres du jury, dûment réunis en délibération et ayant prêté serment, déclarons le prévenu, Thomas Gault, non coupable des charges qui pèsent contre lui… »

Il y eut un instant de silence ; puis quelqu'un, dans la salle, se mit à pleurer. David laissa échapper un profond soupir et s'enfonça dans son fauteuil. Gault n'avait pas bougé, comme s'il n'avait pas entendu. Puis ce fut un vrai pandémonium — les journalistes se bousculaient pour atteindre les premiers le box de la défense.

Dans le désordre, tout le monde oublia les jurés. David, seul, les regarda sortir. Pas un d'eux n'eut un regard pour l'homme qu'ils venaient d'acquitter. Pas un d'eux ne paraissait partager la joie qu'exprimait le public. David savait pourquoi. Pour acquitter un accusé, les jurés n'étaient pas obligés de le croire innocent. La loi exigeait seulement, pour cela, qu'il existe dans leur esprit un « doute raisonnable » sur sa culpabilité. Or David était passé maître dans l'art de créer ce doute raisonnable et, une fois de plus, il avait triomphé. Il n'en savait pas moins ce qu'aurait été le verdict avec des normes moins rigoureuses. Gault avait proclamé d'emblée qu'il était innocent, et pas un instant n'avait dévié de la version des faits donnée au départ. Et néanmoins, jamais David ne l'avait cru innocent. Jamais.

L'avocat se leva et quitta le box de la défense. Norman Capers ne s'était pas attardé, et David voulait lui serrer la main. Il avait fait un travail sérieux. Les admirateurs de Gault se pressaient autour de lui pendant que partaient les flashes. A la solennité du tribunal avait brusquement succédé une ambiance de carnaval. Les reporters se bousculaient autour de son client, mais David savait que son tour n'allait pas tarder à venir.

Il s'efforça d'éprouver quelque chose de positif face à cette victoire, mais il se sentait vide à l'intérieur. Il ne ressentait aucune joie, aucune exaltation ; et pourtant, tous les avocats d'assises du pays auraient donné leur bras droit pour pouvoir plaider à sa place dans cette affaire.

Il se souvint de ce qu'il avait éprouvé à l'issue de son premier procès criminel. Amusant. Ce n'avait pas été une question d'honoraires. Bon sang, non : il avait été commis d'office. Il n'en avait tiré aucune gloire. A l'exception des quelques vieux qui occupent leur retraite en venant assister aux procès, personne n'avait pris la peine de se déranger.

L'inculpé était un petit voleur sans envergure qui avait touché le gros lot en abattant un commerçant lors du braquage d'un magasin d'alcool. Rien ne plaidait en sa faveur dans son dossier et sa culpabilité ne faisait aucun doute ; n'empêche, cela n'avait pas arrêté l'avocat débutant qu'il était — un avocat bouleversé par la confiance que lui faisait l'homme. La vie de ce dernier dépendait du talent de David, qui avait tout tenté, jusqu'à l'épuisement, sachant très bien que ça ne marcherait pas. Il avait exploré toutes les voies légales, toute la jurisprudence, mais cela n'avait pas suffi.

Le verdict n'avait pas tardé à tomber : coupable. David s'était ensuite entretenu pendant une heure avec son client dans le parloir de la prison. L'homme paraissait se moquer de son sort. David, lui, ne s'en moquait pas. Ce soir-là, seul dans son bureau, il avait pleuré de frustration, puis il était rentré chez lui et s'était tranquillement soûlé.

Le bon temps. Il ne pleurait plus, aujourd'hui. Fini de s'investir affectivement. Tout ce qui lui restait, c'était gagner. Et l'argent. Depuis quelque temps, il se demandait même si cela était important. Il avait atteint les objectifs dont les autres avocats ne faisaient que rêver. Il était l'un des principaux partenaires d'un prestigieux cabinet juridique, il était connu dans tous les Etats-Unis, il était riche. Sa carrière avait été menée au pas de charge, et il n'avait guère eu le loisir, jusqu'ici, de se poser des questions. Maintenant qu'il avait atteint les sommets, il avait le temps de reprendre son souffle et de regarder autour de lui. Le spectacle ne lui plaisait que médiocrement.

« A combien vous en êtes ? lui demanda un reporter du *Washington Post.*

— Pardon ?

— Combien d'affaires de meurtres à la suite ? »

Il chassa ces sombres pensées et redevint sur-le-champ « l'Impassible ». Si certains des journalistes avaient remarqué sa distraction, aucun ne s'en étonna.

« Je vais vous répondre honnêtement, dit-il avec le sourire de celui qui s'apprête à faire une confidence. Je ne compte plus. Ce doit être le sixième, il me semble.

— Pour quelle raison pensez-vous que le jury a acquitté Gault ? lui demanda un journaliste à l'accent étranger.

— Parce qu'il est innocent, répondit-il sans hésiter. Si Tom n'avait pas été quelqu'un de célèbre, on ne l'aurait même pas poursuivi. Je suis cependant content qu'on l'ait fait. Ça vous donne du boulot, les amis, et vous évite de traîner dans les rues.

— Et vous, ça vous fait toucher un joli paquet », lança quelqu'un.

Tout le monde éclata de rire, David y compris, mais c'était sans conviction. Il était recru de fatigue et n'avait qu'une envie, rentrer chez lui.

Il y eut des mouvements à sa droite, et il tourna la tête. Gault se dirigeait vers lui, main tendue. La masse des journalistes et des admirateurs s'écarta lentement, et l'avocat eut le temps d'étudier le visage de son client. Ce dernier lui adressa un clin d'œil, puis leurs mains se touchèrent.

« Je dois la vie à cet homme ! rugit Gault. Il est le roi ! Et je vais tellement le soûler, ce soir, qu'il ne sera pas en état de défendre qui que ce soit avant un an !

Et à présent, bande de rigolos, ceux d'entre vous qui veulent se joindre à nous n'ont qu'à se mettre en rang. Il y a assez de gnôle à la maison pour soûler même un journaliste. Allons-y ! »

Gault prit David par le coude et passa un bras autour des épaules de la jeune et séduisante journaliste de NBC. David savait qu'il était inutile d'essayer de se défiler. La foule l'entraîna. Sur les marches du palais de justice, il eut le temps d'apercevoir Norman Capers qui montait dans sa voiture, garée à quelque distance. David lui envia sa solitude et la limpidité de sa conscience.

2

C'ÉTAIT une vieille porte en bois. Du genre de celles qu'on trouve dans les classes d'un lycée. Longtemps auparavant, on avait passé une couche d'un vert léger sur la vitre de la partie supérieure de manière à donner plus d'intimité à la salle. La serrure fonctionnait encore, bien que ses éléments ne fussent plus parfaitement alignés. Le battant s'ouvrit avec un claquement métallique et David leva le nez de son dossier. Une adolescente, habillée d'un t-shirt blanc pas très net et d'un jean qui lui allait mal s'avança dans l'encadrement, hésitante. Monica Powers, substitut du procureur, se tenait juste derrière elle, dans une attitude protectrice.

« Je te présente Mr Nash, Jessie », dit Monica.

David se leva. L'inspecteur Stahlheimer, à l'autre bout de la table, continua de s'occuper de son magnétophone. Il faisait chaud et humide dehors, mais la pièce était fraîche. Le grillage qui en barricadait l'unique fenêtre projetait l'ombre de ses croisillons sur les larges épaules du policier.

« Mr Nash est l'avocat de Tony Seals », reprit Monica.

La jeune fille paraissait perdue.

« De TS », expliqua madame le substitut.

La jeune fille acquiesça. David l'étudia attentivement. Elle était nerveuse, mais pas apeurée. Il se dit qu'elle ne pourrait plus jamais avoir peur après ce qu'elle avait vécu.

Cette fille l'intéressait. A la voir, elle n'avait pas l'étoffe d'une survivante. Elle paraissait molle, avachie ; elle n'était pas laide à proprement parler, mais quelconque. Les mèches d'une chevelure brune retombaient en désordre plus bas que ses épaules, qu'elle avait rondes et prolongées par des bras lourds. L'avocat l'aurait crue du genre à craquer sous la pression. Mais elle n'avait pas craqué. Il y avait de l'acier là-dessous. Un fait qui méritait d'être pris en considération dans la préparation du contre-interrogatoire.

« Mr Nash aimerait que tu lui dises ce qui est arrivé dans la montagne. Il va probablement te poser aussi quelques questions.

— Il le faut vraiment ? demanda la jeune fille, l'air fatigué. Je l'ai déjà raconté si souvent...

— Pas à moi, cependant, Jessie, observa David d'un ton calme, mais ferme.

— Et pourquoi que je devrais vous le dire... vous aider, après ce qu'ils m'ont fait ? » demanda-t-elle, défiante.

Elle ne geignait pas, ne manifestait pas cet entêtement typique de l'adolescence. Elle avait seize ans, d'après Monica. Un vieux seize ans, alors. Fugueuse depuis un an et demie. Et puis, ça. La vie avait escamoté son adolescence.

« Pour que je puisse découvrir ce qui s'est passé.

— Ouais, et comme ça, vous pourrez le faire sortir.

— En effet, s'il y a un moyen. C'est mon boulot, Jessie, et je mentirais si je te disais le contraire. Mais les avocats, en règle générale, ne font pas sortir les coupables ; et si je veux savoir ce qui est arrivé, exactement, c'est pour pouvoir dire à TS comment il doit plaider, coupable ou non-coupable. Sauf que je ne peux pas le faire tant que je n'ai pas entendu ta version des faits. »

Jessie regardait ses baskets, songeuse. Ça marche, pensa David. Son art d'influencer les autres, son pouvoir de persuasion. Le truc qu'il avait si souvent utilisé faisait maintenant partie de lui-même aussi naturellement que son bras.

A trente-cinq ans, il avait conservé un abord ouvert et honnête, la tête du gamin qui se présente à un concours oratoire de l'American Legion. Les jurés avaient confiance en lui. Quand il les regardait dans les yeux et leur disait que leur client était innocent, ils le croyaient. Quand il disait à un témoin, comme la petite Jessie Garza, qu'il ne faisait que chercher la vérité, le témoin parlait. Plus d'une fois, David avait vu leur expression de stupéfaction en l'entendant utiliser un fait d'apparence anodine, recueilli pendant ces entretiens, pour détruire les arguments présentés par le ministère public.

Jessie haussa les épaules et alla s'asseoir à côté de Stahlheimer, tournant le dos à David.

« Je m'en fiche », marmonna la jeune fille.

David remarqua qu'elle n'ajouta rien. Elle connaissait la routine.

« Je crois que c'est prêt », dit Stahlheimer.

Monica s'assit à son tour en face de David, non loin de l'adolescente. Madame le substitut était impeccablement habillée, avec un tailleur croisé anthracite à rayures et une blouse crème à jabot plissé. Elle paraissait encore plus séduisante qu'à l'époque où ils étaient mariés. Leurs yeux se croisèrent un instant ; David détourna les siens. Il se sentait toujours légèrement mal à l'aise quand il devait défendre une affaire contre Monica. Leur divorce s'était passé relativement à l'amiable, mais le fait d'être en sa présence réveillait des sentiments de culpabilité qu'il aurait préféré laisser enfouis où ils étaient.

« Je suis l'inspecteur Leon Stahlheimer, dit le policier dans son micro. Nous sommes jeudi, le seize juin, et il est dix heures sept. Je me trouve dans une salle de réunion du Centre de détention juvénile dans le cadre de l'interrogatoire de la victime d'une tentative de meurtre. Sont présents Jessie May Garza, madame le substitut du procureur Monica Powers, et David Nash, avocat d'Anthony Seals. »

Stahlheimer arrêta le magnétophone et refit passer la bande. Sur son bloc-notes, David nota la date, l'heure et « Jessie May Garza » en haut de la page. Monica se pencha vers la jeune fille et lui dit quelque chose que l'avocat ne comprit pas. Jessie croisa ses avant-bras massifs sur la table et appuya son front dessus. Elle paraissait franchement s'ennuyer.

« D'accord, dit Stahlheimer.

— Jessie, commença David, je suis l'avocat de Tony Seals, l'un des trois garçons qui, d'après toi, ont essayé de te tuer il y a quelques semaines. Le but de cet entretien est de me permettre d'apprendre ce qui s'est passé et, plus spécifiquement, le rôle que Tony a joué dans cette affaire... Tu le connais sous le nom de TS, n'est-ce pas ?

— Ouais, TS. Il disait que ça voulait dire *Tough Shit*, parce qu'il était un dur. Je ne connaissais même pas son prénom.

— D'accord. On va donc employer TS.

— Ça m'est égal.

— Bon. Ecoute, Jessie, je ne sais pas l'opinion que tu as des avocats, d'après le cinéma et la télé, mais je ne suis pas Perry Mason et je ne cherche pas à te tendre de piège. Je ne veux que découvrir la vérité, et si je te pose une question que tu ne comprends pas, ou si tu dis quelque chose et que tu veux le modifier ensuite, demande-moi de t'expliquer la question, ou dis-nous que tu veux changer ce que tu viens de dire. D'accord ? »

La fille ne répondit rien.

« Tu n'as qu'à commencer par le commencement. »

Jessie releva la tête et s'enfonça dans son siège.

« Quand, par exemple ? demanda-t-elle.

— Eh bien, lorsque tu as rencontré pour la première fois TS, Sticks et Zachariah, si tu veux.

— Ch'ais pas. C'était chez Granny. Lorsque j'ai commencé à y crécher. Zack était déjà là, lui, et Sticks et TS sont arrivés à peu près une semaine après moi.

— Qui est Granny ?

— J'connais pas son nom de famille. J'ai entendu quelqu'un qui l'appelait Terry, une fois.

— Qu'est-ce qui se passe, chez Granny ?

— Eh bien, c'est là qu'atterrissaient des tas de mecs et de nanas. Du genre qui travaillaient sur les fêtes foraines quand elles passaient ici. Elle laissait les gens se shooter, elle prenait de l'acide, tout le bazar, et puis tout a changé le jour où Zack et Sticks ont failli claquer d'overdose. Ils avaient tous pris de l'héroïne pure et ils auraient pu y laisser leur peau, c'est comme son mec qui est dans la marine, ou qui y était, plutôt, et elle a changé de mec. C'est ce type, Norman, qu'est son mec maintenant.

— Il est jeune ?

— Oh, environ vingt-deux, vingt-trois.

— Mais elle, elle est pas mal plus âgée, non ? »

Jessie partit d'un rire sarcastique.

« Elle est centenaire, ouais.

— Elle aime bien avoir de jeunes types du genre Stick, TS et Zack dans les parages, c'est ça ?

— Ouais. Ça la botte.

— Elle est pas sortie avec Zack, un moment ?

— Non. Zack, elle l'a ramené chez elle pour le sortir des piquouses parce qu'il en était rendu au point qu'il devait se shooter tout le temps au speed.

— Et votre bande était pas mal shootée le soir où c'est arrivé, non ?

— Cela faisait bien quinze jours que j'avais pas pris de speed parce que la dernière fois, ça s'était mal passé.

— Et Sticks et Zack ?

— Non. J'vous ai dit, ils ont arrêté le speed et les trucs chimiques après leur overdose.

— Et TS ?

— Ah, lui, il était constamment pété. Ouais, lui, il se tapait du speed et de l'acide. Mais j'sais pas précisément ce qu'il avait pris ce soir-là, sauf l'herbe, parce qu'on avait tous fumé.

— Et est-ce qu'il paraissait bien réveillé et conscient ce soir-là ? Comment était-il ?

— Je crois qu'il était stone. On l'était tous un peu.

— Quand tu dis *stone,* qu'est-ce que tu veux dire ? Tu peux me décrire comment était TS ?

— Eh bien, il parlait lentement, il avait les pupilles dilatées et il avait l'air dans les vapes. Je ne me souviens pas de grand-chose. Juste que je suis montée dans la voiture pour aller dans le parc, j'étais derrière avec TS et il arrêtait pas de délirer, vous savez, comme s'il était dans son petit monde à lui. J'ai du mal à m'en souvenir parce que j'avais pris des tranquillisants avant de partir. J'ai dormi presque tout le temps pendant le trajet.

— Pourquoi êtes-vous allés là-bas ?

— Au début de l'après-midi, Zack nous avait dit qu'il y avait un stock enterré dans le parc, à un endroit qu'il connaissait, et qu'ils allaient le prendre le soir même. J'ai demandé si je pouvais venir.

— Sticks et ST étaient là, quand il l'a dit ?

— Oh, ouais. Stick faisait des histoires et disait qu'il fallait pas que je vienne, mais Zack a dit que si, que je pouvais.

— Et TS ?

— Il a rien dit, ou je me rappelle pas.

— D'accord. Et une fois dans le parc, qu'est-ce qui est arrivé ?

— Ça a pris du temps. C'est Sticks qui conduisait, ça, je m'en souviens, mais Zack a dû prendre le volant parce que Sticks était fatigué, et il s'est perdu. Ensuite, quand on est arrivés sur place, on n'a pas tout de suite trouvé l'endroit exact.

« On a garé la voiture, et Sticks est allé dormir à l'arrière. Moi, avec Zack et TS, on est allés dans le bois jusqu'à l'endroit où passe la voie de chemin de fer. Y'avait qu'une pelle, c'était Zack qui la portait, et TS avait une lampe-torche. Je me rappelle que quatre trains sont passés, parce qu'à chaque fois Zack disait de l'éteindre pour qu'on nous voie pas.

« Bref, on tournait en rond à côté des rails et Zack disait que c'était là, puis il changeait d'avis. Finalement, on s'est retrouvés à environ trois ou quatre mètres des rails, et on a commencé à creuser.

— Tu as creusé, toi aussi ? »

La jeune fille regarda David dans les yeux et sourit, comme si quelque chose l'amusait.

« Ouais, j'ai creusé. C'est même moi qui ai creusé presque tout ce putain de trou. Zack a presque rien fait et TS a creusé un peu, mais il a surtout tenu la torche. Et quand j'arrêtais de creuser, Zack me disait que si je ne continuais pas, il me donnerait pas d'herbe.

— Tu n'avais pas des ampoules ?

— Si, bien sûr, mais je voulais mon herbe.

— Crois-tu qu'il y avait vraiment de la marijuana, dans ce coin ?

— Quand j'y pense, maintenant, j'ai bien l'impression que non, parce que... eh bien, au début, j'ai pensé... Ouais, j'ai pensé qu'il y en avait vraiment, parce que Zack n'arrêtait pas de me dire creuse, allez, creuse, creuse, comme s'il était bien déterminé à l'avoir. Mais évidemment, quand on m'a tiré dessus j'étais dans le trou et j'y ai pas mal pensé depuis. Aujourd'hui, je me dis qu'ils m'ont fait creuser ma propre tombe. »

David sentit un bref frisson le parcourir. Il revit le visage grêlé d'acné et émacié de Tony Seals pendant leur entretien à la prison du comté. Le regard morne, les cheveux sales, emmêlés et gras. Il se sentit soudain dégoûté de lui-même.

« Comment les choses se sont-elles passées? demanda-t-il. Je veux dire… quand ils ont tiré.

— Les rails étaient derrière, comme j'vous ai dit, ça faisait un sacré moment que je creusais et j'étais crevée. TS se tenait au-dessus de moi, un peu en arrière sur ma droite, avec la lampe. Je pouvais pas voir Zack, mais je crois qu'il était à gauche, parce que quand un train arrivait, c'était lui qui disait d'éteindre, et je suis à peu près sûre que sa voix venait de là.

« A chaque train, TS éteignait. La dernière fois, Zack a dit, continue à creuser. J'ai dit d'accord, puis j'ai entendu le coup de feu sur ma gauche.

— Et ensuite?

— J'étais dans le trou, comme pétrifiée. Je ne sentais pas la douleur, pas à ce moment-là, mais j'avais peur. J'ai appelé Zack et TS, mais ils ont pas répondu. Il faisait noir et j'avais froid, et comme la lumière ne revenait pas, j'ai encore appelé. Je me suis sentie faible et je me suis appuyée le ventre contre le rebord du trou, j'avais juste la tête et les bras qui dépassaient.

« J'ai encore appelé, et cette fois j'ai vu leur ombre. Ils étaient près des arbres, à dix-quinze mètres, et j'ai crié, *on m'a tiré dessus!* et ils sont revenus. Zack a dit, voyons ça, et il s'est baissé à côté du trou et il a dit qu'il voyait rien, juste de la boue sur mon t-shirt. Ensuite Zack et TS ont regardé dessous avec la torche et ils ont dit qu'ils voyaient toujours rien.

« Je leur ai dit que si, qu'on m'avait tiré dessus, et que je me sentais de plus en plus fatiguée. Ils ont dit qu'ils allaient chercher de l'aide et ils sont partis. Moi j'ai dit que non, que je voulais venir avec eux, mais ils se sont tirés et je suis sortie toute seule du trou en rampant. »

Ce n'était plus l'ennui qu'on lisait dans les yeux de Jessie ; on voyait clairement qu'elle revivait la scène. A cause de son expression lointaine et d'une rigidité dans son attitude qu'elle n'avait pas l'instant d'auparavant. Monica tendit un verre d'eau à l'adolescente, puis se tourna vers David. Il déchiffra dans son regard une critique non formulée sur le fait qu'il défendait Tony Seals.

« La bagnole n'était pas loin du trou, mais c'était dur quand même. Je me sentais toute faible, et j'avais du mal à respirer. Quand je suis arrivée, ils étaient tous les trois debout à côté de l'arrière et ils discutaient. Je leur ai demandé de m'aider, mais j'ai eu l'impression que je leur fichais la frousse, et ils ont reculé, comme s'ils avaient peur de me toucher. La portière était ouverte, à l'arrière, Sticks l'avait laissée comme ça en descendant, alors je me suis allongée sur la banquette. J'ai commencé à avoir très mal, je pleurais, et du sang s'est mis à me sortir par la bouche et le nez, et la tête me tournait tellement que j'ai fermé les yeux, je bougeais plus. J'avais le goût du sang dans la bouche et ça me fichait encore plus la frousse que d'avoir mal. La voiture a démarré et j'ai pensé qu'on allait à l'hôpital, parce que je le leur avais demandé et ils avaient dit d'accord.

— Te rappelles-tu le moment où la voiture s'est arrêtée ?

— Quand ils m'ont balancée dehors ? demanda Jessie d'un ton amer. Ouais, j'ai pas oublié. Je me tenais la tête côté chauffeur, tournée vers l'arrière, et la voiture cahotait constamment, comme si on était sur un chemin de terre. Elle s'est arrêtée, la portière s'est ouverte. Sticks ou Zack, je sais plus qui, m'a dit de descendre. Qu'il y avait un genre de plante qui arrêterait le saignement. Je savais ce qu'ils avaient en tête, alors j'ai dit que je pouvais pas bouger, que j'avais mal. TS et Sticks m'ont pris par les jambes et Zack était de l'autre côté qui me poussait. J'ai essayé de passer à l'avant, je me suis retrouvée coincée contre le plancher, et ils me tiraient pendant ce temps par les pieds. Là, j'avais vraiment la trouille, tellement il faisait nuit, j'avais peur de me retrouver toute seule. Zack a répété que je devais sortir parce qu'il y avait une plante qui arrêtait le saignement et moi je leur ai répondu qu'ils me racontaient des conneries, que ça n'existait pas, et qu'il fallait m'amener à l'hôpital. Alors Zack m'a tapé sur les doigts avec la crosse de son pétard, j'ai lâché le dossier et ils m'ont traînée sur le sol à une certaine distance de la voiture.

« Je suis restée là. Je crois que j'ai pleuré parce qu'ils allaient me laisser dans le noir et que j'avais de plus en plus mal. J'ai entendu les portières claquer et je leur ai crié de m'emmener avec eux, j'ai même dit que j'en voulais pas, de leur herbe. Puis il y a eu deux coups de feu et je l'ai fermée. Je suis restée sans bouger jusqu'au départ de la bagnole. Même après, j'ai pas bougé. J'avais peur qu'il y en ait un qui soit resté pour voir si je n'allais pas me lever.

« Environ deux minutes plus tard ils sont revenus, et ils ont tiré leurs dernières balles dans ma direction. »

Le silence retomba dans la pièce. David éprouvait un certain effroi devant cette histoire, chose inhabituelle pour lui — lui qui était un vieux dur à cuire, qui en avait entendu d'autres. Combien de corps mutilés avait-il vus, en réalité ou sur des photos ? Dans combien de tragédies humaines avait-il été plongé ? Que représentait cette adolescente pour lui ?

« A quelle distance de toi les balles sont-elles arrivées ?

— Y'en a au moins deux qui ont soulevé la terre juste à côté de mon oreille gauche.

— Les as-tu entendus dire quelque chose avant qu'ils repartent ?

— Ouais, y'en a un qui a dit, *je crois qu'on l'a eue,* mais je sais pas qui.

— Sais-tu qui t'a tiré dessus depuis la voiture ? »

Elle secoua la tête et la posa à nouveau sur ses bras croisés. Elle paraissait épuisée.

« Comment as-tu fait pour regagner le bas de la montagne ? C'est à plusieurs kilomètres de l'endroit où on t'a tiré dessus.

— J'ai rampé.

— Rampé ?

— J'avais la frousse, là-bas. Je suis restée roulée en boule pendant un moment, mais j'avais toujours aussi mal, et il n'y avait pas un bruit. Juste le vent et des animaux dans la forêt. Je voulais pas rester comme ça, alors j'ai rampé. Ça m'a pris des heures. Et j'avais mal, mal... »

Elle avait les larmes aux yeux ; David sentait un engourdissement mortel l'envahir.

« L'était pas question que je laisse ces salauds me faire un truc pareil, pourtant. C'est pourquoi j'ai rampé. J'ai fait des bouts de chemin en marchant aussi, et je suis arrivée en bas, et je suis tombée dans ce fossé... à chaque fois qu'une voiture ou qu'un camion passait, je me relevais. Ça, c'était le pire. Pire encore que de se faire tirer dessus ou d'être seule. Personne qui s'arrêtait, personne qui voulait m'aider. »

La bande tournait dans le magnétophone. Les rayons du soleil faisaient danser des taches claires sur la table. Monica passa un bras autour des épaules secouées de sanglots de l'adolescente et lui adressa des paroles apaisantes. David contemplait le mur. Il lui fallait faire appel à toutes les ressources de son talent dans l'art du contrôle de soi, tel qu'il l'avait peaufiné devant les tribunaux, pour ne rien laisser paraître de son émotion. Il se demandait parfois si ce n'était pas un truc qu'il aurait été capable de faire sans même essayer.

Monica et David décidèrent de se retrouver à la réception, et madame le substitut raccompagna Jessie dans la zone de détention réservée aux jeunes filles. Il était un peu plus de midi et la salle d'accueil était vide. David alla s'asseoir sur un canapé placé dans un coin. Cet entretien l'avait secoué et il avait besoin d'un peu de temps pour retrouver son calme.

Un adolescent alla jusqu'au bureau de la réception et David pensa alors à Tony Seals, l'homme-enfant, dont il devait assurer la défense ; on le payait très cher pour cela. Dix-huit ans, le cerveau brûlé par toutes sortes de substances toxiques, se foutant de tout, y compris de lui-même.

Quant à ses parents... David ne serait jamais retourné au bureau dès le lendemain du verdict de Gault, si Anton et Emily Seals n'avaient été de vieux et importants clients du cabinet et des amis personnels de Gregory Banks, l'un des associés et l'ami le plus intime de David.

Pendant la réunion, Anton Seals était resté très droit, le visage vide d'expression, portant son costume trois-pièces rayé comme si c'était un uniforme. Seule manifestation d'émotion : il n'avait cessé de caresser la main de sa femme pendant l'entretien. Emily Seals avait fait preuve de la même maîtrise de soi, mais elle avait les yeux rougis à force d'avoir pleuré. Les Seals, c'était une ancienne fortune. Des gens élégants. Ils ne réalisaient pleinement ni l'un ni l'autre ce que leur fils avait fait à Jessie Garza, s'était fait à lui-même, leur avait fait.

« Pourquoi as-tu tiré sur Jessie Garza ? » avait

demandé David à Tony Seals hier, dans la prison du comté.

Encore à l'heure actuelle, il ignorait ce qui l'avait poussé à poser cette question. On n'a pas besoin de savoir pour quelle raison quelqu'un a violé la loi pour le défendre.

« Elle commençait à nous faire chier.

— Vous avez voulu la tuer parce que...

— Ben, vous comprenez, elle savait comment trouver de la came, alors on s'est servi d'elle comme ça un moment, mais elle faisait chier. Et puis, elle a arraché des pieds de marijuana que Sticks avait plantés. Alors on s'est tous dit qu'elle nous faisait vraiment chier et que personne pouvait la blairer tant c'était une grande gueule, et Zack a dit qu'il allait la descendre.

— Comme ça ? Juste à cause de trois pieds de marijuana ?

— Je crois. Zack, il parlait toujours comme ça. Il se prenait pour un tueur. Il disait qu'il avait déjà descendu des types, mais Stick et moi, on le croyait pas, même avec son flingue qu'il arrêtait pas de sortir. On croyait pas qu'il oserait.

— Pourquoi ne pas avoir essayé de convaincre Zack de la conduire à l'hôpital après l'avoir blessée ?

— J'ai dit qu'on devrait retourner au trou, mais Zack nous a dit de ne pas nous en faire, qu'elle allait crever là où elle était, de laisser tomber. En plus, j'étais vraiment fatigué et je voulais pas avoir d'ennuis avec les flics. »

David vit Monica s'approcher de lui et il se leva.

« Elle va bien ? demanda-t-il quand ils furent dehors.

— Tout dépend de ce que tu entends par là. Physiquement, elle s'en sort sans problème. Psychologiquement... » Elle secoua la tête. « C'est une sacrée dure à cuire, Dave, mais je ne sais pas... Et son calvaire, sur la montagne, n'est pas le pire. Nous allons la garder ici jusqu'à l'issue des procès ; on envisage ensuite de la renvoyer chez ses parents dans le Montana. Le problème, c'est qu'on n'est pas très sûrs qu'ils en veuillent.

— Et merde...

— Ouais, fit Monica avec amertume. Mais c'est la vie, non ? Pourquoi tant d'intérêt ? »

David haussa les épaules.

« Elle t'a touché, n'est-ce pas ? Tu ferais mieux de prendre garde, Dave. Très mauvais pour ton image, monsieur l'Impassible.

— Lâche-moi un peu, tu veux ? répondit David, mais sans colère. Je ne suis pas d'humeur. »

Monica sentit qu'il était sérieux et n'insista pas.

« Au fait, je ne t'ai pas félicité pour le verdict dans l'affaire Gault. »

A la manière dont elle l'avait dit, David n'était pas tout à fait sûr que ce fût un compliment, et il ne répondit rien.

« D'après Norm, tu as fait une défense sensationnelle.

— Lui aussi a été bon.

— Qui va tenir ton rôle dans le film ? demanda Monica avec un sourire malicieux qui fit rire David.

— Pourquoi ? Tu voudrais en décrocher un, toi aussi ?

— Oh, faut voir. Si c'est Tom Cruise qui est la vedette. » Elle prit la pose. « Qu'est-ce que tu en penses ? J'ai encore ce qu'il faut ?

— Oui, Monica. Tu l'as encore. »

Soudain, ils se rendirent compte qu'ils glissaient vers des choses plus personnelles et se sentirent moins à l'aise.

« Ecoute, dit David pour changer de sujet, est-ce qu'il y aurait une possibilité de passer un accord sur cette affaire ?

— Pas la moindre, Dave.

— Pas même si je jette Tom Cruise dans la balance ? demanda-t-il avec un sourire.

— Pas même avec Tom Cruise.

— C'est ce que je craignais, mais il fallait bien essayer.

— Tu essaies toujours. »

Ils restèrent ainsi quelques instants debout, jusqu'à ce qu'ils se fussent rendu compte qu'ils avaient épuisé les sujets de conversation.

« Fais attention à toi », lui dit Monica.

David savait que ce n'était pas une boutade. C'était elle qui avait le plus souffert de leur divorce, et cette idée était toujours douloureuse pour lui.

« Toi aussi », répondit-il.

Ils se séparèrent et chacun regagna son véhicule. David la regarda s'éloigner au volant, puis il ferma les yeux et resta assis dans la fournaise de sa voiture en attendant que la climatisation produisît son effet. Il n'avait vraiment pas besoin d'une affaire pareille, surtout tout de suite après le procès Gault. Ce qu'il lui aurait fallu, c'était prendre des vacances. Cela dit, les vacances n'étaient pas un besoin nouveau. La dernière fois qu'il n'avait pas été sous pression ? Il ne s'en souvenait même pas. La différence, c'est qu'avant, il n'y pensait jamais.

3

DARLENE Hersch arriva hors d'haleine dans la salle de réunion. L'horloge, au-dessus de la fontaine d'eau fraîche, lui confirma la mauvaise nouvelle. Elle avait couru depuis sa voiture, mais n'en était pas moins en retard. Elle ne pouvait plus rien y changer, à présent. Elle avait horreur de faire mauvaise impression. Tous les autres membres de la brigade des mœurs étaient dans la police depuis plusieurs années. Cela ferait mauvais effet qu'elle, la nouvelle, fût la seule à arriver en retard.

La salle réservée à la brigade était petite. La peinture des murs, d'un vert pisseux, pelait et le lino se gondolait en plusieurs endroits. Des planchettes à pince pour écrire debout s'alignaient sur deux des murs. Un panneau d'affichage occupait le troisième. Tous les intervalles étaient remplis de dessins humoristiques mettant la police en scène et de bulletins sur le règlement; une grande affiche donnait les instructions à suivre en cas d'incendie.

Le dernier mur était occupé par un évier et une paillasse, sous la seule fenêtre de la pièce. Des tasses en carton jonchaient la paillasse et deux pots de café fumant embuaient les vitres. Le centre de la pièce était occupé par deux longues tables à plateau de formica.

Sandra Tallant et Louise Guest, les deux autres femmes de l'escouade, étaient assises à l'une de ces tables, du côté de la porte. Darlene se glissa sur une chaise métallique avec l'espoir que le sergent Ryder ne remarquerait pas son retard.

« Encore une nuit agitée, Darlene ? » lui lança Ortiz à voix haute.

Elle rougit. Neale sourit, et Coffin ricana. Le sergent Ryder leva le nez, et Darlene jeta un regard furibond à Ortiz, qui répondit par un clin d'œil. Le salopard.

Ortiz se tenait perché sur la paillasse, à côté de cafetières. Il était beau gosse et le savait. Avec son teint mat, sa moustache hirsute et sa crinière noire épaisse, frisée, coupée à la d'Artagnan, il jouait les séducteurs. Darlene pensait pis que pendre de lui.

Le sergent Ryder se leva et vérifia ses notes sur la planchette dont il ne se séparait jamais. Ce gaillard dépourvu d'assurance vérifiait constamment ses informations, comme s'il craignait leur transformation inopinée pendant qu'il faisait autre chose.

« Tout le monde est-il présent ? » demanda-t-il de manière purement rhétorique —, depuis le début, il savait exactement le nombre de personnes qui se trouvaient dans la pièce. « Très bien. Pour ceux qui n'ont pas pris connaissance du bulletin hebdomadaire du capitaine sur les modifications de la loi, sachez que la semaine dernière le procureur général a rédigé une motion affirmant que le droit à la protection de Vonetta Renae King avait été violé...

— Là, il nous a bien eus, le coupa Ortiz. Cette grande pute de Vonetta a été plus violée que n'importe qui. »

Coffin pouffa et Ryder le regarda fixement. Coffin cacha sa bouche derrière sa main et toussa.

« Ça va, je peux continuer, Bert ? » demanda Ryder d'une voix fatiguée.

Il savait qu'il n'y avait aucun moyen d'empêcher son

subordonné de faire le clown. Mais aussi qu'Ortiz était l'un des meilleurs éléments de sa petite unité. Les choses s'équilibraient.

« Comme je le disais, l'avocat général estime que l'on a appliqué les lois sur la prostitution de manière injuste parce que seules les... heu... les prostituées femmes ont été arrêtées. Etant donné que la loi prévoit que toute personne offrant ou acceptant le principe de relations sexuelles contre de l'argent est coupable d'incitation à la débauche, cela, d'après le procureur, doit inclure aussi leurs clients.

« Le chef Galton est d'accord. Les filles travailleront avec un homme en couverture. Vous devez rester constamment en contact visuel.

— Sergent ? fit Darlene.

— Oui ?

— J'ai repensé à tout cela. Nous allons nous déguiser en prostituées, c'est bien cela ?

— En effet.

— Dans ce cas, n'est-ce pas de la provocation ? Est-ce que ce n'est pas soumettre les types à la tentation ?

— Non, d'après le conseiller juridique. Mais il vaut mieux laisser le clampin soulever la question des relations sexuelles et de l'argent.

— Jusqu'où devons-nous aller pour en baiser un ? voulut savoir Louise.

— Si tu veux en baiser un, ça ne devrait pas te poser de problème », lança Ortiz.

Coffin éclata de rire, ce coup-ci, mais parut soudain gêné et s'arrêta.

« Ça suffit, Bert, nom de Dieu ! dit Ryder. C'est un truc important. »

Oui, c'était important, pensa Darlene. Et tous ces enfoirés, Ortiz, Coffin, Neale, qui refusaient de prendre les femmes au sérieux et les traitaient comme des secrétaires en uniforme !

« C'est une bonne question, reprit Ryder. D'après la

loi, vous n'avez pas… heu… besoin d'avoir de relations sexuelles avec le type pour l'arrêter. Il est en infraction dès l'instant où il propose ou accepte d'avoir des relations sexuelles normales, ça j'ai pas besoin d'expliquer, ou vicieuses, c'est-à-dire, heu, comme le dit le règlement, des contacts entre, heu, les parties génitales d'une personne et la, heu, bouche ou l'anus d'une autre. »

Ryder était devenu cramoisi. Il rougissait vraiment ! Darlene eut envie de rire, mais c'était trop triste. Pourquoi ne pouvait-il pas dire « tailler une pipe » ou « enculer », ou l'un de ces mots qu'il utilisait quand il n'y avait pas de femme dans le secteur ?

« En d'autres termes, si on vous fait une proposition de ce genre contre de l'argent, vous êtes en droit d'arrêter le type.

— Et dans la pratique, comment va-t-on s'y prendre ? demanda Ortiz.

— Pas question de procéder à une arrestation seule en pleine rue. On ne sait jamais s'il n'y en a pas un qui va péter les plombs. Amenez le clampin, les filles, à celui qui vous couvre. Les choses devraient mieux se passer avec un homme.

— Et si le client nous demande de monter dans sa voiture ?

— Jamais de la vie. On ne monte pas dans sa voiture. Pas question que vous soyez coupées de celui qui vous couvre. Si un clampin vous le demande, dites-lui qu'il y a des flics dans le secteur et qu'ils risquent de vous coffrer s'ils vous voient monter dans la voiture. Proposez-lui de vous retrouver à l'endroit où attend l'homme de couverture. Si le type insiste, envoyez-le paître.

« D'accord ? Pas d'autres questions ? Non ? Bien. Mais attention, je ne veux pas de bavures. Il y a certains juges, pas besoin de vous dire lesquels, qui sauteront sur la première occasion de donner un non-lieu à ces affaires. Attendez seulement de choper un médecin ou un avocat un peu connu, vous verrez. Alors, ne ne leur laissez pas la moindre chance.

« Très bien. Tallant et Coffin iront planquer entre la Neuvième et Burnside. Louis et Neale iront draguer dans le quartier du Hilton. Darlene et Ortiz, vous prendrez le secteur du parc. »

Darlene tendit sa minijupe noire sur ses genoux qu'elle écarta pour pouvoir se pencher vers le rétroviseur extérieur de la voiture banalisée, afin d'ajuster sa perruque afro. Son allure californienne de joueuse de volley de plages, grands yeux bleus, cheveux longs et raides et bronzage soutenu, avait disparu, détruite par des faux cils, un maquillage passé à la truelle et des tartines de rouge à lèvres. Elle se trouvait grotesque tandis qu'elle mettait la touche finale à la perruque.

« Pas mal, Darlene, pas mal, commenta Ortiz en pouffant. Tu t'es peut-être trompée de boulot.

— Ferme-la, Bert », rétorqua-t-elle.

Elle lui en voulait toujours pour l'incident, au début de la réunion.

« Vois-tu, Darlene, le problème avec toi, c'est que tu n'as jamais pris le temps de faire connaissance avec moi. Si tu acceptes de prendre un verre après le boulot, tu auras l'occasion d'apprendre qui je suis réellement.

— Ecoute bien, répondit-elle en se redressant pour le regarder droit dans les yeux. Ce n'est vraiment pas le moment de me baratiner avec tes conneries de macho. Passe-moi plutôt mon manteau, s'il te plaît. »

Elle avait lourdement souligné le *s'il te plaît*. Ortiz se contenta de rire et retira une pelure en lapin du coffre. Darlene portait par ailleurs un chandail d'un rouge éclatant qui l'empêchait pratiquement de respirer. Elle laissa le manteau ouvert pour exhiber sa poitrine. Des collants noirs et des bottes noires montantes complétaient sa panoplie officielle de pute. Elle ouvrit son sac pour vérifier que son arme de service s'y trouvait bien.

Ortiz avait choisi un parking mal éclairé comme poste de surveillance. Un immeuble de bureaux occupait le reste de la rue, sur le même côté. En face, on comptait plusieurs magasins, dont une bijouterie, un cordonnier, un salon de coiffure et une cafétéria ouverte toute la nuit. Seuls les lampadaires, disposés à espaces réguliers, éclairaient la voie publique.

« Comment on s'y prend ? » demanda Ortiz, devenant brusquement sérieux.

Darlene examina la rue, à sens unique vers le sud, dans les deux directions.

« Je vais aller me poster au carrefour, en face du café. Comme ça, je serai vue depuis les deux rues. Tu pourras me surveiller d'ici.

— Ouais. Reste simplement sous le lampadaire qui est au coin, l'immeuble fait un petit angle mort.

— Si j'ai une proposition qui mérite une arrestation, je tapoterai ma perruque. Et je ferai venir le clampin, comme dit Ryder, dans le parking.

— Comment penses-tu t'y prendre ? »

Darlene n'avait pas encore réfléchi au boniment qu'elle servirait à son client pour l'attirer jusqu'à Ortiz. Celui-ci s'adossa à la voiture et la regarda.

« Je lui dirai que j'ai ma voiture dans ce parking et que les clefs de mon appartement s'y trouvent. Qu'est-ce que tu en penses ? »

Le policier se redressa et s'étira.

« Pas mal. Le coin n'est pas très bien éclairé et je n'aurai pas de mal à rester invisible jusqu'au dernier moment

— Très bien. »

Elle tourna le dos à Ortiz pour quitter le parking. Elle avait l'estomac noué et fut prise soudain d'une envie pressante. C'était toujours la même chose quand elle était nerveuse — et elle s'était brusquement sentie nerveuse et un peu inquiète.

« Et ne prends pas le moindre risque, Darlene ! » lui lança Ortiz.

Cela faisait un quart d'heure qu'elle allait et venait sous son lampadaire lorsque la Mercedes beige passa pour la première fois. Elle eut le temps d'entrapercevoir le conducteur. Blond, beau gosse. Il lui avait souri. Elle lui avait rendu son sourire, espérant qu'il allait s'arrêter. Il avait continué. Elle se demandait quelle idée elle avait eue de prendre sa peau de lapin. Il faisait beaucoup trop chaud. Si elle n'avait pas la moindre touche dans les minutes qui suivaient, elle retournerait au parking pour s'en débarrasser. Elle lança un coup d'œil en direction d'Ortiz, mais il était invisible dans la pénombre.

La Mercedes réapparut et vint se ranger le long du trottoir, de l'autre côté de la rue perpendiculaire à celle du parking. L'homme lui fit signe et elle s'avança vers lui, sans oublier d'onduler des hanches en marchant. Elle devait faire attention à ne pas trébucher à cause de ses talons démesurés.

« Une nuit agréable, n'est-ce pas ? » dit l'homme.

Il était un peu nerveux et jouait au type décontracté, se dit Darlene.

« Pas mal, oui. Qu'est-ce que vous faites, à rouler tout seul dans votre grosse voiture ? »

L'homme sourit. Marié, probablement, se dit-elle. Qu'est-ce que pouvait bien fabriquer la petite dame pendant que monsieur était en goguette ? Club de bridge ? A la maison, devant la télé, pendant que monsieur assistait à sa réunion de travail tardive ? Elle n'avait pas de mal à imaginer la tête que ferait cette charmante personne lorsque monsieur aurait à expliquer à madame qu'il avait été arrêté pour incitation à la débauche.

« Oh, je me promène dans le coin, voir si on peut pas s'amuser un peu. Et vous ?

— Je passais par là, mon chou. Moi aussi, je me demandais si je pourrais pas m'amuser un peu.

— Je connais un endroit où on s'amuse beaucoup. Ça vous dirait de venir y faire un tour ? »

Darlene se pencha pour s'accouder à la vitre ouverte de la voiture. Les deux premiers boutons de son cardigan étaient défaits, et le blond louchait tant qu'il pouvait sur son décolleté. A cette distance, elle sentait son haleine chargée de whisky. Il avait dû pas mal picoler, le bonhomme, mais il paraissait bien tenir la bouteille.

« Je ne demande qu'à m'amuser, mon chou. Et à quel genre d'amusement penses-tu ?

— Eh bien, s'amuser, quoi », répondit-il, évasif.

Le clampin parut devenir un peu plus nerveux. C'était peut-être sa première fois. Darlene s'impatientait. Elle voulait l'entendre prononcer les mots magiques pour pouvoir l'arrêter.

« Est-ce que tu penses au même genre d'amusement que moi ? » demanda-t-elle avec un sourire qu'elle espéra suffisamment lascif.

Le clampin regarda la rue dans les deux sens.

« Ecoutez, dit-il, vous n'avez qu'à monter dans la voiture et on pourra en parler, d'accord ?

— Tu as de l'argent, mon chou ? demanda Darlene, espérant accélérer un peu les choses.

Le blond parut surpris.

— Pourquoi ?

— Le genre d'amusement auquel je pense peut coûter assez cher. »

Le type parut devenir très agité. Il jetait des coups d'œil nerveux dans tous les sens. « Ecoutez, dit-il, je ne tiens pas à traîner dans le coin. Il y a des flics partout. Si vous voulez monter, c'est tout de suite. »

Darlene se tapota la perruque de la main droite.

« Qu'est-ce que tu as à t'inquiéter des flics ? On n'en voit même pas l'ombre d'un seul.

— Je vais partir. Voulez-vous qu'on s'entende ou non ? »

La jeune femme sentit son estomac faire du yoyo. Si près du but. Elle n'avait pas envie de le laisser échapper, celui-ci. Si seulement elle arrivait à le faire patienter encore une minute. Elle le tenait presque.

Ortiz se redressa quand la Mercedes ralentit. Il s'enfonça de nouveau dans son siège quand il la vit accélérer et s'éloigner. Tout ce cirque était une perte de temps, pensa-t-il. A quoi ça rimait de coincer des pauvres types qui voulaient juste tirer un coup et étaient prêts à payer pour cela ? Ce n'était pas pour faire ce genre de boulot qu'il était entré dans la police. Pourquoi diable l'avait-on retiré de la brigade des stups au moment où il commençait à avoir des résultats sérieux ? Et travailler avec Darlene Hersch... Bordel de Dieu, il avait vraiment tiré le gros lot. Miss Coincée-de-la-chatte en personne. Cela dit, elle l'était peut-être pas tant que ça, au fond, coincée de la chatte. Parfois, c'était celles qui vous donnaient le plus de mal qui étaient les plus exigeantes ensuite, les bourgesses, sauf qu'elles ne voulaient pas le reconnaître. Il se demanda comment elle était au plumard. Cette bonne petite Darlene. Il pouffa doucement. Voulait sans doute être dessus. Suffisait de voir comment elle s'y prenait la plupart du temps.

La Mercedes réapparut. Et s'arrêta. Ortiz se redressa. Darlene s'avança en tortillant du cul et se mit à parler au chauffeur. A cette distance, impossible de le distinguer.

Elle s'appuya à la portière, côté conducteur. Elle devait avoir fait une touche ce coup-ci. Ouais, elle se tapotait la perruque. Elle n'avait plus qu'à le faire venir jusqu'au parking.

Ortiz ne portait qu'une veste légère. Son revolver était glissé dans un étui, à sa ceinture. Il le vérifia. Il y avait peu de chances qu'un type roulant en Mercedes fît des histoires, mais il ne fallait pas prendre de risques. Darlene était toujours appuyée à la vitre. Joli petit cul. Même à cette distance. Le policier se demanda pourquoi il lui fallait tant de temps. Bordel, qu'il était fatigué. Il avait dragué une serveuse, au Golden Horse, et ils y avaient passé tout le reste de la nuit. Il bâilla, s'ébroua. Il ferait mieux de ralentir un peu. Trop de femmes, ça peut vous tuer. Tout comme la cigarette. Cependant, il... Mais qu'est-ce que...

Darlene faisait le tour de la voiture, ouvrait la porte côté passager et montait. La voiture démarra. Ortiz tourna vivement la clef de contact. Le moteur partit et il quitta le parking. Merde ! La rue était en sens unique, se souvint-il alors, et pas dans le bon pour lui. La conne ! S'il faisait le tour du pâté de maisons, il la perdrait à coup sûr. Il était tard et la rue était déserte. Il prit sa décision et tourna à droite en faisant crier les pneus. Mais quelle gourde ! Il n'allait pas la rater, quand il rédigerait son rapport. Y'avait qu'une connerie à faire et elle l'avait faite. Il prit le micro de la radio. Il risquait d'avoir besoin d'aide si la Mercedes se révélait trop difficile à suivre. Il était sur le point d'appeler lorsqu'il changea d'avis. S'il signalait ce qui se passait, Darlene allait avoir des ennuis sérieux. Et dans le fond, il ne tenait pas à ce qu'elle en eût. Tout se passerait bien s'il ne perdait pas la Mercedes de vue.

Il tourna sur Morrison : la voiture beige était là. A deux feux rouges et la circulation était insignifiante. Il se détendit et ralentit. Il ne fallait pas que le conducteur le repérât. Mais quel besoin avait-elle eu de se prouver qu'elle n'avait pas la frousse ? Elle ne serait pas si mal que ça, cette petite, si elle n'était pas aussi chatouilleuse. Il allait lui passer un de ces savons quand ils auraient réglé cette arrestation. Non. Il demanderait à Louise et Sandra de lui parler. Jamais elle n'écouterait un homme.

« Comment tu t'appelles, mon chou ? » demanda Darlene lorsqu'ils s'engagèrent sur la voie rapide.

L'homme tourna la tête et sourit. Il avait de belles dents. Bien rangées, parfaitement blanches, comme un acteur de cinéma. Un très bel homme, en vérité. Elle n'arrivait pas à comprendre comment un type aussi sensationnel avait besoin de payer pour...

« Et toi, comment t'appelles-tu ? contra le blond, prudent.

— Darlene.

— Joli prénom. Tu te maquilles trop, Darlene. Une jolie fille comme toi n'a pas besoin d'en mettre autant.

— C'est gentil, merci », dit-elle.

Elle se tapota les cheveux et en profita pour regarder dans le rétroviseur. Ortiz était toujours derrière. Bien. Elle avait escompté qu'il la suivrait. Elle avait été inquiète jusqu'au moment où elle l'avait repéré quand ils avaient quitté Morrison. Il devait être furibard en ce moment, se dit-elle avec satisfaction. Eh bien, qu'il aille se faire foutre. Ils allaient signer un flagrant délit de première.

« On dirait que tu as des seins magnifiques, Darlene », reprit le type, sans quitter la route des yeux.

Il avait eu quelque chose de dur dans l'intonation et la jeune femme se sentit un instant mal à l'aise.

« Merci... pourquoi, vous avez des projets les concernant ? »

L'homme rit, mais ne répondit rien. Ortiz était à trois ou quatre voitures d'eux. Un van changea de voie, derrière eux, et sa masse cacha la voiture banalisée.

« On a une petite femme qui n'est pas très gentille, hein ? » demanda Darlene.

Le type ne répondit toujours pas, se contentant de tourner la tête vers elle. Il souriait, mais il n'y avait aucune gaieté dans ses yeux. Elle sentit sa nervosité revenir et, un instant, éprouva un sentiment de désespoir.

« Eh bien, Darlene va être gentille, elle. Dis-moi, qu'est-ce que tu voudrais qu'elle te fasse, la petite Darlene ? » reprit-elle, prenant une voix grave et sexy.

Le van occupait toujours le champ de vision d'Ortiz lorsque la Mercedes s'engagea sur la rampe de sortie. Le policier jura ; il avait bien failli la manquer. Il n'était pas assez près pour déchiffrer la plaque d'immatriculation et il ne pouvait donc se permettre de les perdre de vue. La circulation était dense à la sortie de la rampe, et la Mercedes prenait de l'avance ; quand il put s'engager à son tour dans l'avenue, la voiture allemande avait disparu. Il donna du poing contre le tableau de bord mais continua de parcourir des yeux les restaurants illuminés de néons et les motels de parking, de part et d'autre de sa route. Rien ici. Rien là. Allez, allez, où donc es-tu passée ?

Puis il la vit. La Mercedes venait juste de s'arrêter devant le Raleigh Motel. Ortiz essaya de déchiffrer la plaque, au passage, mais l'angle était défavorable et il allait trop vite. Dans le rétroviseur, il vit Darlene descendre de voiture. Il alla rapidement se garer dans le parking du McDonald situé juste à côté du motel.

« Je ne tiens pas à discuter affaires pour le moment, Darlene, mais je peux t'assurer que tu seras bien payée. »

Ils venaient de quitter la voie rapide et elle n'était

pas sûre que son collègue les avait vus sortir. Foutue camionnette. Ce type avait quelque chose qui l'inquiétait de plus en plus. Il évitait avec soin de se compromettre, et elle commençait à se dire qu'elle avait agi avec trop de hâte.

Le type tourna dans l'entrée du Raleigh Motel. Darlene posa la main sur son sac pour se rassurer au contact de la forme de l'arme à travers le cuir. Ortiz n'aurait pas été effrayée comme elle, dans une situation similaire, en préparant l'arrestation d'une prostituée. Elle jeta un coup d'œil par la vitre arrière. Où était-il passé ? La voiture banalisée restait invisible.

« C'est toi qui vas réserver la chambre, dit l'homme. Pendant ce temps, je vais garer la voiture.

— Je n'ai pas...

— Pas de problème », la coupa-t-il ; il sourit et lui tendit un rouleau de billets.

Darlene prit l'argent et descendit de voiture. Le blond se dirigea vers le fond du parking, loin de la réception du motel. Un vieil homme en chemise écossaise se crevait les yeux, à travers des verres en cul de bouteille à monture métallique, sur un livre de poche dépenaillé. Il leva la tête à l'entrée de Darlene.

« Je voudrais une chambre », dit-elle.

Le vieux poussa une fiche d'enregistrement sur le comptoir sans faire de commentaires. Elle prit le stylo à bille mis à la disposition de la clientèle et écrivit son nom en lettres capitales dans les petits carrés ; pour l'adresse, elle donna celle du commissariat dont elle dépendait, North Precinct. Une bonne pièce à conviction, pour le tribunal.

« Trente-cinq billets d'avance », dit le vieil employé — il reluquait la poitrine de Darlene sans la moindre retenue.

« Comment se fait-il que vous ne me demandiez pas combien de temps je compte rester ? » voulut savoir Darlene en lui tendant l'argent.

Le vieux souleva un sourcil, secoua lentement la tête et prit les billets sans répondre.

« Premier étage, côté rue », dit-il à la place en lui tendant la clef.

Il était de nouveau plongé dans sa lecture lorsque la porte de la réception se referma sur la jeune femme.

Les bureaux du motel étaient séparés des chambres. Darlene traversa le parking, monta l'escalier et passa devant une machine à glaçons. Ses talons claquaient sur les marches métalliques; elle s'arrêta quand elle arriva à hauteur du palier bétonné qui faisait toute la longueur du bâtiment, sur l'extérieur. Le client était invisible. Une fois à la porte de la chambre qu'elle avait réservée, elle s'arrêta de nouveau, regardant à droite et à gauche. Elle crut voir une silhouette dans l'ombre, à l'autre bout du palier, mais elle n'aurait pu en jurer. Sa nervosité la reprenait de plus belle. Ce type était peut-être un taré. Elle décida de toujours avoir la main sur son arme. Il suffisait qu'elle la garde dans son sac. Et de maintenir une certaine distance physique entre eux.

Elle ouvrit la porte, alluma. Elle fut assaillie par un cocktail d'odeurs, le renfermé, les produits d'entretien. Où diable était le climatiseur ? Les chambres de motel la déprimaient toujours. Elles sont tellement stériles et impersonnelles. Elle s'était souvent dit que l'enfer devait être fait d'enfilades sans fin de chambres de motel dans lesquelles les gens restaient assis, seuls, sans aucun contact avec autrui.

Il y avait un lit de cent soixante sous un couvre-lit d'un jaune passé. Deux oreillers. Deux tables de nuit bas de gamme en pseudo-bois naturel, portant chacune une lampe de chevet identique. Une coiffeuse et son grand miroir faisaient face au lit. Une télé couleur était perchée sur un angle du meuble, un téléphone (avec les instructions pour appeler en ville ou plus loin) sur l'autre. Deux fauteuils scandinaves en voie d'effondrement constituaient le reste du mobilier. Darlene s'assit dans celui qui faisait face à la porte et glissa la main dans son sac. La porte s'ouvrit.

« Salut, Darlene », dit le client.

L'homme était de taille moyenne, environ un mètre quatre-vingts. Il portait un pantalon marron clair, une chemise à fleurs qui lui avait sans doute coûté cher. Comme ses chaussures, soigneusement cirées. Il donna un tour de clef à la porte après être entré et la main de Darlene se raidit sur son pistolet.

« Pourquoi as-tu fermé à clef ? » demanda-t-elle, nerveuse. L'homme sourit.

« Un peu d'intimité ne nous fera pas de mal, n'est-ce pas ? » Il se dirigea vers elle, mais s'arrêta à hauteur du lit. « Tu devrais te déshabiller, reprit-il. J'aimerais bien voir ces seins dont nous avons parlé. »

Darlene décida que les choses étaient allées trop loin. Elle avait commis une erreur et n'avait plus qu'une envie : se sortir de là. Qui sait si ce type n'était pas un vulgaire taré ? Il voulait peut-être simplement qu'elle se déshabille pour la voir nue, après quoi il la virerait. Il n'y aurait pas violation de la loi. Rien qu'un barjot que sa femme ne satisfaisait pas. Elle se sentait malade. Quelle idée avait-elle eue, aussi, de ne pas suivre les instructions ?

« Ecoute, dit-elle, ce n'est pas une boîte à strip-tease, ici. Si tu veux baiser, dis-le, sinon je fiche le camp.

— Ne t'en va pas, Darlene. Tu ne le regretteras pas. »

Il avait parlé d'une voix rauque ; la concupiscence qui envahissait le blond était presque palpable. Il avança d'un pas. Il était tout près d'elle. Darlene prit sa décision. Elle allait mettre tout de suite un terme à l'affaire. Elle dirait qu'il lui avait fait des propositions précises. Il le fallait. Elle inventerait une histoire. Le type, de toute façon, négocierait un arrangement à l'amiable. Il serait bien trop gêné pour réclamer un procès en bonne et due forme.

« Laissez tomber le fric, monsieur, dit-elle en se levant. Vous en aurez besoin pour votre avocat. »

L'homme se pétrifia.

« Quoi ?

— Vous m'avez bien entendu. Je suis flic et vous êtes en état d'arrestation. »

Depuis l'angle du parking du McDonald, Ortiz vit Darlene monter l'escalier. Elle se rendit jusqu'à l'autre bout du palier et regarda autour d'elle avant d'entrer dans l'une des chambres. Quelques secondes plus tard, un homme blond sortait de l'ombre et se dirigeait vivement vers la porte. Le policier était trop loin pour le distinguer avec précision, mais l'individu lui donna l'impression d'être mince et athlétique. Il remarqua sans peine, en revanche, le pantalon marron clair et la chemise à fleurs.

Lorsque la porte du motel se referma, Ortiz commença à s'inquiéter. Il aurait dû aller la rejoindre, mais il ne voulait pas non plus compromettre le plan de Darlene. Il se demanda ce qu'il devait faire. Ryder l'avait mis en équipe avec elle parce qu'il était expérimenté. Si quelque chose arrivait à la jeune femme, ce serait sa faute. Ortiz se décida. Il sprinta jusqu'au motel.

Il entendit le cri alors qu'il atteignait le bas de l'escalier. Il se pétrifia. Il y eut un bruit sourd, puis un deuxième cri. La lumière était allumée et il voyait la silhouette brouillée de l'homme à travers les rideaux peu épais du motel. Tout cela se passait trop vite. Il se rendit compte qu'il ne bougeait pas.

La lumière s'éteignit et il escalada l'escalier quatre à quatre. Quelqu'un gémissait dans la chambre. Il entendait aussi une respiration bruyante. Il donna un coup de pied dans la porte, juste au-dessus de la serrure. Il y eut un craquement, mais le battant résista. Il récidiva et, cette fois, la porte céda. L'éclairage du palier diffusait une lumière jaune incertaine dans la chambre. Telle une poupée de chiffons, Darlene gisait contre un fauteuil, à l'autre bout de la pièce. Sa tête retombait mollement de côté et du sang coulait de sa bouche. Une plaie béante zigzaguait à son cou et le sol, autour d'elle, était couvert de sang.

Il y eut une explosion entre les yeux d'Ortiz qui lâcha son arme. Il se trouva propulsé dans la chambre et sentit une douleur violente dans le cou et le haut du dos. Sa tête vint heurter le cadre métallique du lit lorsqu'il dégringola. Il se retrouva effondré contre le lit. Un homme se tenait sur le seuil, dans la lumière jaune venue du couloir. Il resta immobile un bref instant, puis bondit comme un cerf effarouché. Ortiz sentit qu'il perdait connaissance. Il essaya de se concentrer sur ce visage. Les cheveux blonds et frisés. Jamais il n'oublierait cette tête. Non, jamais.

4

« VENEZ un peu par ici, David. Quelqu'un aimerait faire votre connaissance. »

David se tourna et vit Gregory Banks, debout près de la cheminée en compagnie de plusieurs autres personnes. Gregory était l'allié politique du sénateur Martin Bauer, et il avait organisé ce cocktail, dans la spacieuse maison qu'il avait au bord du fleuve, avec pour objectif de recueillir des fonds de campagne pour la réélection du sénateur.

Gregory avait une stature imposante. Ancien boxeur et ancien marine, il avait commencé sa carrière comme docker puis syndicaliste, tout en suivant des cours du soir. Il était à l'heure actuelle l'avocat des syndicats, et ceux-ci avaient fait de lui un homme riche.

L'été qui avait précédé sa dernière année d'études, David avait traversé les Etats-Unis en voiture et était tombé amoureux de Portland, la principale ville de l'Oregon. Une semaine après avoir décroché son diplôme, il avait fait ses adieux à sa famille et pris l'avion pour l'Oregon afin d'y passer l'examen du barreau d'Etat. Jamais il n'avait regretté cette décision. Les écoles de droit de la côte Est ont tendance à pousser leurs diplômés vers le droit des affaires et commercial et à leur donner l'impression que l'ouverture d'un cabinet pour pratiquer le droit criminel et aller plaider devant les tribunaux avait quelque chose de vulgaire et de dégradant. A Portland, on ne partageait pas ce sentiment. Il y régnait encore cet esprit individualiste qui encourage les gens à essayer de s'en sortir par eux-mêmes. Une semaine après avoir été admis au barreau de l'Oregon, David accrochait sa plaque à l'immeuble de l'American Bank où il avait loué un bureau, au quatrième étage.

Excellent avocat, il n'avait pas tardé à se tailler la réputation d'être l'homme de la situation quand on était poursuivi pour une affaire criminelle grave. Il s'était aussi porté volontaire pour défendre, *pro bono publico,* les dossiers de l'ACLU (American Civil Liberties Union). C'est à l'époque où il travaillait sur le droit d'appel en détention qu'il avait rencontré Gregory Banks, lui-même également volontaire. En dépit de la différence d'âge, ils s'étaient immédiatement plus. Un soir, Banks avait invité David à dîner et lui avait demandé si rejoindre son cabinet l'intéresserait. David avait mis une semaine à se décider. L'idée de perdre une partie de son indépendance lui répugnait un peu, mais celle d'être associé à Gregory Banks, en revanche, le séduisait beaucoup. Il accepta donc et, à l'époque où le cabinet alla s'installer dans la tour de la First National Bank, il était « partenaire » à part entière.

« David, je te présente Leo Betts, professeur à la faculté de droit », dit Gregory, avec un geste vers un homme de haute taille, au nez en bec d'aigle, avec des cheveux graisseux qui lui retombaient jusque sur les épaules.

L'homme était accompagné d'une petite souris de femme d'environ trente ans.

« Et Doris, son épouse », ajouta Gregory.

David serra la main du professeur.

« Leo a lu ton compte-rendu de l'affaire Ashmore.

— Excellent travail. Je le fais étudier à mes élèves de première année en tant qu'exemple d'une argumentation d'appel de première classe.

— A leur place, je prendrais ça pour une brimade, répliqua David. Il fait plus de cent pages. »

Tout le monde rit et Gregory lui présenta un autre couple, un homme de petite taille à la calvitie naissante et sa femme, qui était grande et élégante.

« Et voici John et Priscilla Moultrie. John travaille à la Banker's Trust et Priscilla est enseignante à l'école élémentaire de Fairmount. »

Gregory avait la manie un peu agaçante de toujours présenter les gens en précisant ce qu'ils faisaient dans la vie. David adressa un signe de tête au couple, mais toute son attention avait été captée par une séduisante jeune femme qui venait de s'avancer et se tenait à la périphérie de leur groupe.

« C'est quoi, l'affaire Ashmore, Gregory ? » demanda Mrs Moultrie.

La jeune femme se tourna vers David et, un instant, leurs regards se croisèrent.

« Ashmore n'est-il pas ce type qui a violé et assassiné des écolières ? demanda John Moultrie.

— En effet, répondit le professeur Betts avec un sourire. David est parvenu à faire annuler le verdict par la cour suprême de l'Etat, il y a deux semaines. Un travail monumental. Il a convaincu les juges de revenir sur toute une jurisprudence remontant à 1893. »

La jeune femme esquissa un sourire et David lui répondit d'un signe de tête. Il fallait absolument lui parler, se dit-il, dès qu'il pourrait prendre congé du petit groupe. L'affaire Ashmore ne comptait pas parmi ses sujets de discussion préférés.

« Cela signifie-t-il qu'on va le relâcher ? demanda Priscilla Moultrie.

— Non, répondit David avec un soupir. Cela signifie seulement qu'il va falloir recommencer tout le bazar. Il nous a fallu un mois, la dernière fois.

— Vous avez défendu cet homme ? s'étonna Mrs Moultrie sur un ton qui combinait stupéfaction et dégoût.

— David est avocat au criminel, intervint Gregory, comme si c'était l'explication adéquate.

— Je n'arriverais peut-être jamais à comprendre, Mr Nash (elle paraissait avoir utilisé sciemment son nom de famille), mais je connaissais l'une de ces fillettes et je ne vois pas comment on peut défendre quelqu'un qui a fait ce qu'il a fait.

— Mr Ashmore, comme tout inculpé, avait droit à un avocat, Priscilla, dit Gregory.

— J'ai entendu dire qu'il avait torturé ces enfants avant de les tuer. »

Presque instinctivement, David objecta que la chose n'avait jamais été prouvée, mais il se rendit tout de suite compte que, pour Priscilla Moultrie, ce n'était pas le problème.

« Un avocat ne peut refuser de défendre quelqu'un à cause de la nature de ses crimes, observa Leo Betts.

— Auriez-vous défendu Adolf Hitler, professeur ? » lui demanda Mrs Moultrie sans humour.

Il y eut un moment de silence gêné. Puis Leo Betts répondit :

« Oui. Notre système judiciaire est fondé sur la notion que toute personne accusée d'un crime est innocente tant que sa culpabilité n'a pas été prouvée.

— Mais si vous savez que votre client est coupable, Mr Nash ? Si vous savez comme un fait avéré que cet homme a gardé trois écolières prisonnières pendant plusieurs jours, les a violées, puis assassinées ?

— Voyons, Priscilla, ce n'est pas fair-play », lui dit son mari.

Il avait rougi, et il était manifeste qu'il désapprouvait le tour qu'avait pris la conversation.

David se sentait mal à l'aise. Le professeur Betts l'avait défendu, mais pourquoi avait-il besoin d'être défendu pour un acte qu'il était moralement obligé d'accomplir ? Pour quelle raison cette femme, qu'il rencontrait pour la première fois, lui manifestait-elle autant d'hostilité ?

« Je crains de ne pouvoir parler avec vous, pas plus qu'avec quelqu'un d'autre, des éléments de cette affaire, Mrs Moultrie, dit-il. Ce serait manquer à la confiance que m'a faite mon client si j'émettais des opinions sur sa culpabilité ou son innocence.

— Sur un plan purement hypothétique, alors. J'aimerais vraiment savoir.

— Vous défendez un coupable avec autant de persévérance qu'un innocent, Mrs Moultrie, parce que le système est plus important que n'importe quel cas individuel. Si vous commencez à faire des exceptions pour les coupables, tôt ou tard vous en ferez pour des innocents.

— Autrement dit, vous défendez des gens dont vous savez qu'ils sont coupables ?

— C'est le cas de la plupart de mes clients.

— Et vous... vous les tirez de là... ils gagnent leur procès ?

— Parfois.

— Ça ne vous pose aucun problème ? »

David observait les lumières des péniches habitées, à l'ancre, de l'autre côté du fleuve. Le soleil était couché et une brise fraîche venait mettre du désordre dans l'épaisse chevelure brune et bouclée qui retombait sur son front. Il trouva la terrasse agréable ; la pénombre et le calme lui faisaient du bien.

Quelque part en aval, la sirène perçante d'un pétrolier troua la nuit. Puis le son mourut, et le fleuve retrouva son calme. David aurait aimé pouvoir retrouver aussi facilement la paix intérieure. La discussion de l'affaire Ashmore l'avait mis dans tous ses états ; elle avait remué quelque chose, au fond de lui, resté trop longtemps enfoui. Quelque chose de laid, qui commençait à remonter à la surface.

Il pensa à la matinée, à l'entretien qu'il avait eu avec l'adolescente au foyer pour mineurs. Que s'était-il passé ? Pendant qu'elle lui avait décrit son calvaire, il avait ressenti de la honte et de la pitié pour elle. Il s'était laissé affecter sur le plan des émotions. Voilà qui ne devrait jamais lui arriver. Lui, un professionnel, et parmi les meilleurs. Il n'avait à ressentir ni pitié pour les victimes, ni répulsion pour ses clients.

Il y avait quelque chose qui clochait, indiscutablement. Il était beaucoup trop déprimé depuis quelque temps, cela durait depuis trop longtemps. A plusieurs reprises, au cours des dernières semaines, son humeur — qu'il aurait crue au beau fixe, une sensation de flotter très haut — avait connu des crises profondes de mélancolie, sans motif apparent. Et cette impression... vivre avec trop longtemps était comme faire l'expérience d'une petite mort. A croire que son esprit s'était évaporé, que son corps n'était plus qu'une coquille vide ; il se sentait absent, désorienté. Incapable de bouger. Il restait par moments assis, immobile, sur le point de pleurer, et son esprit lui criait : *Pourquoi ?* Il était en excellente santé. A trente-cinq ans, il avait atteint le sommet, dans sa profession, et jamais il n'avait gagné autant d'argent. Tout aurait dû marcher comme sur des roulettes, pour lui. Et pourtant, non.

A une certaine époque, la perte du moindre procès était pour lui une défaite personnelle accablante ; le gagner, une victoire triomphale. En cours de route, sans trop savoir comment, David avait perdu ce don d'enthousiasme extrême. Un jour, il l'avait remporté dans une affaire particulièrement épineuse — et cela ne lui avait fait ni chaud ni froid. Une autre fois, un de ses clients avait été condamné à une lourde peine de prison, et il n'avait rien ressenti. Son monde n'était plus fait de contrastes violents, noir sinistre un jour, rutilant de lumière le lendemain, mais de nuances de gris.

Si sa vie professionnelle s'était vidée de toute substance, sa vie privée était encore pire. Il lui était souvent revenu aux oreilles que les hommes lui enviaient la parade de jolies filles avec lesquelles on le voyait régulièrement sortir. Rares étaient ceux qui savaient que la drague était devenu pour lui une routine ayant depuis longtemps perdu son charme.

Sa seule tentative de mariage avait tourné au désastre au bout de seulement huit mois, même si elle avait duré officiellement deux ans. Monica n'avait pas supporté ses horaires de travail démentiels ; à la vérité, il n'était que rarement chez lui. Il avait eu tellement de grosses affaires ! Il commençait à peine d'atteindre les sommets, alors. Tout le monde réclamait les services de David Nash, lequel n'avait plus une minute à consacrer à sa femme.

Il y avait eu de violentes prises de bec et trop de silences entêtés. Monica l'avait accusé de la tromper. Il avait nié, mais ces accusations étaient fondées. Il allait plaider dans d'autres Etats, et si une mignonne du Texas avait envie de chauffer son lit... il était une star, non ? A la fin, cette ambiance de chamaillerie permanente les avait épuisés tous les deux et les sentiments qui les avaient poussés à se marier n'y résistèrent pas.

Monica avait fait des études de droit après son divorce. Pour entrer en compétition avec lui, avait estimé David. Ce n'était certainement pas un hasard, en tout cas, si elle s'était tournée vers la magistrature et une carrière de procureur au criminel. Il régnait une tension particulière à chaque fois qu'ils plaidaient l'un contre l'autre. David avait le sentiment que, pour

Monica, leurs affrontements juridiques n'étaient que le prétexte d'une bataille personnelle que lui n'avait jamais voulu livrer. Tel était, d'ailleurs, le cœur du problème, dans leur union ; si Monica avait vraiment compté pour David, elle aurait certainement tenu. Mais il l'avait ignorée, et il se sentait coupable à l'idée qu'elle avait encore besoin de lui prouver quelque chose.

Il ne l'avait que rarement revue entre le moment où ils avaient divorcé et celui où elle était sortie de la faculté de droit avec son diplôme. Lorsqu'elle était rentrée dans les services du procureur général, ils avaient renoué sur un plan amical. En fait, ils étaient bien meilleurs amis qu'époux. David se demandait parfois s'il n'avait pas fait une erreur en divorçant, mais il savait que, de toute façon, il était trop tard pour la rectifier. Leur problème tenait à ce qu'ils s'étaient rencontrés au mauvais moment.

David but une gorgée de gin. Il le trouva trop doux. Il se rendit dans un coin de la terrasse que n'éclairaient pas les lumières de la maison et s'assit sur une chaise de jardin. Il ferma les yeux, la tête appuyée contre le montant métallique qui lui entrait dans la nuque.

Monica était une femme séduisante ; elle avait changé, était devenue plus forte. David avait changé, lui aussi. Il avait un instant envisagé de renouer, jouant avec cette idée, mais il y avait renoncé. Il se demandait comment elle aurait réagi.

La porte donnant sur la terrasse s'ouvrit, et une bouffée de sons vint interrompre sa méditation. Il ouvrit les yeux. Une femme regardait le fleuve comme il l'avait fait lui-même quelques instants auparavant, lui tournant le dos. Elle était grande et mince et ses longs cheveux soyeux paraissaient d'or pâle.

Elle se tourna et se mit à marcher avec une grâce de danseuse. Elle ne le vit que lorsqu'elle fut pratiquement à hauteur de sa chaise. La pénombre le dissimulait. Elle s'arrêta, surprise. En cet instant pétrifié, David la vit comme figée dans le temps, telle une statue. Des yeux bleus, agrandis par la surprise. Un front bombé et lisse, des pommettes hautes. La femme qu'il avait vue un peu plus tôt tournant autour du groupe qui avait discuté de l'affaire Ashmore.

Puis l'instant passa, la femme porta la main à sa bouche et eut un petit soupir. David posa son verre sur le sol et se leva.

« Désolé de vous avoir fait peur, dit-il.

— Ce n'est pas de votre faute », répondit la jeune femme en agitant nerveusement la main. « Je réfléchissais et je... »

Elle n'acheva pas sa phrase.

« Très bien, vous m'avez convaincu. Nous sommes tous les deux coupables. On n'en parle plus, d'accord ? »

Elle eut tout d'abord l'air perplexe, puis elle rit, heureuse que ce moment de gêne fût passé.

« Je m'appelle David Nash.

— Je sais, dit-elle après un instant d'hésitation.

— Ah, bon ?

— Je... j'écoutais, quand vous avez parlé de cette affaire, tout à l'heure.

— Vous voulez parler de l'affaire Ashmore ?

— Cette femme vous a mis mal à l'aise, n'est-ce pas ? »

Ce fut maintenant au tour de David d'hésiter.

« Plaider ce dossier n'a pas été une partie de plaisir, croyez-moi, et l'idée de recommencer ne m'enchante pas. Je préfère n'y penser que si c'est indispensable.

— Je suis désolée », fit la jeune femme blonde, un peu mortifiée.

David regretta immédiatement le ton sur lequel il lui avait répondu.

« Vous n'avez pas à vous excuser. Je n'avais pas l'intention d'être aussi solennel. »

Ils restèrent quelques instants sans parler. La jeune femme paraissait mal à l'aise, et David craignit qu'elle ne s'enfuît comme un oiseau effrayé.

« Etes-vous une amie de Gregory ? demanda-t-il pour poursuivre la conversation.

— Gregory ?

— Oui, Gregory Banks. Nous sommes chez lui, ici. J'avais cru que vous faisiez partie du groupe qui discutait de cette affaire. La plupart sont des amis de Gregory.

— Non. En réalité, je ne connais personne ici. Je ne sais même pas pourquoi je suis venue. »

Elle avait répondu en baissant les yeux, et David la sentit vulnérable, prisonnière de quelque chose, luttant contre elle-même.

« Vous ne m'avez même pas encore dit votre nom », remarqua David.

La blonde releva la tête, décontenancée. Il soutint son regard pendant un moment et crut lire de la peur et de l'incertitude dans ses yeux.

« Je... je crois que je dois partir, dit-elle, anxieuse, évitant de répondre à la question.

— Ce n'est pas équitable, protesta David, s'efforçant de garder un ton léger. Vous connaissez mon nom ; vous ne pouvez vous enfuir ainsi, sans me donner le vôtre. »

Elle hésita et ils échangèrent de nouveau un regard. Il voyait qu'elle se demandait si elle devait ou non satisfaire sa curiosité, et il savait que sa réaction serait déterminante pour la tournure que prendrait le reste de la soirée.

« Valerie, dit-elle finalement, Valerie Dodge. »

Il y avait de la fermeté dans la voix de la jeune femme, et David comprit qu'elle avait surmonté ses doutes, du moins pour le moment, et lui faisait une faveur.

David Nash avait une grande expérience des femmes et il sentait quelque chose, chez celle-ci, qui l'intriguait. Le bon sens lui disait de ne pas la brusquer, mais le changement d'humeur de Valerie ne lui échappa pas ; quand elle lui avait révélé son nom, elle avait eu l'air de se jeter à l'eau, et son instinct lui conseillait de tenter sa chance.

« Vous n'avez pas l'air de beaucoup vous amuser, n'est-ce pas ? demanda-t-il doucement.

— Non, en effet.

— Moi non plus. Je crois que les questions de cette femme m'ont davantage affecté que j'ai envie de l'admettre. Puis-je vous faire une suggestion ? Je connais un endroit charmant, en ville, où l'on peut souper tard. Qu'en dites-vous ?

— Non, répondit-elle, détruisant pendant un instant ses espérances. Je préférerais que nous allions chez vous. »

La maison sur pilotis de David reposait sur d'énormes poteaux enfoncés à flanc de colline. Elle comportait plusieurs terrasses de cèdre d'où, de jour, la vue portait jusqu'à la chaîne enneigée des Cascades, au-delà de Portland ; la nuit, du même endroit, on voyait l'arbre de Noël formé par le réseau des rues illuminées de la ville qui s'étendait au pied de la colline.

Il s'agissait d'une construction moderne, dont le bois sombre se fondait bien dans la verdure des West Hills. Elle comprenait trois niveaux, mais seul le dernier était visible depuis la route ; la colline dissimulait les deux autres. On l'avait bâtie en fonction des indications de David, et la paroi qui faisait face à l'est était presque entièrement vitrée.

David alla ouvrir la portière de la voiture de sport à

Valerie et la conduisit, par une volée de marches, jusqu'à la porte d'entrée, qui donnait sur un vestibule surélevé. Celui-ci surplombait une salle de séjour vaste et dégagée, dont l'élément dominant était une énorme cheminée sculptée, d'un blanc immaculé, qui rappelait un casque de chevalier dont la visière aurait été relevée. La moquette était d'un rouge assourdi et il n'y avait ni fauteuil ni canapé, uniquement une banquette, couverte de coussins multicolores, qui s'inscrivait dans l'arrondi des murs incurvés, eux-même traités en plâtre rustique. Les seuls autres meubles de la pièce étaient une table basse ronde en bois clair et quelques gros coussins.

Un escalier en colimaçon, sur la gauche, conduisait à la chambre, à l'étage supérieur, et à la grande cuisine, à l'étage inférieur. Une loggia courait sur la moitié du dernier niveau, donnant sur le séjour.

« C'est magnifique », commenta Valerie.

Elle enleva ses chausures et s'avança pieds nus sur le tapis pour aller regarder un grand tableau abstrait accroché à la gauche de la cheminée.

« Je suis content qu'elle vous plaise. Voulez-vous faire la visite complète ? »

Elle acquiesça et il la conduisit au rez-de-chaussée, où se trouvaient la cuisine et la salle à manger ; puis ils revinrent au second niveau qui, outre le séjour, comportait une pièce plus petite, située sur le côté sud de la maison et donnant sur la colline. Elle était encombrée de dossiers, de revues juridiques, de livres, de ramettes de papier, de stylos et de diverses paperasses. Des étagères à livres étaient encastrées dans l'un des murs, un classeur se dressait dans un angle. Des articles de presse encadrés relatant certaines des affaires les plus célèbres plaidées par David constituaient l'essentiel de la décoration. Valerie en parcourut quelques-uns.

« Vous avez gagné tous ces procès ?

— Oui, et quelques autres, répondit-il, pris d'un petit accès de vanité.

— Vous êtes célèbre, alors ? »

La question le fit rire. « Seulement dans des milieux que vous n'avez guère de chance de fréquenter.

— Oh... par exemple ?

— Les assassins, les dealers, les proxénètes, les violeurs.

— Comment savez-vous que je ne suis pas un assassin ? » demanda-t-elle.

Elle avait voulu jouer la décontraction, mais il y eut dans sa voix un léger chevrotement qui trahit sa nervosité ; elle s'en rendit compte et détourna les yeux, embarrassée, lorsqu'il la regarda.

« Je ne vous ai pas encore montré le dernier étage », dit David calmement.

Il la conduisit, par l'escalier en colimaçon, jusqu'à la chambre ; les rideaux n'avaient pas été tirés, et il n'alluma pas. La lune flottait au-dessus des pins et de leur ombre profonde.

Valerie traversa la pièce et alla s'appuyer du front contre la vitre froide de la baie, regardant les lumières de la ville. David vint se placer à côté d'elle et posa une main légère sur l'épaule de la jeune femme. Elle se tourna pour lui faire face et il la prit dans ses bras. Il pressa ses lèvres, délicatement, contre celles de Valerie. Elle eut un instant d'hésitation et son corps se raidit entre les mains de David. Puis elle lui jeta les bras autour du cou et lui rendit son baiser avec beaucoup de passion.

David recula d'un pas, quelque peu surpris par la férocité de sa réaction. Le regardant dans les yeux, elle dénoua les bretelles de sa légère robe d'été. Le vêtement flotta avec lenteur le long des courbes de son corps. Elle se tint ainsi, dans le clair de lune, le visage dans l'ombre.

David se dévêtit à son tour sans la quitter un instant

des yeux. Elle avait un corps splendide ; une silhouette athlétique, des seins petits, mais parfaits. Il percevait le rythme paisible de sa respiration aux mouvements de sa cage thoracique, sous la peau lisse et bronzée.

Ils s'effleurèrent et elle vint se fondre en lui. Ils se caressèrent et il oublia où il se trouvait, qui il était. Il y avait du désespoir et un réel abandon dans la façon de faire l'amour de la jeune femme ; elle s'agitait sous lui avec violence et passion ; puis son corps s'arqua soudain et elle ferma les yeux très fort. Il sentit les ongles de Valerie qui s'enfonçaient dans son dos, l'entendit hoqueter, puis gémir.

Ils se tinrent un moment serrés l'un contre l'autre ; puis David roula lentement sur le dos. Elle posa la tête sur sa poitrine et soupira. Il joua avec les longs cheveux de la jeune femme et remonta jusqu'à son visage. Elle avait la joue mouillée de larmes.

« Ne pleure pas, murmura-t-il.

— Je suis toujours triste après avoir fait l'amour. Après avoir vraiment fait l'amour. Je me sens... comment dire ? comme si j'avais perdu quelque chose. »

Il s'assit, se dégageant délicatement. Le clair de lune venait jouer dans la chevelure blonde de Valerie et on aurait dit que des torsades de fils d'or s'étalaient sur le bleu pâle des oreillers.

« Tu es très belle », remarqua David.

Elle se détourna.

« Ai-je dit quelque chose de mal ?

— Non... je... c'est simplement que... »

Il lui mit un doigt sur les lèvres, puis l'embrassa. Il sentit son désir s'embraser de nouveau. Elle l'attira à lui.

« Il faut que je parte, dit-elle, il est très tard. »

Il jeta un coup d'œil à l'horloge numérique sur la table de nuit. Minuit passé.

« Pourquoi ne pas passer la nuit ici ? Je te préparerai un petit déjeuner sensationnel, demain matin, promis. »

La jeune femme parut soudain inquiète.

« Je ne peux pas rester, David. C'est que… je ne peux pas.

— Mais pourquoi ? voulut-il savoir, se demandant ce que signifiait ce changement d'humeur.

— Je t'en prie, David. Cela n'a rien à voir avec toi. Je ne peux pas rester, c'est tout. Peux-tu me ramener à la maison de Mr Banks ? Ma voiture est restée là-bas. »

David acquiesça. Elle se leva et se rendit dans la salle de bains, ramassant ses vêtements au passage. Il la regarda, depuis le lit. Elle appuya sur le commutateur et le miroir, qui allait du sol au plafond, réfléchit son image dans un halo de lumière. Toutes les parties de son corps étaient sculptées avec délicatesse, des bras longs et minces aux jambes admirablement dessinées, en passant par un ventre plat et musclé. Il fut pris de l'envie de la toucher encore.

Elle disparut à sa vue, et il entendit la porte de la douche qui s'ouvrait. Il resta allongé sur le lit, contemplant le plafond. Sur le plan sexuel, les choses s'étaient très bien passées entre eux. Il avait eu l'impression, en la pénétrant, de donner aussi quelque chose de lui-même au lieu de simplement prendre. Cela faisait longtemps qu'il n'avait pas ressenti cela.

L'eau de la douche coula. Il tourna la tête vers la salle de bains. Il n'avait pas envie de la voir partir et se demandait quelle raison l'obligeait à le quitter. La plus évidente était qu'elle avait un mari. Ce qui expliquerait aussi sa nervosité au cours de la réception. Cela changerait-il quelque chose pour lui s'il apprenait qu'elle était mariée ? Il conclut que non.

L'eau s'arrêta et David commença à s'habiller. Quel effet cela lui ferait-il d'aimer une femme ? Entre lui et Monica, ce n'avait pas été de l'amour, même s'il n'avait jamais rien éprouvé d'aussi fort pour aucune autre femme. Il pensa à Gregory Banks et au couple que lui et son épouse formaient. Quel était le secret qui leur avait permis de tenir aussi longtemps ? Quelle était l'alchimie ? Lui manquait-il quelque chose que possédaient les autres hommes ?

Valerie finit sa toilette en se recoiffant, puis ferma la lumière de la salle de bains. David enfila son pantalon et boutonna sa chemise de sport tout en observant la jeune femme qui allait et venait dans la chambre, regardait par la fenêtre, manipulait des objets, mais évitait de se tourner vers lui. Il désirait beaucoup la revoir. Il y avait quelque chose en elle... Il voulait vérifier si ce qu'il ressentait pour cette jeune femme n'était que l'effet magique de la soirée ou quelque chose de plus.

Ils roulèrent en silence sur la route qui descendait la colline. La vue était superbe et ni l'un ni l'autre ne voulaient rompre le charme qui en émanait. La plupart des invités de Gregory étaient partis, mais du bruit provenait encore de la grande maison. La voiture de Valerie était garée tout en bas de la longue allée privée. David se rangea derrière. Il coupa le contact et ils restèrent assis dans le noir.

« J'aimerais qu'on se revoie », dit-il.

Elle parut soudain agitée — presque comme si elle regrettait la soirée.

« Quelque chose ne va pas ?

— Ecoute, David, répondit-elle lentement. Je ne veux pas que tu te méprennes... J'ai passé un bon moment, un excellent moment... avec toi. Mais en ce moment, je ne sais pas trop où j'en suis. »

Elle s'interrompit. Il n'avait qu'un désir, la prendre dans ses bras. La serrer contre lui. L'obliger à s'abandonner. Il comprenait cependant que ce serait une erreur.

« Très bien, dit-il. Moi aussi, j'ai beaucoup aimé cette

soirée avec toi. Si tu ressens la même chose que moi, tu sais comment me joindre. »

La jeune femme regarda un instant ses genoux, se tourna vivement vers lui et l'embrassa ; puis elle ouvrit la portière, descendit et regagna sa voiture. David la regarda démarrer. Il était fatigué et un peu déprimé, mais il ne repartit pas tout de suite.

5

Les rayons de soleil entraient à flots dans la chambre à coucher de David à travers la baie vitrée. Il s'étira ; dans cette tiède lumière matinale, il se sentait paresseux et détendu. Il ouvrit les yeux. Un oiseau chantait, et il voyait les pins bien verts se profiler sur le ciel bleu et clair. Il aurait dû exulter. Au lieu de cela, il se sentait envahi d'un sentiment de perte. Impression qui sans le submerger était suffisamment réelle pour l'affecter.

Il alla s'asperger le visage d'eau froide, dans la salle de bains, puis il se lava les dents et se rasa. De retour dans la chambre, il se livra à des exercices de musculation devant le grand miroir. Il aimait voir ses muscles jouer, s'étirer, se contracter. Lorsqu'il commença à être en sueur, il passa à des étirements pour se désengourdir les jambes. Après quoi, il enfila un short, un t-shirt et des chaussures de jogging.

Sa maison se trouvait au bord d'une route de cinq kilomètres et demi qui faisait le tour de la colline et revenait jusqu'à sa porte. Son entraînement matinal le faisait passer au milieu de parties boisées et au pied d'autres maisons récentes. Il n'était pas le seul à courir, et il salua de la tête les quelques joggers qu'il croisa. Cette course était devenue un rituel quotidien, depuis cinq ans. Son organisme avait subi, au fil des années, les conséquences de la nature sédentaire de son travail. A trente ans, il avait pris conscience que son corps se ramollissait et il s'était donc remis à soulever la fonte et à courir, dans une tentative pour retrouver les muscles de sa jeunesse.

Il était neuf heures. Il avait dormi plus tard que d'habitude, mais c'était sans importance. Il ne plaidait pas, aujourd'hui, et il n'avait pour le moment aucun dossier urgent en dehors de l'affaire Seals.

A mi-chemin, il rattrapa une jolie fille qui courait devant lui. Elle lui fit penser à Valerie Dodge. La jeune femme lui avait laissé une étrange impression. La manière mystérieuse dont elle avait mis fin à leur soirée y était peut-être pour quelque chose. A moins que ce ne fût ce mélange de passion et de retenue qu'elle avait manifesté pendant qu'ils faisaient l'amour qui eût attisé son désir. Elle l'avait serré très fort contre elle, dans le lit ; puis, au moment où il pensait qu'elle allait s'abandonner complètement elle s'était brusquement tendue, comme si elle battait psychologiquement en retraite par rapport à l'acte auquel elle se livrait. Chose qui l'avait désarçonné, mais aussi séduit et qui suggérait un mystère derrière ces yeux bleus, sous l'enveloppe de ce corps mince qu'il tenait dans ses bras.

David accéléra sur les derniers quatre cents mètres. Il prit une douche et s'habilla. Il avait décidé de ne pas attendre que Valerie Dodge l'appelât. Il allait se mettre à sa recherche.

« Ici le comité de campagne Bauer.

— J'aimerais parler à Joe Barrington, s'il vous plaît.

— Lui-même.

— Ah, Joe, ici David Nash.

— Sacrée réception hier au soir, Dave. Transmets un million de remerciements à Greg.

— Je suis content que ça se soit bien passé.

— Le sénateur était vraiment satisfait.

— Parfait. Ecoute, Joe, je t'appelle pour te demander une information. C'est toi qui as aidé Greg à établir la liste des invités, n'est-ce pas ?

— Bien sûr. Que puis-je faire pour toi ?

— J'ai rencontré une femme, à cette soirée. Elle s'appelle Valerie Dodge. Grande, vingt-cinq-vingt-six ans, blonde. J'ai promis de lui donner une réponse sur un problème légal dont elle m'a parlé, et je ne retrouve pas son numéro de téléphone. J'ai appelé les renseignements, mais ils ne la connaissent pas.

— Pas de problème. Donne-moi un instant, que j'aille chercher cette liste. »

Joe Barrington reprit le combiné une minute plus tard. « On dirait que je ne peux rien faire pour toi, Dave. Il n'y a personne de ce nom sur la liste. Est-elle venue avec quelqu'un ?

— Non, elle était seule.

— C'est bizarre. Je suis certain que tous les invités figuraient bien sur la liste. Evidemment, Greg peut l'avoir invitée à titre personnel. Ou le sénateur. Veux-tu que je vérifie ?

— Tu ferais ça ?

— Pas de problème. Ça risque seulement de prendre deux ou trois jours. On est un peu débordés, ici.

— Pas de problème. Rien ne presse. Elle va probablement me rappeler d'ici un jour ou deux.

— Remercie encore Greg. N'oublie pas. Le sénateur lui enverra lui-même un mot, mais pas avant quelques jours sans doute.

— Je le lui dirai. Merci encore. »

David raccrocha et s'enfonça dans son fauteuil. Il n'y avait de Valerie Dodge ni dans l'annuaire ni sur la liste. Ce n'était peut-être pas son vrai nom. Si elle était mariée, elle avait pu lui en donner un faux. Il lui fallait la revoir. Plus elle devenait mystérieuse, plus il en ressentait le désir. Il ferma les yeux et pensa aux divers moyens qu'il pouvait utiliser pour remonter la piste de l'inconnue. A l'heure du déjeuner, il n'en avait encore trouvé aucun.

Ortiz entendit Ron Crosby entrer dans sa chambre d'hôpital. Il tourna la tête vers la porte. Ce simple geste lui coûta beaucoup d'efforts. Ses yeux au beurre noir et le pansement sous lequel disparaissait son nez lui donnaient l'air d'un boxeur qui vient de perdre par KO. Les élancements, dans sa tête, n'avaient pas cessé, et son nez cassé lui faisait encore plus mal.

« Alors, Bert, prêt à retourner au boulot ? » lui demanda Crosby.

Ortiz savait que son collègue ne cherchait qu'à lui remonter un peu le moral, mais il était incapable de sourire.

« Est-ce qu'elle est... ? demanda-t-il d'une voix fatiguée.

— Morte. Oui. »

Le policier ne fut pas surpris. Ron était le premier à le lui confirmer, mais il le savait déjà.

« Es-tu en état d'en parler, Bert ? » demanda Crosby, tirant à lui une chaise métallique grise pour s'asseoir à côté du lit.

Ce n'était certes pas la première fois qu'il venait interroger le témoin d'un homicide dans une chambre d'hôpital, au bout de quinze ans dans la police, dont huit passés à la criminelle. Les choses étaient différentes, cependant, lorsque le témoin était non seulement un collègue, mais un ami.

« Je vais essayer, répondit Ortiz, mais j'ai du mal à tout remettre en ordre.

— Je sais. Tu as eu un traumatisme crânien. D'après

le médecin, tu vas avoir du mal à te rappeler ce qui s'est passé pendant quelque temps. »

Ortiz parut effrayé, et Ron leva la main. « Pendant quelque temps seulement, Bert. Il dit que la mémoire revient progressivement et qu'à la longue tu te souviendras de tout. Je n'aurais probablement pas dû venir aussi tôt, mais étant passé voir comment tu allais, je me suis dit que j'allais en profiter pour te cuisiner un peu.

— Merci d'être venu, Ron. »

Ortiz ferma les yeux et reposa sa tête sur l'oreiller. Crosby changea de position sur sa chaise. Il était petit, pour un policier, un mètre soixante-dix, mais il avait un grand buste, et des épaules larges qui dépassaient de chaque côté du dossier. Il s'était engagé dans la police peu avant trente ans, après avoir passé plusieurs années dans l'armée. Il avait eu quarante-deux ans en février dernier et le gris commençait à l'emporter sur le noir dans sa chevelure qui s'éclaircissait.

« Sur le meurtre lui-même, je ne me rappelle rien. Je me souviens vaguement d'un motel, mais c'est tout. Ah, si, la voiture, ajouta-t-il, soudain pris d'espoir. C'était une Mercedes. Beige, je crois. »

Cet effort l'avait épuisé, et sa tête roula comme un ressort en bout de course.

« Tu n'aurais pas repéré le numéro d'immatriculation ou... ?

— Non, il ne me semble pas. Mais tout ça est tellement brumeux... »

Crosby se leva.

« Je vais te laisser. Il faut que tu te reposes. Je ne veux pas t'embêter davantage.

— Non, ça va, Ron. Je... » Ortiz s'interrompit. Quelque chose le troublait. « Ryder, qu'est-ce qu'il en pense ? demanda-t-il au bout d'un moment. Je veux dire, est-ce qu'il n'estime pas que je... ?

— Il n'en pense rien du tout. Personne n'en pense

quoi que ce soit, Bert. On ne sait même pas ce qui est arrivé. »

Le blessé porta les doigts à sa figure et les fit courir sur le chaume court qui couvrait ses joues. Il se sentait épuisé.

« Et si tout était de ma faute ? Tu comprends, il m'avait mis avec Darlene parce que c'était une nouvelle, et si jamais... »

Il n'acheva pas sa phrase.

« Tu as déjà assez de soucis comme ça sans commencer en plus à t'apitoyer sur toi-même. Tu es un bon flic, comme tout le monde le sait. Pour le moment, occupe-toi d'une seule et unique chose : retrouver la mémoire.

— Ouais, d'accord. C'est simplement que...

— Je sais. A bientôt, d'accord ?

— D'accord. Merci encore d'être venu. »

La porte se referma et Ortiz resta plongé dans sa méditation. Les calmants qu'on lui avait administrés le laissaient somnolent, sans faire disparaître complètement la douleur, toutefois. Ils la rendaient juste supportable. Il ferma les yeux et vit Darlene. Quelle casse-pieds ! Et gamine, avec ça. Avait-il déconné parce qu'il était alors furieux contre elle ? Il aurait bien aimé retrouver ses souvenirs. Il tenait certes à remettre la main sur le tueur mais, plus que tout, il lui fallait savoir si la jeune femme était morte par sa faute ou non.

6

LA première moitié du mois de juillet fut fraîche et agréable. Sous un soleil bénin jouaient des brises légères, s'épanouissait une folle profusion de fleurs et les filles s'habillaient de riens qui réjouissaient l'œil. Puis, du jour au lendemain, la brise tomba, le soleil devint féroce et la masse pesante d'un air chaud et immobile vint recouvrir Portland, desséchant les fleurs et donnant aux filles l'air fatigué, la démarche laborieuse. Cette chaleur oppressante, pour David, n'était que l'expression météorologique de son humeur. La stagnation de l'air avait un effet déshydratant qui émoussait l'énergie de la ville, et l'avocat sentait fondre ses ressources mentales et spirituelles, lentement, comme fond la cire d'une bougie.

Toutes ses tentatives pour retrouver Valerie Dodge avaient échoué et elle ne l'avait pas rappelé. Peut-être la désirait-il d'autant plus qu'elle restait insaisissable ; son absence, cependant, le confrontait au vide de sa vie personnelle.

Pas d'échappatoire dans le travail qui ne faisait que l'enfoncer davantage dans la dépression. L'affaire Gault lui avait valu de nouveaux clients, tous coupables et tous nourrissant l'espoir qu'il accomplirait des miracles et leur rendrait l'innocence. S'échiner pour ces gens le décourageait. Il avait de plus en plus le sentiment de faire quelque chose qu'il n'aurait pas dû faire.

L'inventivité qui avait caractérisé le début de la carrière de David laissait la place à une routine parfaitement rôdée qui lui permettait d'avancer dans ses dossiers sans même y penser. Son succès comme avocat était la conséquence de son intelligence et de son acharnement au travail. Les autres ne s'en rendaient peut-être pas compte, mais lui savait bien qu'il sous-utilisait ses talents. Jusqu'ici, cela n'avait rien changé aux résultats qu'il obtenait ; un jour, néanmoins, ils en seraient affectés. Et ce jour-là il comprendrait (même s'il était le seul, encore une fois) qu'il était tombé au même niveau que les chasseurs d'ambulance et les incompétents qui s'engraissent dans les égouts du droit criminel.

Le procès de Tony Seals devait avoir lieu fin juillet. David y mettait la dernière main lorsque la réceptionniste l'appela pour lui annoncer que Thomas Gault venait de se présenter au cabinet. David n'avait que rarement revu l'écrivain depuis le procès, mis à part la demi-journée qu'ils avaient passée ensemble pour une interview en vue du livre. Il n'avait guère eu envie de parler de l'affaire Gault, mais il avait une participation dans la publication et il était obligé de coopérer par contrat. Cet entretien avait eu lieu le lendemain du procès, après quoi Gault était parti passer une semaine aux Antilles, puis était revenu s'enfermer chez lui pour finir le livre.

David eut un instant de stupéfaction lorsque s'ouvrit la porte de son bureau. Gault éclata de rire. Il adorait choquer les gens et les réactions à son aspect lui valaient des satisfactions à bon marché. Des pieds aux épaules, il était toujours le même ; seule sa tête avait changé. Fini, les cheveux longs : il avait le crâne entièrement rasé et brillant, et sa lèvre supérieure s'ornait d'une moustache à la Fu Manchu.

« Bon Dieu ! s'exclama David, faisant la joie de l'écrivain. Seriez-vous devenu catcheur professionnel ?

— J'ai décidé de changer mon image, répondit Gault avec un sourire.

— Asseyez-vous, l'invita David, secouant la tête. Qu'est-ce qui vous amène en ville ?

— Le livre. Mon éditeur aimerait que j'étoffe davantage les derniers chapitres et m'a suggéré de vous cuisiner un peu plus sur le procès.

— Sur quels points, exactement ?

— Je ne sais pas. C'est son idée... Ce que vous avez mangé au matin du grand jour. Qui s'occupe de vos vêtements. Pensez à quelque chose. Après tout, c'est moi qui fais le travail et vous touchez votre pourcentage. Collaborez un peu.

— Voyons, Tom, comment savoir ce qui pourrait intéresser vos lecteurs ? Mettez-moi au moins sur la piste.

— Vous n'avez jamais fait de sport pendant que vous étiez au lycée ou à l'université ? »

L'avocat haussa les épaules.

« J'ai fait un peu d'athlétisme et de la lutte.

— Très bien. Si vous me disiez par exemple comment l'attente avant un procès ressemble à ce que vous éprouviez avant une compétition sportive ? Qu'en pensez-vous ? »

David réfléchit quelques minutes avant de répondre :

« Cette comparaison ne va pas très loin, à mon avis. Dans le sport, on gagne ou on perd en fonction de sa performance durant l'événement sportif, mais ce n'est pas lors du procès qu'un avocat remporte une affaire.

— Que voulez-vous dire ?

— Les éléments d'un dossier sont acquis au moment où vous allez plaider. Il en manque peut-être, mais c'est avec ceux dont vous disposez qu'il faut faire.

Si bien qu'un avocat gagne ses procès avant qu'ils aient lieu, en trouvant, par son travail d'investigation, ce que signifient ces éléments. L'avocat ne peut changer les faits ; en revanche, lorsqu'ils lui sont connus, il peut les traiter. Essayer de faire en sorte que le jury les envisage d'un certain point de vue. Et, en règle générale, on peut voir les faits sous plusieurs angles différents.

« Il y a trois ou quatre ans, j'ai défendu un homme qui avait essayé de braquer une supérette. Il est arrivé avec un fusil de chasse et a dit au gérant de lui passer la caisse ou sinon il le descendait. Le gérant était un dur à cuire ; il a pris son pistolet et a tiré une balle dans le cou de mon client. Quand la police est arrivée, le braqueur gisait dans une mare de sang en tenant son fusil, et il y avait cinq témoins qui juraient qu'il s'agissait d'une attaque à main armée en bonne et due forme : c'est l'accusation qui a été retenue par le juge d'instruction. Tels étaient les faits quand j'ai pris le dossier. Vous voulez savoir le verdict ? »

Gault sourit.

« Je parie qu'il s'en est tiré. Mais comment avez-vous fait ?

— Il y avait d'autres éléments à prendre en considération et que nous ne connaissions pas au début. A l'hôpital, avant d'opérer mon client, on lui a fait une prise de sang. Parmi les tests de routine que pratique l'hôpital dans ces cas de figure, il y a une analyse de sang qui, outre le groupe sanguin, détermine le taux éventuel d'alcool qu'il contient. Mon bonhomme était fin soûl. Il avait ingurgité tellement d'alcool que j'ai pu obtenir le témoignage de deux psychiatres réputés, qui ont affirmé qu'un individu dans cet état était incapable d'avoir l'intention de commettre un crime ; or le procureur général doit apporter la preuve de l'intention dans un vol à main armée.

« L'étape suivante a consisté à découvrir pour quelle raison mon client buvait ainsi. Sa femme était morte quelque temps avant et il s'était effondré. Au moment où je l'ai connu, il était déjà alcoolique.

« Et finalement, il nous a fallu comprendre pour quelle raison il s'en était pris à cette supérette en particulier. Mon enquêteur a fouiné, posé des questions, et fini par découvrir que notre bonhomme s'était enivré à mort ce jour-là. Deux de ses copains avaient manigancé l'attaque et l'avaient envoyé au casse-pipe. Il était tellement rond qu'il ne savait pas ce qu'il faisait. En réalité, il ne se souvenait même pas de ce qu'il avait fait.

« Lorsque nous avons présenté tous ces éléments au jury, il l'a acquitté. Pas à cause de mon numéro devant le tribunal cependant, mais grâce au travail d'enquête conduit avant. Rassembler les faits et les présenter sous un jour favorable au tribunal.

— Et c'est ce que vous avez fait dans l'affaire *l'Etat contre Thomas Ira Gault ?* Vous avez manipulé les faits ? » demanda Gault avec un sourire malicieux.

David regarda l'écrivain droit dans les yeux, mais sans sourire. La question le prenait au dépourvu.

« Oui, répondit-il.

— Vous savez, il y a une question que j'ai envie de vous poser depuis longtemps, David. Pendant tout ce temps où vous m'avez défendu — faisant entre parenthèses un travail sensationnel — que pensiez-vous ? Coupable ou innocent ? Dites-moi.

— Coupable », dit David, sans un instant d'hésitation.

Gault renversa la tête et éclata bruyamment de rire.

« Génial ! Et ça ne vous a pas empêché de vous démener comme un beau diable. David, mon vieux, vous êtes un sacré pro. Voulez-vous que je vous dise quelque chose ? ajouta-t-il d'un ton de conspirateur.

— Quoi donc ?

— Est-ce que le secret professionnel vous lie encore à moi ? »

David acquiesça, soudain tendu.

« Tout ce que je peux vous dire doit rester entre nous, n'est-ce pas ? Ni la police ni personne doit en entendre parler ? »

David acquiesça de nouveau. Gault se renfonça dans son siège et sourit.

« Eh bien, c'est exact, mon vieux. C'est moi qui l'ai battue à mort. Ah, elle le méritait bien. C'était une vraie salope. La salope type. Bref, j'étais rond. Bourré comme un coing. Mais excité. J'avais très envie de baiser. Et vous savez quoi ? Elle m'a envoyé me faire voir. Cette salope ne voulait pas s'allonger. Je ne pouvais tout de même pas la laisser s'en tirer comme ça, n'est-ce pas, Dave ? J'étais vraiment près à la faire grimper aux rideaux, des trucs exotiques — pas la bonne vieille position du missionnaire. Non, m'sieur. Je voulais me l'enfiler comme il faut. Mais elle m'a dit des clous, et j'ai commencé à la tabasser. C'est génial. »

Gault marqua un temps d'arrêt, pour l'effet. David ne broncha pas.

« Vous n'avez jamais cogné de bonne femme ? Non ? C'est sensationnel. Elles sont tendres. Elles ne supportent pas la douleur. »

L'écrivain ferma un instant les yeux, et une expression béate se peignit sur son visage.

« Julie était très tendre, Dave. Tendre à tous les bons endroits. Et elle adorait la souffrance. L'adorait vraiment. Si bien que je lui ai donné la souffrance ultime. Je lui ai donné la mort. » Il se tut et regarda son avocat dans les yeux. « Alors, Dave, qu'est-ce que vous en pensez ? »

David ne savait que dire. Il était écœuré. Le visage de Gault s'était durci pour se transformer en un masque qui aurait pu être celui du sadisme, déformant ses traits réguliers, les rendant grotesques. Puis ce masque s'effaça brusquement et l'écrivain partit d'un rire homérique.

« Oh, vous devriez voir la tête que vous faites ! Bon Dieu ! » hurlait-il entre deux rafales.

David resta interloqué devant ce changement d'attitude.

« Ce n'est pas vrai, j'ai tout inventé, réussit à dire Gault entre deux hoquets. Quel dialogue fabuleux ! Oh, la tête que vous faites !

— Je ne trouve pas...

— C'est une blague, vieux. Une blague. Non, je n'ai pas tué Julie. C'était une salope, c'est vrai, et sa mort ne m'a pas brisé, c'est vrai aussi. Mais, bordel, c'était un être humain et je ne souhaite à personne de mourir comme elle est morte. »

Gault s'arrêta et David voulut dire quelque chose. Il se demandait de quoi il avait le plus envie : frapper l'écrivain ou prendre un verre.

« Espèce de salopard…

— Je vous ai bien eu, hein ?

— Bordel…

— Ça vous apprendra à me raconter que vous m'avez cru coupable. »

David, toutefois, ne savait que penser. Il y avait eu quelque chose dans l'expression de l'homme, quand il avait fait sa confession…

« Alors, mon vieux, aucune réaction ? demanda Gault, son sourire retrouvé.

— Je ne sais pas quoi vous dire », répondit David, son ton trahissant une partie de la colère qui avait pris, en lui, la place de sa confusion et de sa stupéfaction premières.

« Allons, voyons, Dave. Vous n'êtes pas fâché, tout de même ?

— Bon sang ! Tom, répondit finalement David, le visage empourpré, ce n'est pas le genre de choses avec lesquelles on peut plaisanter.

— C'est là où vous vous trompez, mon gaillard. La première chose que l'on apprend à la guerre, c'est que la mort est une plaisanterie. La grande blague finale, mon vieux. »

Gault s'inclina vers le bureau. Il paraissait s'adresser à David, mais celui-ci se rendait compte que l'écrivain parlait pour lui-même.

« La mort est partout, il ne faut jamais l'oublier. Plus on vit dans un milieu civilisé, plus cette maudite salope est difficile à repérer, mais elle est bien là, planquée dans la laverie automatique, vous lorgnant depuis le four à micro-ondes. Elle est mieux camouflée ici, à Portland, mais elle est toujours présente

« Cela dit, il y a deux moyens de faire avec la mort, mon vieux. On peut soit en avoir peur, soit en rigoler. Mais je vais vous dire un truc : peu importe la manière dont vous la traitez, parce qu'elle nous traite tous de la même manière. Si bien que quand on est au fond de la jungle et qu'on la voit tous les jours, flambant nue, partout autour de soi, il faut fichtrement bien la connaître, cette garce, et se rendre compte que c'est une farceuse — tout le contraire d'une fille sérieuse. Et on apprend qu'il vaut mieux crever en rigolant que vivre en ayant tout le temps la pétoche. »

Gault s'interrompit brusquement et s'enfonça dans son siège. « Il faudra que je me souvienne de cela, reprit-il. Ce serait excellent dans mon prochain livre, vous ne trouvez pas ? Très profond, vraiment.

— Tout à fait », lui confirma David, qui ne savait toujours pas très bien ce qu'il devait penser des aveux de l'écrivain et que sa propre incertitude déconcertait. « Ecoutez, reprit-il, cela ne vous ennuierait pas, si on travaillait un autre jour sur le livre ?

— Hé, ne me dites pas que cette histoire vous a bouleversé ?

— Non, Tom, mentit David, c'est simplement que je ne m'attendais pas à vous voir et que j'ai certaines choses à faire. On pourrait se voir la semaine prochaine, peut-être ?

— Entendu, dit Gault qui se leva. Je vous appellerai. »

L'écrivain se retourna lorsqu'il eut la main sur le bouton de porte.

« Une dernière chose, Dave. Si ce que je vous ai dit avait été vrai, si j'avais vraiment tué Julie, auriez-vous gardé le secret ?

— Je ne révèle jamais les confidences que me font mes clients.

— Vous êtes un gars bien, mon vieux. Vous devriez un peu faire attention à vous. Vous n'avez pas l'air tellement en forme. On dirait que vous manquez de sommeil. »

Un dernier clin d'œil et l'écrivain s'esquiva.

7

DAVID mit longtemps à se calmer, après le départ de Gault. L'homme avait-il seulement plaisanté ? Il présentait un côté sadique indiscutable. Il s'était régalé de voir David se tortiller au bout de son hameçon. Lorsqu'il avait parlé du meurtre, cependant, il avait paru d'une sincérité... on aurait cru qu'il revivait un souvenir et non qu'il en inventait un. David ne savait que penser, et le pire était que la règle du secret professionnel liant un avocat à son client l'empêchait de parler à quiconque de la conversation qu'il avait eue avec Gault.

L'interphone retentit et David accueillit cette diversion avec gratitude. C'était Monica qui l'appelait depuis le bureau du procureur général.

« Peux-tu venir ici, Dave ? lui demanda-t-elle.

— Bien sûr. Qu'est-ce qui se passe ?

— Je voudrais te parler. C'est à propos de Tony Seals.

— Que lui arrive-t-il ?

— Je te le dirai quand tu seras là, dit-elle avec une note d'amertume dans la voix. Et amène ton caddie avec toi. Aujourd'hui, on brade la baraque. »

Un corridor étroit desservait les espèces de placards anonymes qui passaient pour des bureaux dans le quartier général du procureur. Du fait de son ancienneté, Monica avait droit à un placard d'angle un peu plus grand que les autres. Seule tentative pour humaniser un peu son espace de travail, une lithographie encadrée de Chagall qui mettait une tache de couleur à côté de son diplôme en noir et blanc.

Elle était penchée sur un dossier à l'arrivée de David et elle lui fit signe de s'asseoir. Il y avait deux chaises devant le bureau ; il enleva la pile de classeurs qui était posée sur l'une, la plaça sur le sol, puis jeta un coup d'œil sur le journal déployé au-dessus des dossiers entassés sur l'autre siège. Monica releva la tête.

« J'ai besoin du témoignage de Seals et je suis prête à lui donner l'immunité en échange », dit-elle sans autre préambule.

David resta une seconde sans réagir. Il étudia le visage de son ex-femme. Lorsqu'il eut la certitude qu'elle était sérieuse, il demanda :

« Et pourquoi en as-tu besoin ?

— Parce qu'il est le seul, en dehors de Zachariah Small, qui puisse témoigner que c'est Sticks qui a appuyé sur la gâchette, dans la montagne. Sans lui, Sticks s'en sortira.

« Nous avions un informateur qui les a entendus parler, tous les trois, après le coup. Sticks et Zack se vantaient de l'avoir descendue, et il est tout à fait clair que c'est Sticks qui a tiré depuis la voiture.

— Mais alors, pourquoi ne pas se servir de cet informateur ?

— Il a disparu. Il a fichu le camp peu de temps après avoir déposé. C'est un vagabond qui habitait dans la maison Gomes au moment où les garçons ont été arrêtés. Il a dû prendre peur quand il a compris qu'on voulait le faire témoigner. J'ai bien demandé à la police de le rechercher, mais même si on le trouve, je ne suis pas sûre qu'il nous servira à grand-chose. Il a déjà un casier chargé et c'est un ivrogne. »

David se sentait tout excité. Il s'inclina légèrement en avant.

« Bénéficierons-nous de l'immunité complète ?

— Oui. »

Il se leva.

« Je vais parler à mon client. »

Le gardien introduisit Tony Seals dans la salle des visites de la prison du comté. Des chaises pliantes branlantes étaient plus ou moins alignées le long du mur dans la pièce tout en longueur. David, assis devant la table à dessus de formica, à l'autre bout, regardait arriver son client.

« Sonnez-moi quand vous aurez fini », lui dit le gardien, indiquant le bouton noir d'un boîtier métallique fixé au mur près de la porte à barreaux — puis il claqua le battant métallique et on entendit la clef tourner dans la serrure.

Les jours de visite, cette salle était en général pleine de femmes ou de petites amies anxieuses, parlant à voix basse à des hommes avec lesquels elles ne feraient pas l'amour d'ici un bon bout de temps. Mais en ce jour de semaine et à cette heure relativement matinale, David et Tony Seals étaient seuls.

TS sentait encore plus mauvais que la fois précédente. Il dégageait cette odeur particulière et ignoble de tous les hommes incarcérés dans cette prison. Un de ces relents qui donnent l'impression de coller à la peau, d'être impossible à éliminer un jour.

David chercha le regard de l'adolescent monté en graine qui se dirigeait vers lui d'un pas traînant et d'une démarche de marionnette, à croire qu'il avait de la paille à la place des os. Ses yeux éteints étaient aussi dépourvus de vie que son éternel demi-sourire.

« Bonjour, m'sieur Nash. »

Il parlait d'une voix douce qui se chargeait rarement d'une émotion quelconque.

« Assieds-toi, TS. »

L'adolescent obéit. Il obéissait toujours. David se demanda s'il avait jamais pris une décision dans sa vie. Monica devait avoir raison. Les auteurs des coups de feu étaient bien plus probablement Sticks et Zack. Il avait affaire, avec TS, à un garçon dépourvu de tout libre arbitre. A une créature à qui il suffisait de dire d'aller du point A au point B pour qu'elle se mît en mouvement.

« Comment ça va ?

— Ça va, ça va.

— J'ai quelques questions à te poser, TS, et je veux que tu me répondes la vérité. C'est important, et il ne faut donc pas me raconter d'histoires.

— Bien, sûr, m'sieur Nash.

— Qui a tiré sur Jessie quand elle était dans le trou ? La première balle.

— C'était Zack.

— Toi, tu n'as pas tiré sur elle ? »

Le garçon eut une petite bouffée de peur que David sentit.

« Non, m'sieur Nash, j'vous jure. J'ai pas tiré sur elle.

— Et ensuite, dans la montagne ? Qui lui a tiré dessus ? »

L'adolescent leva la main droite et commença à tripoter un bouton qu'il avait à la joue. Il se passa la langue sur la lèvre inférieure, puis referma vivement la bouche.

« Eh bien ?

— Heu... eh bien, c'était Sticks. Zack a tiré la première fois, juste au moment où on l'a laissée. Ensuite on est partis, et Sticks a dit qu'il fallait être sûr. Alors on a fait demi-tour, et Sticks a demandé à Zack s'il pouvait tirer à son tour, et Zack lui a passé le pétard. »

David regardait TS avec attention. Evoquer le moindre souvenir paraissait l'épuiser. Il se demanda comment on pouvait traverser l'existence avec un cerveau fonctionnant à ce point au ralenti.

« As-tu tiré avec cette arme à un moment ou un autre, TS ? »

L'ado arrêta de tripoter son bouton et parut effrayé.

« Non, sincèrement. Ils ont pas dit que je l'avais fait, hein ? Ils l'ont pas dit ?

— Je veux le savoir.

— Non, non. Zack avait dit qu'il me laisserait essayer, mais j'étais trop pété. J'ai dit non, et Sticks a tiré une deuxième fois.

— Que veux-tu dire, que tu étais pété ?

— J'étais fatigué », répondit-il, s'affaissant sur sa chaise comme s'il avait oublié la peur qu'il avait ressentie seulement quelques secondes auparavant.

Il se remit à malmener son bouton.

« Juste entre nous, TS, si tu n'avais pas été fatigué, est-ce que tu lui aurais tiré dessus ? »

L'ado réfléchit et David se demanda pour quelle raison il lui avait posé cette question. Qu'est-ce que cela changeait ? Il avait gagné. TS serait libre après avoir témoigné au procès de ses anciens amis, et David aurait mérité ses honoraires. Pourquoi avait-il besoin de connaître la vérité sur cet imbécile qu'on allait bientôt relâcher dans la nature ?

« Ouais, je crois », dit-il.

Le bouton éclata et du pus lui coula entre les doigts. David se sentit glacé, seul. La pièce vide lui parut soudain oppressante et il n'eut plus qu'une envie, ficher le camp de là.

« Madame le substitut nous a proposé un accord, TS. Elle estime qu'elle a besoin de ton témoignage pour pouvoir faire condamner Sticks et Zack. Si tu acceptes de déposer contre eux, elle t'accordera une immunité entière. Sais-tu ce que cela veut dire ? »

TS secoua négativement la tête. Ses doigts venaient de s'attaquer à un autre bouton.

« Cela veut dire que tu seras libre. Qu'on renonce à te poursuivre pour avoir participé à la tentative d'assassinat sur la personne de Jessie. »

Les doigts s'agitaient toujours, le regard restait vide.

« Je peux rentrer chez moi ?

— Quand tu auras témoigné.

— Devant les juges ? »

David acquiesça.

« Hé, j'sais pas, moi. »

Tony Seals essayait de comprendre. David se laissa aller contre le dossier de sa chaise et lui donna le temps de réfléchir. Lui-même se sentait flotter entre deux eaux ; il aurait aimé respirer de l'air frais. La tête lui tournait. Un peu d'eau lui aurait fait du bien.

« Je pense que ça ira », finit par dire l'adolescent.

Aucune excitation, pas de manifestation de joie. L'avocat se demanda si Seals se sentait seulement concerné. Pour lui, le monde devait être une source permanente de tourments où tout était toujours trop compliqué. Il était fait pour la prison, au fond ; un endroit où la multiplicité des règles et des obligations le libérait de la tâche ardue d'avoir à prendre des décisions.

« Il faudra que tu ailles à la barre, devant le tribunal, et que tu racontes exactement ce qui s'est passé, après avoir subi un examen au détecteur de mensonge pour que le procureur soit certain que tu dis bien la vérité. En seras-tu capable ?

— S'il faut », répondit le garçon. Il arrêta de se martyriser la figure et réfléchit une seconde. « Je pourrais vraiment rentrer chez moi ?

— Oui, TS. »

L'adolescent sourit, mais brièvement. Puis il regarda David.

« Vous savez, les types, ici, disent que j'ai de la

chance de vous avoir comme avocat. Ils disent que vous allez vous décarcasser pour moi. »

David se leva. Il faisait très chaud dans la petite pièce et il éprouvait un besoin de plus en plus pressant de respirer de l'air frais. Il regarda le crétin encore assis à la table, et l'imagina de nouveau dans la rue, de nouveau livré à lui-même comme il l'avait été depuis six mois ou un an. De nouveau drogué. Et faisant… quoi ? Appuierait-il sur la détente la prochaine fois ? Y aurait-il une prochaine fois ? Tout lui laissait penser que oui ; David voyait fort bien lui-même ce qu'était Tony Seals. Ses mains se mirent à le démanger comme si elles avaient été très sales.

« Je pensais que tu serais retourné chez toi », dit Gregory Banks.

David était à son bureau, assis dans le noir. Son veston était plié sur le dossier d'une chaise et il avait dénoué sa cravate. Il avait fait pivoter son fauteuil de manière à être face à la rivière où un remorqueur descendait le courant, luciole s'ouvrant un chemin sur un ruban de velours noir aux sinuosités erratiques.

« Je réfléchissais, répondit David, d'un ton déprimé.

— As-tu envie de parler, ou préfères-tu que je te laisse ? »

David fit pivoter le siège dans l'autre sens pour regarder son ami.

« Est-ce que tu ne t'es jamais demandé ce que nous fabriquions exactement, Greg ? »

Banks s'assit.

« On dirait que c'est sérieux, répondit-il, ne plaisantant qu'à moitié.

— Je viens de conclure un compromis avec le ministère public. Tony Seals va obtenir l'immunité complète.

— Sensationnel ! » s'exclama Gregory, encore plus

intrigué, du coup, par l'humeur de son cadet — il était proche des parents de Tony Seals et savait ce que cela signifierait pour eux.

« Tu crois vraiment ? Et qu'est-ce que je ferai dans six mois lorsque ce morveux aura tué quelqu'un et que ses parents voudront m'engager pour le défendre parce que j'ai fait du si bon boulot aujourd'hui ?

— C'est le procureur général qui t'a fait cette proposition, Dave. Tu ne fais que représenter ton client.

— *Ja, mein Herr,* che faisais gue suifre les ortres ! » répondit David — son ton était amer.

« Et si tu me racontais un peu comment tu en es arrivé là ?

— Je n'en sais rien, Greg. »

Banks attendit patiemment que David continuât.

« Je crois que j'ai regardé d'un peu plus près de quelle façon je gagnais ma vie et que ce que j'ai vu ne m'a pas plu. Tu as d'un côté des gens, partout dans les rues, qui commettent des crimes. De l'autre, tu as les flics qui les arrêtent et le ministère public qui les inculpe. Et moi, je prends ma petite pelle et je rebalance toutes ces ordures dans la rue. La métaphore n'est pas si mauvaise, tu sais. On devrait nous appeler des techniciens de surface.

— Je trouve que tu en rajoutes un peu, non ? Prends le cas de ce gosse que tu as réussi à faire sortir. L'étudiant qui s'était fait pincer avec de la marijuana. Il était indiscutablement coupable d'un délit, non ? Devait-il être condamné ? Si tu n'avais pas gagné, il ne serait pas en train de faire médecine. Et tu as gagné en utilisant les mêmes arguments juridiques que ceux dont tu t'es servi pour sortir le dealer d'héroïne de taule, l'an dernier. Tu ne peux pas avoir deux systèmes de justice.

— Peut-être pas, Greg. Comme toujours, tes arguments sont parfaitement logiques. C'est d'ailleurs pour cela que tu es un excellent avocat. Sauf qu'aujourd'hui, j'ai accepté un accord qui va faire qu'un jeune homme particulièrement tordu, qui a obligé une jeune fille à creuser sa propre tombe, puis l'a laissée dedans mourante, va sortir de prison blanc comme neige.

« Vois-tu, quand j'ai commencé, je me voyais comme le chevalier en armure blanche qui vole au secours de la veuve et de l'orphelin et défend tous ceux qui sont injustement accusés. Mais combien d'innocents ai-je représentés, Greg ? Au bout d'un moment, on se rend compte qu'il n'y a pas un seul innocent, rien que des coupables qui ont les moyens de se payer un avocat particulièrement futé. Au début, on rationalise ce qu'on fait, mais on finit par continuer pour l'argent.

— Ecoute, Dave, je sais de quoi tu parles. Moi aussi, je suis passé par là. Tous ceux qui pratiquent le droit criminel et ont un minimum de conscience doivent un jour ou l'autre aborder ce conflit entre le baratin idéaliste qu'on te sert à la fac de droit et ce qu'est le monde, en réalité ; cependant, tu brosses un tableau qui n'est pas juste non plus.

« Tu es un bon avocat, qui fait un bon et honnête boulot. Des innocents qui se font arrêter, il y en a. Ou bien des gens, comme cet étudiant, qui sont certes coupables, mais ne méritent pas la prison pour autant. Si tu veux les aider, il faut aussi que tu aides des types comme Tony Seals. C'est le système qui est important. C'est la seule chose qui empêche ce pays d'être comme l'Allemagne nazie. Penses-y un peu.

— C'est ce que je fais, Greg. Je sais bien en quoi tu crois, et je respecte tes convictions. Mon problème, c'est que je ne sais plus en quoi je crois, moi. Je sais en quoi je croyais, et je commence à me dire que je l'ai soldé lorsque j'ai vu tout le fric que je pouvais me faire. »

Gregory parut vouloir répondre, mais il changea d'avis. Il se souvenait des moments d'angoisse par lesquels il était passé lorsqu'il s'était posé les mêmes questions. Il n'avait pas été obligé d'y trouver une réponse, ayant arrêté de prendre des affaires criminelles, sauf lorsqu'elles l'intéressaient, parce qu'il travaillait de plus en plus pour les syndicats. Greg avait fait fortune en obtenant à ses clients des dédommagements importants dans des accidents du travail et en négociant, au nom des syndicats, des conventions de travail particulièrement avantageuses. Il n'avait eu aucun problème à laisser tomber le droit criminel.

David n'était pas comme lui ; aucun autre domaine du droit ne l'intéressait. Il avait bien essayé de changer, mais pour toujours revenir, en fin de compte, au droit criminel. Et pourquoi pas ? Il y gagnait bien sa vie, et il adorait ça. Ce n'était que depuis peu qu'il commençait à douter de ce qu'il valait, lui, à cause de cette pratique.

« Veux-tu qu'on aille prendre un verre quelque part ? » demanda Gregory.

Le plus grand calme régnait dans le cabinet ; seuls quelques associés, restés pour travailler tranquillement sur un problème que leur avait confié un des partenaires, rompaient de temps en temps la quiétude nocturne. David se leva et enfila son veston.

« Non, je crois que je vais rentrer à la maison.

— Je peux demander à Helen de mettre un couvert de plus, si tu veux.

— Non, merci, mais je préfère être seul.

— D'accord. Promets-moi simplement de ne pas te laisser submerger par ce truc.

— J'essaierai », dit David, en faisant un effort pour sourire.

Après le départ de son cadet, Gregory retourna dans son bureau. Il consulta sa montre. Il était tard. Il restait fichtrement trop tard au bureau, depuis quelque temps. Fallait arrêter ça. Il soupira. Ce refrain, il se le chantait depuis qu'il avait débuté, c'est-à-dire depuis plus de vingt ans. Vingt ans, voilà qui commençait à compter, non ?

Il s'assit et commença à relire le mémorandum qu'il avait rédigé. Pauvre David. La cinquantaine n'avait pas que des inconvénients. Grandir était un processus infernal, qui n'arrêtait jamais vraiment. On pensait qu'on en était quitte à vingt ans. C'est alors qu'on s'apercevait que les crises ne faisaient que commencer.

N'empêche que David était un bon garçon. Une tête solide et bien faite. Ce dont il avait besoin, en ce moment, c'était une affaire en laquelle croire. Il avait eu trop de cas difficiles, ces derniers temps . Il lui fallait redorer son blason à ses propres yeux. Une affaire intéressante, il allait forcément en avoir une bientôt — selon la loi des probabilités.

Deuxième partie

LE DERNIER DES INNOCENTS

1

Le juge Rosenthal se tourna vers l'horloge accrochée au-dessus du box du jury. Le dernier témoin venait d'être entendu, et l'heure du déjeuner était encore loin.

« Vous pouvez aussi bien plaider tout de suite, messieurs », dit-il aux deux avocats assis à des tables opposées, en face de lui.

Walter Greaves se leva péniblement. Il était depuis quelque temps en guerre contre un envahisseur sournois, l'arthrite, et paraissait en passe de perdre le combat — réflexion que le juge se fit avec tristesse. Il connaissait Wally depuis trente ans et éprouvait une réelle affection pour lui.

Le regard du juge alla jusqu'à l'autre table. Le contraste entre les deux avocats n'aurait pu être plus saisissant. Larry Stafford respirait tellement la santé que Rosenthal prenait conscience, en le voyant, de ce qu'était sa propre condition physique. Les dossiers s'étaient mis à pleuvoir, depuis une ou deux semaines, et il n'allait plus faire sa partie de squash quotidienne, sur le coup de midi. Il se rendit soudain compte que sa ceinture lui comprimait le ventre. Se sentant coupable et mal à l'aise, il essaya de penser à autre chose en écoutant les arguments que développait Greaves.

Lorsque ce dernier se rassit, Rosenthal fit signe à Stafford. Le jeune avocat avait déjà représenté devant lui, deux ou trois fois, Price, Winward, Lexington & Rice, le plus gros cabinet d'avocats de Portland. Le juge estimait que, sans être particulièrement brillant, Stafford était consciencieux et complet dans ses exposés.

Le jeune avocat portait un costume prince-de-galles suffisamment classique pour le tribunal, mais néanmoins assez léger pour convenir au temps, particulièrement clément pour un milieu de mois de septembre. Il mesurait un mètre quatre-vingts, mais sa silhouette mince et athlétique le faisait paraître plus grand. Ses dents éclatantes, quand il s'exprimait, ressortaient dans son visage très bronzé. Ce garçon a assez bonne mine pour être acteur, pensa Rosenthal.

« Comme le sait la cour — et ceci figure en détail dans mon mémorandum — le Uniform Partnership Act permet à un partenaire d'attributions limitées d'avoir néanmoins un certain contrôle sur la conduite des affaires dans lesquelles il joue un rôle. Mr Tish n'a rien fait de plus que ce qu'ont fait des partenaires de la même catégorie dans les affaires Grainger ou Rathke. Nous n'allons pas revenir là-dessus car ce serait répéter ce qui figure dans le mémo, mais je ne vois pas ce qui fonde la plainte, dans ce dossier. Si la cour a des questions...

— Non, Mr Stafford. Sachez tous les deux que je ne suis pas en mesure de donner ma décision aujourd'hui ; j'ai certes lu vos deux mémos, mais je tiens à avoir un peu de temps pour faire moi-même quelques recherches avant de résoudre ceci. Je vais m'efforcer de vous donner un jugement avec attendus, par écrit, d'ici une semaine. Si vous avez des éléments complémentaires à me soumettre, faites-le par courrier. Autre chose ? »

Les deux avocats secouèrent la tête.

« La séance est ajournée. Messieurs, bon appétit. »

Le juge se leva et disparut par la porte, derrière son siège. Larry Stafford commença à rassembler ses papiers qu'il classait soigneusement avant de les ranger. Rédigé d'une écriture régulière et lisible, chaque point avait droit à sa fiche cartonnée. Andrew Tish, le client de Price, Winward, Lexington & Rice, voulut savoir ce que son avocat pensait de l'affaire. Un livre de droit sous le bras, Stafford s'empara de son porte-documents et secoua la tête en prenant la direction de la sortie.

« Pas moyen de savoir avec Rosenthal, Andy. C'est un type intelligent, et il va beaucoup réfléchir. C'est tout ce que je peux vous dire. »

Walter Greaves attendait dans le hall.

« Larry ? »

Stafford s'arrêta et demanda à Tish de l'attendre une minute.

« Mes clients m'ont dit qu'ils étaient d'accord pour prendre en considération l'offre d'arrangement à l'amiable.

— Je vais en parler à Tish, mais je vais lui conseiller de ne céder sur rien.

— Je ne fais que vous transmettre la proposition de mon client. »

Stafford fit une grimace et s'éloigna en direction des ascenseurs. Le tribunal comportait quatre corridors qui longeaient la salle des pas perdus. Greaves reprit son porte-documents et partit vers l'arrière du bâtiment. Il n'aimait pas avoir affaire à Stafford. Trop prétentieux. Très... superficiel — oui, c'était le mot. Rien sous la surface. Jouait au bon gars, et vous découvriez l'instant suivant qu'il vous avait doublé. Et dans ce cas, il aurait pu éviter d'avoir recours aux méthodes douteuses qu'il avait cru bon d'employer. Bon sang, c'était lui qui avait raison ! Les clients de Greaves cherchaient simplement, par tous les moyens, à retarder un dépôt de bilan. Greaves secoua la tête et serra à droite pour laisser passer un homme jeune, habillé d'un jean et d'une chemise de travail, au teint sombre, dont la lèvre supérieure s'ornait d'une moustache buissonnante et qui avait une épaisse chevelure noire ; il se dirigeait vers la cour où siégeait Rosenthal.

« Et qu'est-il arrivé ensuite, Mr Ortiz ?

— J'avais pour consigne d'attendre à l'extérieur de la résidence, au cas où un des suspects tenterait de s'enfuir. Les deux autres policiers sont entrés pour exécuter le mandat de perquisition, et Lesnowski et moi nous nous sommes placés devant le bâtiment.

— Avez-vous pris part à la fouille ?

— Non, à aucun moment.

— Et ensuite ?

— Teske et Hennings sont ressortis avec les deux prisonniers et un sac contenant les pièces à conviction. Teske m'a confié le sac, et lui et Hennings sont repartis pour le poste de police avec les prisonniers.

— Avez-vous parlé à l'une des personnes arrêtées ou regardé ce que contenait le sac ?

— Non, monsieur.

— Pas d'autre question, votre honneur. »

Le juge McDonald adressa un signe de la tête à l'avocat de la défense qui s'entretenait avec son client, un adolescent noir accusé d'avoir eu de la cocaïne en sa possession. Ortiz se détendit. Il avait déjà eu à subir le contre-interrogatoire de cet enfoiré, et il s'était attendu à se faire cuisiner longuement et bêtement, alors qu'il n'avait aucune information intéressante à donner à qui que ce fût.

Mais cette corvée ne l'ennuyait pas. Il était trop content d'être de retour au travail. Il y avait tout d'abord eu son séjour à l'hôpital, puis les vacances qu'il n'avait pas vraiment eu envie de prendre. Ses supérieurs, cependant, avaient insisté. Ils tenaient à ce qu'il se reposât, à ce qu'il retrouvât la mémoire, car c'était la seule chose à laquelle ils pouvaient se raccrocher dans l'affaire Darlene Hersch.

Il était allé voir Crosby avant de venir au tribunal, mais il n'y avait rien de neuf : pas d'empreintes digitales, aucun autre témoin, aucune piste nouvelle. Crosby avait louvoyé, ne voulant pas l'interroger directement. Sur le conseil, sans doute, du psychiatre maison. Ortiz avait donc répondu à la question non formulée. Rien n'avait changé. Il avait encore du mal à reconstituer ce qui s'était passé. Sa mémoire s'améliorait tous les jours, mais les choses restaient floues et vagues, et même lorsqu'il avait l'impression qu'elles devenaient plus claires, il ne pouvait être sûr que ce qu'il revoyait reflétait la réalité de ce qui était arrivé.

L'avocat continuait son baratin, et Ortiz changea de position sur son siège, dans le box des témoins. De repenser à sa mémoire défaillante et à la nuit tragique était venu gâcher le sentiment de paix qu'il éprouvait depuis le moment où il avait commencé sa déposition. C'était Darlene qui l'inquiétait le plus. Il redoutait les images qui lui reviendraient avec la mémoire des événements. Redoutait de découvrir qu'il était responsable de sa mort. Tout le monde lui disait le contraire, mais qu'en savait-on ? Quelles certitudes pouvait-on avoir sur ce qui s'était passé ce soir-là ?

L'avocat leva les yeux de ses notes. Ortiz attendit les questions, content d'avoir un prétexte pour penser à autre chose.

« Mr Ortiz, qu'ont fait les policiers Murdoch et Elvin, après le départ des policiers Teske et Hennings des lieux ?

— Ils sont restés dans la résidence.

— Merci, je n'ai pas d'autre question.

— Nous vous rendons la liberté », dit le juge.

Ortiz fut surpris de s'en être tiré aussi facilement. Ce crétin faisait peut-être des progrès.

Jack Hennings, le collègue d'Ortiz, leva les yeux lorsque s'ouvrit la porte donnant dans le tribunal.

« Hé, c'est à toi », lui dit Ortiz.

Hennings tendit son journal à Mike Elvin et franchit à son tour la porte. Ortiz se tournait pour demander à Elvin de lui passer les pages sportives lorsqu'il remarqua deux hommes qui parlaient, à l'autre bout du corridor. Ses mains se mirent à trembler et il se sentit soudain oppressé. Les deux hommes se séparèrent, et le plus âgé vint vers lui. Mais ses yeux restèrent rivés sur le plus jeune — le blond. Ce dernier se dirigeait vers les ascenseurs, au bout du corridor ; Ortiz, cependant, le revoyait dans un contexte différent. Il se souvenait d'un homme à la chevelure blonde bouclée s'avançant rapidement sur le palier extérieur, au premier étage du Raleigh Motel, d'un visage brièvement éclairé au seuil de la chambre où était morte Darlene.

L'homme âgé passa à côté de lui au moment où le blond disparaissait à l'angle.

« Dis à Jack de m'attendre », lança-t-il à Elvin.

Celui-ci leva les yeux, mais Ortiz était déjà à dix pas de lui.

Ortiz ne vit personne lorsqu'il arriva dans le hall ; il consulta les indicateurs, au-dessus des cabines d'ascenseur ; elles venaient toutes les deux d'atteindre le rez-de-chaussée. Ortiz rebroussa chemin jusque chez le juge Rosenthal. L'étudiant qui assurait son secrétariat lisait un ouvrage de droit dans le tribunal vide en mangeant un sandwich.

« Excusez-moi », dit Ortiz. L'étudiant leva les yeux. « Un avocat vient de sortir d'ici il y a quelques instants. De taille moyenne, blond. Pouvez-vous me dire de qui il s'agit ?

— Que lui voulez-vous ? » demanda le jeune homme, soupçonneux.

Ortiz prit conscience qu'il était habillé en civil — une tenue peu reluisante pour travailler clandestinement parmi les épaves et les dégénérés. Il s'avança dans la salle et exhiba son insigne.

« Pouvez-vous me dire son nom, maintenant ? »

Le garçon étudia l'insigne, hésitant. Ortiz comprit qu'il pensait aux droits constitutionnels derrière lesquels, comme le lui avaient appris ses professeurs, il pouvait s'abriter.

« Heu, je ne sais pas si...

— Vous feriez mieux », dit Ortiz doucement.

Sans doute son ton dut-il être convaincant, car l'étudiant ne se fit pas davantage prier.

« Stafford, Larry Stafford.

— Et où travaille-t-il ?

— Chez Price & Winward. C'est dans l'immeuble de la Standard. »

Ortiz rangea son insigne et repartit, se retournant avant d'arriver à la porte.

« Il s'agit d'une enquête officielle, vous entendez ? Pas question que vous en parliez à qui que ce soit. S'il revient à mes oreilles que vous avez ouvert la bouche, vous aurez de sérieux ennuis, croyez-moi. »

Il y avait une cabine téléphonique à côté des ascenseurs. L'annuaire comportait deux numéros au nom de Lawrence Dean Stafford. Ortiz les releva, puis appela la criminelle. C'est Ron Crosby qui décrocha.

« Bert Ortiz à l'appareil, Ron. Je voudrais que tu me vérifies quelque chose. J'aimerais bien savoir dans quelle voiture roule un certain Lawrence Dean Stafford, 22310 Newgate Terrace.

— Et pourquoi ?

— Trouve-moi simplement ce renseignement pour cet après-midi. Je te rappellerai.

— Quelque chose à voir avec l'affaire Hersch ?

— Et comment ! »

L'heure du déjeuner mit un temps fou à passer, et Ortiz rappela Crosby peu après une heure.

«J'ai ton renseignement», dit doucement le détective. La tension, à l'autre bout de la ligne, disait que le tuyau était bon. Crosby avait mis dans le mille. «Deux voitures sont immatriculées au nom de Lawrence Dean Stafford. Une Porsche et une Mercedes-Benz.»

Ortiz ne dit rien. Il tenait le téléphone et contemplait la paroi de la cabine sans sentir le plastique dans sa main ni voir quoi que ce fût. Il était de nouveau sur Morrison Street, la Mercedes juste devant lui.

«C'est ton bonhomme, Bert?

— Je crois, mais il faut que je voie sa tête.

— Tu as vu la tronche de ton tueur?

— Oui, avant de m'évanouir. Je connais ses traits.

— Où es-tu? J'arrive.

— Non. Laisse-moi m'en occuper. Arrange-toi avec le procureur pour avoir un juge prêt à émettre un mandat de perquisition. Je tiens à être sûr.

— Et que comptes-tu faire pour ça?

— Le suivre. Si c'est bien la voiture, je le saurai. On pourra alors chercher les vêtements. Il faut que tout soit légal. Pas question qu'il nous échappe ce coup-ci.»

«Price, Winward, Lexington & Rice, chantonna la standardiste d'un ton joyeux.

— J'aimerais parler à Larry Stafford.

— Qui dois-je annoncer?

— Stanley Reynolds. C'est un ami qui m'a conseillé d'appeler Mr Stafford.

— Veuillez patienter. Je vais voir si Mr Stafford peut prendre la communication.»

Il y eut un cliquetis et le silence se fit sur la ligne. Ortiz attendit, le récepteur collé à l'oreille. Trente secondes plus tard, il y eut un autre cliquetis.

« Larry Stafford à l'appareil, Mr Reynolds. Puis-je vous être utile ?

— J'en ai l'impression. Je me trouve dans une situation délicate et on m'a dit que vous seriez l'homme de la situation. Je dirige une petite société dans le BTP. Logements sociaux. Je m'en sors très bien, financièrement, mais je commence à avoir des problèmes avec mon associé, et j'ai un besoin urgent de conseils.

— Eh bien, commença Stafford (Ortiz entendit un bruit de papier), j'ai un moment de libre demain à... voyons. Que diriez-vous de quinze heures ? »

Ortiz jaugeait la voix, essayait de mesurer à qui il avait affaire. Le timbre trahissait énergie et confiance en soi, avec cependant quelque chose de coulant comme si c'était le résultat d'un apprentissage et non pas naturel.

« Flûte, moi qui espérais vous voir aujourd'hui...

— J'ai bien peur d'avoir un emploi du temps chargé, cet après-midi.

— Je vois. » Ortiz marqua un temps d'arrêt, comme s'il réfléchissait, et demanda : « Jusqu'à quelle heure resterez-vous au bureau ?

— Je devrais en avoir fini avec mon dernier rendez-vous vers dix-neuf heures. »

Ortiz resta un moment silencieux.

« Bon, je crois qu'il vaut mieux remettre cela à demain.

— Parfait. Alors à demain, quinze heures. »

Ils raccrochèrent et Ortiz sortit de la cabine. Elle était de l'autre côté de la rue, en face du Standard Plaza. Le feu passa au vert, et il traversa. Il lui fallut dix minutes pour trouver la Mercedes beige, dans le sous-sol. Près du pare-feu, au fond du deuxième niveau. Il vérifia que le numéro de la plaque était bien celui donné par Crosby, puis quitta l'immeuble. Il ne lui restait plus qu'à attendre sept heures du soir.

Abner Rosenthal, juriste de grande réputation, était un petit homme toujours impeccable. Il avait fait fortune comme avocat d'affaires, puis accepté une spectaculaire baisse de revenus en passant à la magistrature assise. Tout le monde savait qu'ayant eu plusieurs fois l'occasion d'être nommé à la cour suprême de l'Etat, il avait refusé par amour de son métier de juge de tribunal. Rosenthal aimait en particulier les affaires criminelles et il était devenu un spécialiste de la procédure des divers types de mandats. C'est en général à lui que la police s'adressait lorsqu'elle avait besoin d'un mandat de perquisition dans une affaire particulièrement délicate.

La sonnette retentit alors que le juge finissait de dîner. Son fils, un adolescent, commença à se lever, mais Rosenthal lui fit signe de se rasseoir. Monica Powers l'avait appelé, un peu plus tôt, pour l'avertir qu'il risquait d'y avoir du nouveau dans l'affaire Hersch.

« Désolée de vous déranger, monsieur le juge, dit Monica, lorsque la porte s'ouvrit. Connaissez-vous Ron Crosby et Bert Ortiz ?

— J'ai déjà rencontré l'inspecteur Crosby », répondit Rosenthal en invitant tout le monde à passer dans un salon. « Mais je ne crois pas connaître l'inspecteur Ortiz. »

Dès qu'ils furent assis, Monica tendit au juge le mandat de perquisition et l'*affidavit* — le texte justifiant la demande qu'avait signée Ortiz en tant qu'officier de police assermenté. L'*affidavit* énumérait les éléments qui laissaient penser à Ortiz que Lawrence Dean Stafford avait assassiné Darlene Hersch, ajoutant que des preuves matérielles pouvaient se trouver au domicile de Stafford. Le juge avait la mine sombre en achevant sa lecture. Il regarda Ortiz assez longtemps pour que le policier se sentît mal à l'aise.

« Vous rendez-vous compte que Larry Stafford était encore en train de plaider ce matin même devant moi, inspecteur Ortiz ?

— Oui, monsieur. »

Rosenthal relut un passage de l'*affidavit.*

« Tout cela est clair, mais êtes-vous bien certain que Larry Stafford est l'homme que vous avez vu au motel ? »

Ortiz avait la bouche sèche. En était-il certain ? Pouvait-il s'être trompé ? Non. Il avait attendu que Stafford quittât son bureau. Il l'avait vu en sortir à sept heures. Vu le visage de l'homme qui avait tué Darlene Hesch.

« Larry Stafford a tué Darlene Hersch », déclara-t-il ; sa voix, cependant, tremblait légèrement.

« Et vous, Ms Powers ?

— Cette affaire ne me plaît pas plus qu'à vous, monsieur le juge, mais j'ai déjà travaillé avec l'inspecteur Ortiz, et j'ai confiance en son jugement. »

Le juge sortit un stylo de sa poche.

« Je vais signer ce mandat, mais vous avez intérêt à ne pas souffler mot de l'affaire, au cas où il n'y aurait pas d'arrestation. Elle risquerait de faire sensation. Si jamais vous vous trompiez, enchaîna le juge en regardant Ortiz dans les yeux, le bruit fait autour suffira à détruire la carrière de Stafford au sein d'un cabinet comme celui de Price & Winward. Est-ce que vous me comprenez ?

— Parfaitement, monsieur. »

Tout le monde garda le silence pendant que Rosenthal signait le mandat de perquisition. Monica reprit les documents ; elle-même repartit chez elle, tandis que Crosby, Ortiz et une deuxième voiture de police prenaient la direction du domicile de Stafford.

Newgate Terrace est en fait une route de campagne longue et sinueuse à un quart d'heure du centre de Portland. A des intervalles qui n'ont rien de régulier, des allées privées conduisent à de somptueuses demeures dont la plupart ne sont pas visibles depuis la voie publique. La maison de Stafford était située à l'extrémité d'une ligne droite. Une haie élevée la dissimulait à la vue et les policiers ne la découvrirent qu'après s'être engagés de quelques dizaines de mètres dans l'allée. Elle était de style Tudor classique, peinte en brun et blanc. Le terrain qui l'entourait présentait cet aspect impeccable qui révèle un entretien professionnel et était planté de quelques grands arbres. L'allée décrivait un cercle devant la maison et Ortiz imagina que la Mercedes devait être remisée dans le garage attenant, sur la gauche.

La jeune femme qui vint ouvrir parut intriguée par tous ces policiers en uniforme qui débarquaient chez elle.

« Madame Stafford ? demanda Ron Crosby.

— Oui, répondit la femme, esquissant un sourire.

— Votre mari est-il à la maison ?

— Oui.

— Pouvez-vous avoir l'amabilité de lui demander s'il peut venir ici ?

— C'est à quel propos ?

— Nous avons une question à régler avec votre mari, madame. Je vous serais très reconnaissant d'aller le chercher. »

La jeune femme hésita une seconde, comme si elle attendait des explications moins vagues. Elle n'en eut pas. « Si vous voulez bien attendre une minute. Je vais le chercher », répondit-elle finalement. Elle traversa le vestibule et disparut derrière l'escalier qui menait au premier. Ortiz la regarda s'éloigner et sentit son estomac se nouer. Dans quelques instants, l'homme qui avait tué Darlene Hersch allait se présenter devant lui.

Ortiz était en uniforme et s'était placé à l'arrière du petit groupe. Il tenait à avoir le temps de bien voir l'avocat avant que ce dernier eût celui de le reconnaître. Crosby et deux des policiers s'étaient avancés dans le vestibule en attendant que se présente le maître des lieux. Larry Stafford arriva, en bermuda et polo de sport à bandes rouges et noires. Sa femme se tenait derrière lui, visiblement plus inquiète.

« Que puis-je faire pour vous ? » demanda-t-il avec un grand sourire.

Ortiz se concentra sur ce visage. Il y avait eu si peu d'éclairage dans la chambre du motel et il y en avait tellement dans ce vestibule... Néanmoins, il était sûr. C'était bien lui.

Crosby tendit le mandat de perquisition à Stafford. Ortiz étudia attentivement l'avocat pendant que celui-ci le lisait. Il ne manifesta ni nervosité ni inquiétude.

«J'ai bien peur de ne pas comprendre... Comment vous appelez-vous, déjà ?

— Crosby. Je suis l'inspecteur Ron Crosby, Mr Stafford.

— Eh bien, inspecteur Crosby, je ne comprends pas ce que cela signifie.

— Il s'agit d'un mandat de perquisition, Mr Stafford. Une autorisation délivrée par le juge nous permettant de fouiller votre maison pour rechercher les objets énumérés dans le mandat.

— Je le vois bien que c'est un mandat de perquisition, répliqua Stafford avec une certaine impatience dans la voix. Ce que j'aimerais savoir, c'est pour quelle raison vous estimez nécessaire de faire intrusion chez moi au milieu de la nuit pour farfouiller au milieu de mes affaires personnelles.

— Je préférerais ne pas vous répondre tout de suite, Mr Stafford, dit Crosby d'un ton calme. Si vous nous permettez de faire ce pour quoi nous sommes venus, nous vous prendrons le moins de temps possible. »

A nouveau, l'avocat parcourut le mandat des yeux.

« Et c'est le juge Rosenthal qui l'a signé ? demanda-t-il, incrédule.

— Oui, monsieur. »

Stafford resta un instant silencieux. On aurait dit qu'il se livrait à un combat intérieur. Puis il se détendit.

« Fouillez, puisqu'il le faut. Désolé, si je l'ai mal pris. Simplement, c'est la première fois qu'un truc pareil m'arrive. Je vais même vous faciliter la tâche. Je possède plusieurs tenues de sport comme celles-ci, ajouta-t-il en pointant la liste, et au moins trois pantalons marron clair. Venez dans ma chambre, je vais vous les montrer. Et si ça ne suffit pas, vous pourrez fouiller la maison. »

L'homme ne réagissait pas comme Ortiz s'y était attendu. Il paraissait trop maître de lui. Et si le policier s'était trompé ? Car, après tout, il n'avait vu que très brièvement le visage de l'assassin, et alors qu'il était hébété de douleur. Sans parler de l'éclairage. Non, l'éclairage avait été suffisant. Le globe, à l'extérieur du motel était puissant. Restait que tout s'était passé très vite.

Stafford et sa femme s'engagèrent dans l'escalier. Crosby et plusieurs autres policiers leur emboîtèrent le pas ; Ortiz fermait la marche. Deux hommes prirent position dans le vestibule.

La chambre de Stafford était à l'arrière de la maison ; claire et aérée, elle avait un aspect incontestablement masculin. Une porte coulissante donnait sur un petit balcon, et Ortiz alla jeter un coup d'œil dans l'obscurité. Des lits jumeaux s'appuyaient au mur nord. Un côté était défait et le pan d'une couverture retombait sur le plancher. Une vaste penderie — de celles dans lesquelles on peut entrer — occupait le mur est et une commode luxueuse se trouvait à droite de l'entrée. Stafford tira le tiroir du milieu et se redressa.

« Mes chemises de sport et mes polos sont ici. Les pantalons sont dans la penderie. »

Crosby fit signe à Ortiz, et l'inspecteur alla ouvrir les portes-persiennes de la penderie. Il examina une série de pantalons accrochés à des cintres de bois, les repoussant au fur et à mesure pour s'arrêter sur l'un d'eux, marron clair. Ce n'était pas une certitude, mais pas loin. Il ne pouvait être sûr que de la chemise ; le motif floral en était particulier.

Il examina le reste des pantalons puis revint finalement décrocher celui qui l'avait arrêté. Il regarda Stafford. L'avocat continuait à arborer son expression d'intérêt détaché ; rien n'indiquait qu'il avait reconnu Ortiz.

« Laisse-moi voir les chemises », dit ce dernier à Crosby qui s'écarta d'un pas.

Ortiz sortit les vêtements l'un après l'autre, avec soin, les empilant proprement au fur et à mesure sur la commode. Alors qu'il en était à la moitié, il s'arrêta. Elle était là. Une chemise où dominait le brun et le vert anglais, avec un motif de feuilles et de fleurs. La chemise que portait l'homme qui avait tué Darlene Hersch. Ortiz fit signe à Crosby de le suivre et les deux hommes allèrent conférer dans le couloir. Mrs Stafford était restée dans un coin de la pièce et son regard allait nerveusement de son mari à la porte. Crosby et Ortiz revinrent dans la chambre, le visage fermé. Deux autres policiers étaient avec eux. Cela faisait un total de six personnes, et la pièce avait beau être grande, elle paraissait avoir rapetissé.

« Mr Stafford, je vais devoir vous mettre en état d'arrestation. »

Mrs Stafford pâlit, et son mari commença à perdre contenance.

« Que voulez-vous dire ? Ecoutez, je...

— Avant que vous disiez quoi que ce soit,

Mr Stafford, je dois vous faire part de vos droits constitutionnels.

— Mes droits ! Mais vous êtes cinglé ? J'ai fait preuve de beaucoup de bonne volonté, je vous ai laissés entrer chez moi. Qu'est-ce que c'est que cette absurdité ? Pourquoi m'arrête-t-on ? »

Crosby regardait Stafford et Ortiz attendait sa réaction.

« Je vous arrête pour le meurtre de Darlene Hersch.

— De qui ? » La stupéfaction se peignit sur le visage de l'avocat. Sa femme porta les mains à la bouche et Ortiz l'entendit s'exclamer : « Oh, mon Dieu ! »

Crosby commença à réciter le texte des droits de l'inculpé :

« Vous avez le droit de garder le silence, si vous décidez de...

— Un instant, un instant ! Qui c'est, cette Darlene Hersch ? C'est une blague, ou quoi ?

— Mr Stafford, ce n'est pas une blague. Je sais parfaitement que vous êtes avocat, mais je vais tout de même vous dire vos droits, et je tiens à ce que vous écoutiez avec soin. »

Mrs Stafford se rapprocha de son mari d'un mouvement latéral lent, en crabe. L'avocat commençait à avoir peur. Crosby acheva le rappel des droits et prit une paire de menottes dans sa poche-revolver.

« Vous devriez vous changer et mettre un pantalon et une chemise à manches longues, suggéra Crosby. Je vais devoir vous menotter. J'en suis désolé, mais c'est une procédure obligatoire.

« Vous allez m'écouter, maintenant ? Je suis avocat, et...

— Nous le savons, Mr Stafford.

— Alors, vous savez que question de droits, vous allez vous retrouver avec des poursuites gratinées !

— Ce n'est pas en vous excitant que vous allez améliorer les choses, Mr Stafford. Je vous invite à conserver votre calme. Demandez à votre femme de prendre contact avec un avocat. »

Comme Stafford ne réagissait pas, Crosby reprit :

« Mrs Stafford, vous feriez mieux de contacter un avocat pour qu'il représente votre mari. Il sera à la prison du comté d'ici une heure. »

La jeune femme n'eut pas l'air d'avoir entendu. Stafford se dirigea vers elle, s'arrêta et regarda Crosby.

« Puis-je parler un instant en privé à ma femme ?

— Je suis obligé de laisser au moins un de mes hommes avec vous dans la pièce. »

Stafford voulut dire quelque chose, mais n'insista pas. Il paraissait avoir retrouvé son sang-froid.

« Très bien. »

Avant de rejoindre sa femme, Stafford attendit que tous les policiers qui devaient sortir aient évacué la chambre. Mrs Stafford semblait en proie à la confusion et à la peur.

« Qu'est-ce qui se passe, Larry ? »

Il la prit par les épaules et l'entraîna dans le coin le plus éloigné de la pièce.

« De toute évidence, il s'agit d'une erreur. Appelle Charlie Holt. Dis-lui ce qui est arrivé et où je me trouve. Charlie saura ce qu'il faut faire.

— Il a parlé d'un meurtre, Larry !

— J'ai très bien entendu, répondit Stafford d'une voix ferme. Fais ce que je t'ai dit. Crois-moi, ça va s'arranger. »

L'avocat se changea sous le regard de sa femme, qui garda le silence. Lorsqu'il fut habillé, Crosby lui passa les menottes et l'escorta au rez-de-chaussée. Ortiz étudia le prisonnier de près. Celui-ci ne dit rien pendant qu'on le conduisait vers l'une des voitures. Il marchait avec assurance, le dos bien droit, les épaules redressées. Mrs Stafford resta seule dans l'encadrement de la porte. Ortiz la regarda qui devenait toute petite pendant qu'ils s'éloignaient.

2

« Il y a un certain Mr Holt qui désire vous voir, Mr Nash. Il dit que c'est urgent. »

David consulta sa montre. Huit heures trente. Il était arrivé au bureau à sept heures pour travailler sur un mémorandum à remettre dans les deux jours, et il n'en était qu'à la moitié. Il fut tenté de faire dire à Charlie de revenir plus tard, mais Charlie ne serait pas venu à pareille heure sans une bonne raison. Il soupira.

« Dites-lui que je suis à lui dans une minute. »

Il finit de corriger un paragraphe et rangea ce qu'il venait de faire soigneusement de côté ; puis il plaça un bloc-notes vierge sur son sous-main, resserra son nœud de cravate et enfila son veston.

Charlie Holt faisait les cent pas devant la balustrade séparant les clients de la rousse plantureuse qui tenait le rôle de réceptionniste chez Banks, Kelton, Skaarstad & Nash. Sauf que Charlie ne lorgnait pas la jeune femme ; il ne quittait pas des yeux les portes battantes qui donnaient sur les bureaux des avocats. Juriste d'affaires, Charlie, grand et chauve, n'avait jamais perdu, dans sa manière de se tenir, la raideur qu'il avait acquise dans les marines. Ses mouvements étaient brusques, saccadés, comme à la parade. Passer un moment avec lui était une expérience épuisante : on avait l'impression d'être le passager d'une voiture de sport lancée à fond dans les lacets sinueux d'une route de montagne.

David poussa les portes battantes et Charlie se précipita vers lui.

« Merci, Dave », dit-il avec précipitation, secouant énergiquement la main de David. « Gros pépin. Désolé de te tomber dessus à une heure pareille.

— Pas de problème. Qu'est-ce qui se passe ? demanda David en entraînant son collègue jusqu'à son bureau.

— Larry Stafford, l'un de nos associés. Tu le connais ?

— Il me semble l'avoir rencontré au banquet de l'association du barreau, le mois dernier. »

Charlie s'assit sans y être invité. Il contemplait le plancher et secouait la tête comme un homme qui a perdu tout espoir.

« C'est vraiment scandaleux.

— Mais quoi donc ? »

Holt sursauta.

« Comment ? Tu n'as pas lu les journaux ?

— Je suis ici depuis sept heures.

— Ah... C'est en première page. Très mauvais pour le cabinet. » Il resta quelques instants songeur. « Pire encore pour Larry. On l'a arrêté. Sa femme m'a appelé hier au soir, tard. En larmes. Elle m'a demandé de l'aider. Je suis allé à la prison, mais je n'y connais rien en droit criminel. Bon sang, c'était même la première fois que je mettais les pieds dans une prison ! Ton nom m'est naturellement venu à l'esprit, si tu veux bien prendre l'affaire, Dave.

— Mais quelle affaire, Charlie ? De quoi est-il accusé ?

— De meurtre.

— De meurtre ? »

Holt acquiesça vigoureusement.

« Ils affirment qu'il aurait tué cette femme policier. Celle qui faisait semblant d'être une prostituée. »

David siffla et s'assit à son tour, lentement.

« Il est dans tous ses états. Il m'a fait promettre de te ramener aussi vite que possible. »

Holt se tut et attendit une réaction de David. Celui-ci s'était mis à faire des petits dessins sur son bloc-notes. Un avocat. Et ce meurtre. Une grosse affaire en perspective. La presse, la télé, ils allaient tous se bousculer. Et une bonne enquête, aussi. La police ne s'était sûrement pas lancée sans biscuits, avec le risque de se retrouver comme deux ronds de flanc. Ils avaient dû avoir de sacrées présomptions avant de bouger. Et mieux que de simples présomptions avant de se permettre d'arrêter un associé du cabinet d'avocats le plus important et le plus influent de la ville. Fichtre, la moitié des politiciens du coin avaient reçu des contributions non négligeables de Seymour Price !

« Qui paie la note, Charlie ? Ça va coûter un maximum.

— Jennifer Sa femme. Ils ont de l'argent de côté. Elle a de la famille. Je lui ai posé la question. Elle m'a dit qu'elle pourrait s'arranger.

— Qu'est-ce qu'ils ont sur lui, Charlie ? »

Holt haussa les épaules.

« Je ne sais pas. Je te l'ai dit, je n'y connais rien en droit criminel. Je ne sais même pas à qui il faut demander.

— Que disent les journaux ?

— Ah, oui ! Il y est question d'un témoin oculaire. Un autre policier. Jennifer m'a dit qu'ils avaient fouillé la maison et emporté une chemise et un pantalon appartenant à Larry.

— C'est exact, dit David, se souvenant d'un article de presse qu'il avait lu. Bert Ortiz travaillait avec elle.

Il avait été assommé. Je ne savais pas qu'il avait vu le tueur.

— Tu le connais, cet Ortiz ?

— Bien sûr. Il appartient aux mœurs. Il a témoigné lors de plusieurs de mes procès.

— Alors, tu vas t'en occuper ? »

David regarda le mémorandum inachevé. Avait-il envie, en ce moment, de prendre en charge une affaire de cette ampleur ?

« Jennifer m'a juré qu'il ne l'avait pas fait. Elle affirme qu'ils étaient ensemble à la maison, le soir du crime.

— Elle l'affirme ? Et tu la crois ? Hé, c'est sa femme.

— Tu ne connais pas Jenny. Elle est adorable. Non, si elle le dit... »

David sourit, puis rit doucement. Holt le regarda, décontenancé.

« Désolé, Charlie. Dis-toi que les innocents, on n'en voit pas souvent dans ma spécialité. Ils sont à peu près aussi fréquents que le merle blanc. »

Cette idée, néanmoins, fit naître en lui une certaine excitation. Un innocent, en bonne et due forme... Cela méritait un coup d'œil. Il finirait son mémorandum ce soir.

« Je suis bien content de vous voir », dit Larry Stafford.

Le gardien referma la porte du parloir privé, et David se leva pour serrer la main de Larry.

« Asseyez-vous, Larry, dit-il en lui indiquant une chaise en plastique.

— Quand allez-vous pouvoir me faire sortir de là ? »

Stafford s'efforçait de conserver son calme, mais on sentait que la panique n'était pas loin, derrière ses yeux bleu pâle et son bronzage de country-club.

« On va passer devant un juge dans la matinée, mais

il s'agit d'un meurtre, et il n'est nullement obligé de proposer la liberté sous caution.

— Je... j'avais toujours cru... qu'il y avait toujours une possibilité de caution.

— Non, pas dans le cadre d'une inculpation pour meurtre. Si le ministère public s'y oppose, on peut demander une audience. Mais rien ne nous garantit que le juge acceptera de fixer une caution à l'issue de cette audience, si le procureur arrive à convaincre le tribunal que vous êtes peut-être bien le coupable. Et même si le juge en fixait une, elle pourrait être trop élevée pour que vous puissiez la payer.

— Je vois », répondit doucement Stafford.

Il essayait de rester bien droit et de s'exprimer du ton assuré qu'il utilisait lorsqu'il s'entretenait avec les avocats défendant la partie adverse. Sauf que cette fois-ci, c'était lui le client, et qu'apprendre qu'il risquait de rester en prison érodait légèrement la qualité de son maintien. L'affaissement des épaules et les yeux tournés vers le sol indiquèrent clairement à David que le message commençait à passer.

« Par ailleurs, reprit David, vous êtes avocat et vous avez une bonne situation. Vous êtes marié. Je doute que le bureau du procureur s'oppose à ce qu'on fixe une caution, et je suis à peu près sûr que la plupart des juges seraient prêts à accorder la liberté sous caution. »

Stafford parut se rasséréner, raccroché qu'il était au fétu de paille que David venait de lui tendre. David préférait ne pas donner trop d'espoir à ses clients, mais dans ce cas précis, il avait la certitude que son évaluation de la situation était juste.

« Comment vous a-t-on traité ? »

Stafford haussa les épaules.

« Plutôt bien, à vrai dire. Ils m'ont mis dans une petite cellule où je suis seul dans euh... le quartier solitaire.

— D'isolement.

— Oui. » Stafford prit une profonde inspiration et détourna un instant les yeux. « Tous ces termes... je ne me suis jamais occupé d'affaires criminelles. » Il se mit à rire, mais d'un rire forcé et il changea de position, mal à l'aise sur le siège étroit. « Je n'ai jamais eu envie de m'y intéresser. Aujourd'hui, je regrette de ne pas avoir suivi quelques cours de plus.

— La police a-t-elle déjà cherché à vous interroger ?

— Oh, oui ! Tout de suite. Ils ont été très polis. Très attentionnés. L'inspecteur Crosby. Son prénom est Ron, je crois. On m'a très bien traité.

— Lui avez-vous dit quelque chose, Larry ?

— Non, sinon que je n'ai rien fait. Il... il m'a lu mes droits. » Stafford rit de nouveau, nerveusement. « Exactement comme à la télé. J'ai encore du mal à prendre tout cela au sérieux. Je ne peux pas m'empêcher d'avoir l'impression, par moments, que c'est un canular monté par des confrères. Je ne sais même rien de cette affaire.

— Qu'avez-vous dit à la police ? » demanda calmement David.

Il observait attentivement son client. Les gens qui n'étaient pas habitués à se retrouver devant la police ou en prison en racontaient parfois des tonnes aux enquêteurs ayant appris à se montrer polis et attentionnés. Une fois le suspect coupé de ses amis et de sa famille, il était prêt à se livrer à la première oreille complaisante dans l'espoir de trouver un soutien. Les déclarations spontanées d'individus aux abois constituaient souvent les éléments de preuve les plus graves pesant contre eux.

« Absolument rien. Qu'aurais-je pu leur dire ? J'ignore tout de cette affaire.

— D'accord. Bon, il faut que je vous dise un certain nombre de choses, et je tiens à ce que vous m'écoutiez attentivement. Je vais vous expliquer ce que sont nos relations avocat-client. Je sais que vous êtes avocat, mais pour l'instant, vous êtes en détention et inculpé de meurtre ; si bien qu'en tant qu'avocat, vous risquez de ne pas fonctionner très bien. On n'est jamais objectif quand il s'agit de nos propres problèmes. »

Larry acquiesça. Il était penché en avant, concentré, buvant les paroles de David.

« Tout d'abord, tout ce que vous me dites est confidentiel. Ce qui signifie que, non seulement je ne répéterai à personne ce que vous m'avez dit, mais que la loi m'interdit formellement de révéler le contenu de nos entretiens.

« Ensuite, il faut que vous me disiez la vérité quand nous parlerons de l'affaire. Non pas parce que je m'offenserais d'un mensonge de votre part, mais parce que si vous m'en dites un, je risque de m'appuyer dessus et de me trouver pris au dépourvu, avec des conséquences graves pour vous. »

David se tut, pour que l'autre se pénètre bien de cette idée. Stafford parut très mal à l'aise.

« Ecoutez, Dave... je vais être très clair. Je ne vous mentirai pas pour la bonne raison que je n'ai rien fait. Je n'ai pas besoin de mentir. Toute cette affaire est une erreur grotesque, et je peux vous dire que je vais poursuivre ces enfoirés et que la ville aura craché jusqu'au dernier cent de son Trésor quand j'en aurai terminé. Il y a cependant une chose qui doit être limpide entre nous. Il faut... il faut que je sois sûr que l'avocat qui me défend me croie. Vous comprenez, si vous pensez que je vous mens... Non, je ne mens pas, et je vous affirme que je suis innocent parce que c'est la vérité. »

David le regarda droit dans les yeux ; Stafford lui rendit son regard sans vaciller.

« Je ne fais que vous dire, Larry, ce que je dis à tous ceux que je suis chargé de défendre, et pour une bonne raison : moi aussi, je tiens à être clair. Vous n'avez pas besoin d'un avocat qui croie en vous. Vous avez besoin d'un avocat qui vous débarrasse des charges qui pèsent contre vous. On n'est pas à Disneyland, ici. Mais dans la prison du comté de Multnomah. Il y a un certain nombre de gens ayant tous bénéficié d'une excellente formation qui, en ce moment même, conspirent pour vous priver de liberté jusqu'à la fin de vos jours. Je suis la seule personne à se tenir entre vous et la prison, et je ferai tout ce qui est en mon pouvoir, que je vous croie ou non, pour que vous n'y alliez pas.

« En revanche, si vous avez besoin de quelqu'un pour vous tenir la main, vous dire qu'on croit en vous et à quel point vous êtes un bon gars, je connais un service de baby-sitting qui peut s'occuper de la question. Si vous voulez vous sortir de ce pétrin, c'est une autre histoire, et je serai heureux de m'occuper de votre affaire. »

Stafford avait gardé les yeux baissés vers le sol. Quand il releva la tête, il avait le visage empourpré. « Je suis désolé, dit-il. C'est simplement que...

— Simplement que vous avez peur, que vous êtes coupé de votre famille et de vos amis, que vous ne savez pas où vous en êtes et que vous voulez pouvoir penser que quelqu'un est à vos côtés. Eh bien, j'y suis, à vos côtés. Tout comme votre femme, comme Charlie Holt et un tas d'autres personnes.

— Vous avez sans doute raison. Mais c'est tellement... tellement frustrant. J'étais là, assis dans ma cellule à réfléchir... Je ne sais même pas comment tout cela est arrivé.

— Et pourtant, c'est arrivé. Et c'est à cela que nous avons affaire. Pouvez-vous me dire où vous étiez, le soir du seize juin et tôt le matin, le dix-sept ?

— C'est à cette date qu'a eu lieu le meurtre ? »

David acquiesça.

« C'était quel jour ? Un jour de la semaine ou pendant le week-end ?

— Le seize juin était un jeudi.

— Très bien. J'aurais besoin de mon agenda et de parler à quelques personnes pour pouvoir répondre avec certitude, mais j'ai probablement dû travailler au bureau et rentrer ensuite chez moi.

— Jusqu'à quelle heure travaillez-vous, d'habitude ?

— Je reste souvent très tard. Je ne suis toujours qu'un associé, chez Price & Winward. J'espère bien me retrouver assez rapidement partenaire, mais vous savez ce que c'est, n'est-ce pas ? Je me souviens que j'avais un dossier particulièrement compliqué à traiter, à cette époque. J'ai dû rester au bureau au moins jusqu'à sept heures. Peut-être plus tard. Je ne peux rien dire tant que je n'ai pas vu mon agenda.

— Qui se trouve à quel endroit ?

— Chez moi. Jennifer sait exactement où. »

David prit l'information en note.

« Parlons maintenant un peu de vous. Quel âge avez-vous ?

— Trente-cinq ans.

— Formation ?

— J'ai fait mon droit à Lewis et Clark. »

David acquiesça. Il s'agissait d'une faculté de droit privée de Portland.

« Je suis revenu de l'Est pour préparer ma licence.

— Vous êtes de la côte Est ?

— Pas facile de répondre. Mon père était militaire et nous avons beaucoup voyagé. Puis mes parents ont divorcé et j'ai vécu avec ma mère à Long Island, dans l'Etat de New York, jusqu'à ce que je rentre dans l'armée.

— Vous avez été militaire ? »

Stafford acquiesça.

« Avant ou après vos études supérieures ?

— Après le collège mais avant la faculté de droit.

— Etes-vous entré chez Price & Winward tout de suite après avoir obtenu votre diplôme ?

— Oui. J'ai toujours été chez eux. »

David remarqua quelque chose de particulier dans la manière qu'avait Larry de répondre, mais il poursuivit néanmoins :

« Avez-vous déjà eu maille à partir avec la justice, Larry ?

— J'ai eu un problème une fois, au lycée. Mineur en possession de bière. Cela n'a pas eu de suites.

— Je ne voulais parler que de délits ou de crimes graves, commis après l'âge de dix-huit ans, pour lesquels vous auriez été reconnu coupable par un jury ou un juge, ou pour lesquels vous auriez plaidé coupable.

— Oh, non ! jamais rien de tel. »

On frappa à la porte et le gardien passa la tête.

« Il va bientôt être présenté à la cour, Mr Nash.

— Combien de temps me reste-t-il, Al ?

— Je peux vous donner encore cinq minutes.

— D'accord. Vous n'aurez qu'à frapper. »

La porte se referma et David commença à rassembler et ranger ses affaires. « Nous finirons ce questionnaire plus tard. Je vous retrouve devant le tribunal.

— Je suis désolé d'avoir été aussi bête, tout à l'heure. De...

— Larry, vous subissez en ce moment une pression comme vous n'en avez jamais connue et je considère que vous tenez rudement bien le coup, étant donné la situation. Je vais essayer de trouver ce que le bureau du procureur possède sur vous, après quoi je viendrai vous revoir et nous déciderons d'une stratégie. Essayez de vous détendre autant que possible. Je n'ignore pas que c'est un conseil impossible à suivre, mais vous me payez pour vous tracasser à votre place et ce serait gaspiller votre argent que de faire mon boulot. »

Stafford sourit. Un grand et courageux sourire. Il prit la main de David et la serra avec vigueur.

« Merci d'avoir accepté de prendre cette affaire. Je me sens plus tranquille maintenant que je sais que vous vous en occupez. Vous avez une sacrée réputation, au cas où vous ne le sauriez pas déjà. Et encore une chose. Vous m'avez dit que cela vous importait peu, et je vous crois, mais je tiens à ce que vous sachiez que je suis innocent. Vraiment. »

Le téléphone sonna au moment où Monica s'apprêtait à quitter son bureau. Elle eut un instant d'hésitation, puis décrocha.

« Monica ? Ron Crosby à l'appareil.

— Oh, salut, Ron. J'allais partir pour signifier son inculpation à Stafford et je vais être en retard. Je peux vous rappeler ?

— Non, attendez. C'est justement à propos de lui. A-t-il été libéré sous caution, aujourd'hui ?

— J'en ai parlé au procureur général, et nous ne nous y opposerons pas si David le demande.

— Je vois. Ecoutez, je suis peut-être sur quelque chose et... je crois qu'il vaudrait mieux ne pas le laisser sortir.

— Pourquoi ?

— Vous souvenez-vous de notre conversation ? On avait conclu que Stafford donnait de temps en temps quelques coups de canif à son contrat de mariage, sans cependant prendre les risques que ferait courir une liaison. Bref, il se serait rabattu sur une prostituée et aurait paniqué en comprenant qu'il s'agissait d'une femme policier.

— C'est en effet ce que je pense, répondit Monica. C'est sa femme qui a l'argent. En cas de divorce, il souffrirait davantage qu'elle sur ce plan.

— Exact. C'est la thèse que tout le monde a adoptée. Dans ce scénario, on voyait avant tout Darlene comme un flic. En réalité, elle était pour lui une prostituée. Et elle a peut-être été tuée pour ça, parce que Stafford la prenait pour une prostituée.

— Je ne comprends pas.

— J'ai fait mes petites vérifications. Stafford n'a jamais été condamné ni arrêté pour quoi que ce soit, mais j'ai tout de même trouvé quelque chose. Ce n'est pas la première fois qu'il a un problème avec une prostituée. »

Le gardien ouvrit la porte d'acier de la cellule et dit à Larry que le moment était venu de passer devant la cour. Il fit preuve de plus de politesse et de déférence qu'avec les autres prisonniers, ce qui mit Larry mal à l'aise. Un autre gardien ouvrit la porte qui reliait le quartier de détention au tribunal. Sur le seuil, Larry hésita. Il aurait voulu disparaître dans un trou de souris. David s'était arrangé pour éviter à son client d'être présenté en uniforme de détenu devant tous ces gens qu'il connaissait, mais le fait de porter ses vêtements personnels ne l'empêchait pas de ressentir de la honte, et cette impression de nausée, au creux de l'estomac, qui n'avait fait qu'empirer depuis son arrestation.

Il se fit un silence gêné lorsqu'on conduisit Stafford dans la salle du tribunal. Les autres avocats détournèrent la tête. Le juge, devant lequel il avait encore plaidé une semaine auparavant, plongea le nez dans ses dossiers. L'huissier, un jeune homme qui suivait des cours du soir en droit et avec lequel il avait parfois bavardé pendant des suspensions d'audience, refusait de le regarder.

David s'avança vivement vers lui et commença à lui expliquer ce qui allait se passer. Larry aurait bien voulu voir Jennifer mais n'arrivait pas à se résoudre à se tourner vers la partie réservée au public, noire de monde. Il avait le sentiment qu'il tiendrait mieux le coup en regardant droit devant lui. Il ne désirait qu'une chose, engourdir tous ses sentiments, se pétrifier le cœur et fondre sur place.

Ils avaient franchi la barre et se trouvaient maintenant en face du juge Sturgis. Une jeune femme séduisante lisait les charges qui pesaient contre lui, mais il n'arrivait pas à associer ce qu'elle disait avec lui-même. C'était d'un autre Larry Stafford qu'elle parlait. Pendant tout ce temps, il se concentra sur un point juste au-dessus de la tête du juge, s'efforçant de rester bien droit.

« Maître David Nash, votre honneur. Mr Stafford m'a chargé d'assurer sa défense.

— Très bien, maître.

— Je souhaiterais, votre honneur, soulever la question de la remise en liberté sous caution. Mr Stafford a été arrêté la nuit dernière. Comme la cour le sait, Mr Stafford est membre du barreau, il est marié, et il exerce des responsabilités dans un cabinet fort respecté...

— Oui, Mr Nash, l'interrompit le juge, se tournant vers Monica. Vous opposez-vous à la remise en liberté sous caution, madame le substitut ?

— Oui, votre honneur. L'Etat est pour le moment opposé à ce que le prévenu soit remis en liberté sous caution. »

David voulut dire quelque chose, mais se reprit et s'adressa à la cour. « Dans ce cas, nous aimerions que soit fixée une audience pour statuer sur cette question aussi vite que possible, votre honneur. »

Monica se tourna vers lui.

« Je dois avertir l'avocat de la défense que nous allons présenter l'affaire devant le grand jury dès cet après-midi et que nous espérons faire comparaître Mr Stafford devant le tribunal du circuit d'ici un ou deux jours.

— Nous allons tout de même fixer une date d'audience, Ms Powers, dit Sturgis. Vous pouvez représenter votre demande dans le cadre du tribunal du circuit, Mr Nash.

— Il faut que je reste en prison ? murmura Stafford.

— Oui », répondit David.

Il regarda Monica, mais elle paraissait mal à l'aise et détourna les yeux — volontairement, crut-il comprendre.

« Mais je croyais...

— Je sais. J'ignore ce qui se passe, mais je vais faire ce qu'il faut pour l'apprendre dès que l'audience sera levée. »

Le greffier donna une date et David la nota. On appela l'affaire suivante et Monica se leva pour partir. David la toucha au coude.

« Pourrais-je te parler une minute ? »

Elle parut tout d'abord indécise, puis acquiesça.

« Je t'attendrai dans le hall », répondit-elle, le quittant aussitôt.

« Larry, dit alors David à Stafford, je vous recontacte très vite. Il faut que je découvre ce qui motive cette opposition à votre remise en liberté.

— Il faut absolument me faire sortir d'ici. » Le gardien faisait signe à Stafford de revenir vers le quartier de détention tandis qu'on introduisait un nouveau détenu devant la cour. « Vous n'imaginez pas ce que c'est, là-dedans.

— L'audience est pour dans quelques jours, et tout ceci sera éclairci. Je...

— Je ne suis pas sûr de pouvoir tenir dans ce cloaque puant deux jours de plus. Je veux sortir, bon Dieu ! C'est pour ça que je vous ai engagé. »

David s'arrêta et regarda son client droit dans les yeux. Il parla d'une voix calme, mais ferme :

« Larry, il faudrait commencer à envisager le fait que, coupable ou innocent, vous êtes soupçonné d'un crime. Vous ne pourrez peut-être pas sortir de prison. Le procureur général peut convaincre le juge que la liberté sous caution n'est pas souhaitable. Vous devez vous reprendre, si vous ne voulez pas être une loque le jour de votre procès. »

Stafford respirait fort, et David vit une veine battre rapidement à sa tempe. Soudain, les épaules de l'homme retombèrent, sa respiration se calma.

« Vous avez raison. Je suis désolé. Je devrais en savoir assez sur le fonctionnement d'un tribunal pour comprendre que tout prend du temps. Il n'y a pas de raison qu'il en aille autrement sous prétexte que c'est moi qui ai des ennuis.

— Bien. Je suis content que vous le reconnaissiez. On se voit bientôt, Larry. »

Monica attendait dans le hall, près des ascenseurs.

« A quoi ça rime, toute cette histoire ? demanda David.

— Nos services s'opposent à ce que ton client soit remis en liberté.

— Oui, j'ai bien compris, dit David avec un geste vers la salle du tribunal. J'aimerais bien savoir pour quelle raison. Stafford n'est pas un drogué qui va prendre la poudre d'escampette dès qu'on lui aura ouvert les portes de la prison. Il est marié, il a un boulot et...

— Je sais tout cela. Ce qui ne change rien.

— Mais enfin, pourquoi ? Qu'avez-vous sur lui ?

— Tu sauras tout le moment venu, lorsqu'il comparaîtra devant le tribunal », répondit abruptement Monica — quelque chose la tarabustait.

« Je connais la procédure, Monica. Mais je te demande maintenant, en tant que collègue qui...

— Ecoute, David, je préfère t'avertir. Cette affaire est différente. Pas question de ne pas suivre la procédure à la lettre. Comme dans le manuel.

— Houla ! doucement. J'ai toujours été correct avec toi, il me semble.

— Oui. Mais cela n'a rien à voir avec toi ou moi.

L'affaire est différente, et je suis sérieuse. Elle comporte certains éléments que tu ne connais pas.

— Quoi, par exemple ? »

Les portes de la cabine s'ouvrirent et Monica monta. « Je n'ai pas le droit d'en parler et je n'en parlerai pas. Désolée. »

David regarda les portes se refermer et retourna vers le tribunal. Jamais, jusqu'à ce jour, Monica ne s'était comportée ainsi et il en était troublé. D'habitude, ils discutaient des procès auxquels ils prenaient part, lui au titre d'avocat de la défense, elle de représentante du ministère public. Ils s'efforçaient d'être aussi honnêtes que possible l'un vis-à-vis de l'autre, dans le cadre des règles du jeu. Larry Stafford avait produit une impression favorable sur David, mais Monica prétendait que l'affaire n'était pas aussi simple qu'il y paraissait. Cela signifiait-il qu'elle détiendrait des preuves accablantes de la culpabilité de Stafford ? Celui-ci lui aurait-il menti en prétendant être innocent ?

Les portes du tribunal s'ouvrirent et quelqu'un l'appela. Il leva la tête et vit Charlie Holt s'approcher. Il n'avait pas remarqué sa présence dans le public.

« Comment se fait-il qu'il n'y ait pas eu de caution fixée ? »

David ne répondit pas. Il dévorait des yeux la jeune femme ravissante qui suivait l'avocat d'affaires.

« Oh, désolé, dit Charlie. Dave, je te présente Jennifer Stafford. »

Sauf que c'était sous le nom de Valerie Dodge que David avait fait sa connaissance.

« Je suis désolée, David. J'aurais préféré ne pas te mentir, mais... » — sa voix mourut et elle se mit à contempler ses mains, qu'elle serrait très fort sur ses genoux.

David était assis en face d'elle. Ils avaient tous les

deux réussi à poursuivre une conversation normale pendant le trajet jusqu'au cabinet. Charlie avait été trop distrait pour remarquer la tension qui régnait entre eux. David avait demandé à son ami de patienter dans la salle d'attente et avait fait passer Jennifer dans son bureau, où elle s'était assise sans le regarder.

« Je ne sais pas si je dois continuer à m'occuper de l'affaire », dit-il.

Elle leva brusquement la tête, surprise.

« Oh, il le faut. Je t'en prie, David. Larry a besoin de toi, dit-elle.

— Je ne suis pas convaincu d'être la personne la mieux placée pour défendre ton mari.

— Pourquoi ? Parce que nous avons couché ensemble ? Je t'en prie, David. Je ne sais pas pourquoi j'ai... Nous nous étions disputé, et je... » Elle secoua la tête. « C'était la première fois que je faisais une chose pareille. Il faut me croire.

— Je te crois. Ça n'a pas d'importance. Mais on attend d'un avocat qu'il soit objectif, qu'il n'y ait pas d'enjeu affectif pour lui dans une affaire. Et là, comment dois-je m'y prendre ? »

Elle se mit de nouveau à regarder ses mains et David s'enfonça dans son fauteuil, s'efforçant de conserver son sang-froid. Le choc de cette rencontre inopinée commençait à s'atténuer et il se sentait envahi d'une profonde dépression.

« Lorsque Charlie a proposé ton nom... j'ai tout d'abord voulu refuser, mais je n'ai pas pu. Il fallait que Larry ait le meilleur avocat possible. Je ne peux pas le laisser... »

Elle s'interrompit. David fit légèrement pivoter son siège de manière à ne plus être tourné vers elle.

« Est-ce que tu l'aimes ? »

Elle leva les yeux vers lui mais ne répondit pas.

« Je t'ai demandé si tu aimais ton mari. »

Il n'avait pas vraiment envie de le savoir, en fait. Il

lui avait posé la question pour la blesser. Il se sentait en proie à la confusion, trahi.

« Pas ça, je t'en prie. »

La voix de Jennifer était réduite à un murmure et il craignit qu'elle se mît à pleurer.

« Est-ce que tu aimes ton mari ? insista-t-il d'un ton impérieux.

— En quoi c'est important ? Est-ce que tu poses la question à toutes les femmes qui viennent te demander leur aide ? Cela ne suffit-il pas que je te la demande ? »

Il n'arrivait toujours pas à la regarder en face. Elle avait raison, et il s'en rendait compte. Il se comportait en insensé. En enfant. Pour lui apporter cette aide, cependant, il allait devoir élever entre eux une barrière qui serait peut-être impossible à abattre ensuite. Il fit de nouveau pivoter son siège vers elle. Elle se tenait bien droite et le regardait.

« Je pourrais te donner les noms de plusieurs autres avocats. Tous très compétents.

— Non, c'est toi que je veux. J'ai confiance en toi. Je sais que tu peux tirer Larry de là.

— Qui est cette Valerie Dodge ? » demanda-t-il.

Elle rougit, puis sourit.

« Dodge est mon nom de jeune fille. Le prénom… Valerie… Je l'ai emprunté à un feuilleton télévisé. Je ne savais pas que répondre, et c'est la première idée qui m'est venue à l'esprit. »

David se mit à rire. Elle hésita une seconde, pour s'assurer que son hilarité était bien réelle, puis elle se joignit à lui. Un rire nerveux, à vrai dire — le soulagement dû à la tension qui venait de se rompre.

« J'ai tout fait pour essayer de te retrouver, tu sais. J'ai appelé le comité de campagne de Bauer, épluché les annuaires.

— Moi aussi, j'ai pensé à toi. Il m'arrivait par moments de vouloir… Mais je ne pouvais pas. Larry et moi... nous avons eu des problèmes. Il travaille très dur, et... Ce qui s'est passé cette nuit-là s'est passé, un point c'est tout. Tu ne peux pas laisser tomber Larry à cause de cela. Que je ressente pour lui de l'amour ou bien... Il est mon mari, et... »

Elle s'interrompit une fois de plus et ils se regardèrent. Ce fut au tour de David de détourner les yeux. Il se sentait très fatigué.

«J'ai besoin de réfléchir, Jennifer. Les choses sont embrouillées dans ma tête, pour le moment, et il me faut un peu de temps pour éclaircir tout ça.

— Très bien.

— Je t'appelerai demain matin et te dirai ce que j'ai décidé. »

Il se leva et elle en fit autant. Il ouvrit la porte et la tint pour elle. Ils furent un instant tout près l'un de l'autre. A quelques centimètres. La main de David se contracta sur le bouton de porte tandis que le parfum de Jennifer l'étourdissait. Il eut envie de la prendre dans ses bras. Elle le sentit et fit semblant de ne pas s'en rendre compte. L'instant passa, et il ouvrit le battant en grand. Après son départ, il alla s'asseoir à son bureau et y resta longtemps, immobile.

3

Il passa une mauvaise nuit. Dans le ciel sans nuages voguait un croissant de lune éclatant. Il était allé contempler les étoiles depuis sa salle de séjour, puis il avait compris qu'il ne dormirait pas. De quoi s'agissait-il, au juste ? D'une femme avec laquelle il avait couché une fois. Pourquoi aurait-elle davantage compté que toutes celles qu'il avait draguées auparavant ? Il savait bien, cependant, que ce n'était pas avec la logique, l'outil des avocats, qu'il trouverait la réponse.

Que devait-il faire ? Là, c'était évident. Laisser tomber. Enfin, évident en théorie. Mais pas dans son cœur, lequel avait déjà pris sa décision. En réalité d'ailleurs, ce n'était pas si évident que cela, car un autre facteur venait brouiller les cartes : et si Larry Stafford était innocent ? Charlie Holt lui avait rapporté ce qu'avait déclaré Jennifer : qu'elle s'était trouvée avec son mari la nuit où l'on avait assassiné Darlene Hersch, et la jeune femme lui avait affirmé, pendant qu'ils allaient du palais de justice au cabinet, que Larry était innocent. C'était aussi ce que clamait Stafford, et David le croyait. N'empêche, l'homme qui avait cocufié l'inculpé était-il le mieux placé pour assurer sa défense ?

David se sentait le besoin de longuement réfléchir à

tous ces éléments. A présent qu'il avait retrouvé Jennifer, il n'avait pas l'intention de la perdre. Il voulait savoir si quelque chose était possible entre eux. Il lui avait semblé que oui lorsqu'ils s'étaient séparés à la porte de son bureau.

Voulait-il plaider l'affaire à cause de Jennifer ? Le cas Larry Stafford l'intéressait-il en soi ? S'il s'agissait juste de Jennifer, il valait mieux abandonner. Ce n'était pas simplement Jennifer, cependant, se dit David. Si jamais Larry Stafford était innocent, il ne pouvait s'en laver les mains et le laisser condamner. Il y avait plus, dans cette affaire, qu'une occasion de revoir la jeune femme. N'avait-il pas ressenti une réelle excitation, lorsque Charlie Holt lui avait dit que Stafford pourrait bien être innocent ? Il repensa à Ashmore, à Gault, à Anthony Seals. A l'issue du verdict prononcé à leur encontre, c'était un sentiment de culpabilité et non de fierté qu'il avait éprouvé. En revanche, il pourrait être fier de l'affaire Stafford s'il la concluait victorieusement. Il était le meilleur avocat criminel de l'Etat, et l'un des meilleurs de tous les Etats-Unis. Il était temps de mettre son talent au service des causes qu'il était supposé servir.

Il trouva un mot de Monica dans la boîte à messages le lendemain matin. L'inculpation avait été prononcée et la date de comparution fixée. David nota de prévoir une audience pour la remise en liberté sous caution. La première chose qu'il fit en arrivant, cependant, fut d'appeler Jennifer Stafford. Elle décrocha dès la première sonnerie.

«J'accepte d'assurer la défense de Larry si tu es toujours d'accord...

— Bien, répondit-elle après une courte hésitation. Merci. Je redoutais que tu y renonces... Larry tient beaucoup à ce que ce soit toi. Nous en avons parlé hier au soir.

— Tu ne lui as pas dit que j'envisageais peut-être de ne pas rester sur l'affaire ?

— Oh, non ! Il ignore tout de ce qui s'est passé entre nous. »

Il y eut un silence sur la ligne.

« Tu n'as pas...

— Bien sûr que non. »

Nouveau silence. Ça ne commençait pas très bien. Ni l'un ni l'autre n'arriveraient à être détendus.

« D'après Larry, son agenda serait à la maison, reprit-il.

— Il me semble. Je vais vérifier.

— Il me le faut le plus rapidement possible. Ainsi qu'une avance d'honoraires, ajouta-t-il, mal à l'aise d'avoir à lui demander de l'argent.

— Bien sûr, Charlie m'en a parlé. Je vais passer à la banque. »

Troisième silence. Aucun des deux ne savait comment le rompre.

« Je t'avertirai dès que nous aurons une date pour l'audience, dit finalement David, ne voulant pas raccrocher.

— Oui.

— Et n'oublie pas l'agenda. C'est important. »

Voilà qu'il se répétait.

« Si... si je le trouve, veux-tu que je te l'apporte ce matin ? »

Cela signifiait-il qu'elle avait envie de le voir ? Il se sentait bien peu sûr de lui.

« Il n'y a qu'à prendre rendez-vous.

— Je peux toujours le laisser à ta secrétaire si tu es trop occupé. (Elle hésita). Je ne veux pas t'ennuyer. Je sais que tu as d'autres affaires.

— Non, ça ira. Si tu le trouves, apporte-le-moi. J'ai pas mal de temps, cet après-midi et, de toute façon, il faut que nous ayons un entretien. J'ai des questions à te poser.

— D'accord. Si je le trouve. »

Ils raccrochèrent. David se laissa aller dans son fauteuil, poussa un profond soupir et se reprit. Mauvais, tout ça. Trop d'adrénaline. Il n'arrivait pas à réfléchir froidement. Un vrai lycéen amoureux. Stupide. Quand il se sentit mieux, il composa le numéro de Terry Conklin, son enquêteur.

« Comment ça va, Terry ?

— Du boulot par-dessus la tête. Et toi ?

— Pareil. C'est pour cette raison que je t'appelle. Je suis sur une affaire vraiment intéressante. Elle va probablement te prendre beaucoup de temps.

— Ecoute, je ne sais pas, Dave. Je viens juste de me faire un nouveau client, Industrial Indemnity, et j'ai été obligé d'embaucher quelqu'un rien que pour traiter leurs dossiers. »

David se sentit déçu. Terry, ancien officier de renseignement de l'armée de l'air devenu ensuite policier, en avait eu un jour assez de travailler pour les autres et avait fondé sa propre agence. L'avocat figurait parmi ses tout premiers clients et les deux hommes étaient devenus bons amis. Terry avait rapidement acquis une certaine réputation et plusieurs compagnies d'assurances faisaient appel à ses services. Ce qui lui rapportait le plus c'étaient les enquêtes sur les demandes d'indemnisation à la suite d'accidents, et il avait de moins en moins de temps pour les enquêtes criminelles, ses premières amours. Il était cependant convenu tacitement, entre lui et David, que si un dossier était suffisamment important, il ne laisserait jamais tomber l'avocat.

« C'est l'affaire de la femme policier assassinée au Raleigh Motel, dit David, lançant son appât.

— Oh... Ouais ? J'ai vaguement entendu mes amis flics en parler. Ils ont pris quelqu'un, hein ?

— Tu ne lis pas les journaux ?

— J'étais à la Nouvelle-Orléans, la semaine dernière.

— Eh bien, voilà-t'y pas qu'on voyage, maintenant ! Affaires ou tourisme ?

— Un peu des deux. C'est toi qui défends l'inculpé ? »

David sourit. Terry était intéressé.

« Ouais. On a arrêté un avocat de chez Price & Winward.

— Sans déconner ! »

David se détendit. Il l'avait ferré.

« Vois-tu quelqu'un d'autre à me recommander ? Il faut qu'il soit bon.

— Reste en ligne, veux-tu ? Juste une minute. »

Terry le mit en attente et David éclata de rire. Lorsque l'enquêteur revint en ligne, ils prirent rendez-vous dans la soirée, avec l'intention de passer au Raleigh Motel.

Jennifer vint à trois heures de l'après-midi. Elle portait une tenue austère, composée d'une jupe longue grise et d'une blouse blanche qui lui montait jusqu'au cou. Ses cheveux étaient ramenés en arrière en chignon. Il aurait suffi de l'affubler de lunettes pour qu'elle eût l'air de ces bibliothécaires, dans les films des années quarante, dont la beauté se révélait soudain lorsqu'elles laissaient retomber leur chevelure.

« J'ai amené l'agenda », dit-elle en sortant de son sac un carnet relié en cuir noir.

Quand David tendit la main pour le prendre, il fit bien attention à ce que leurs doigts ne se touchent pas. Il feuilleta l'agenda jusqu'à la page du seize juin ; Stafford avait eu un premier rendez-vous le matin à neuf heures quarante-cinq, avec un certain Lockett, puis un autre à seize heures trente avec Barry Dietrich.

David connaissait ce nom : c'était celui d'un partenaire de Price & Winward spécialisé dans les garanties. Ce qui recoupait ce que lui avait dit Stafford à la prison. Rien d'autre ne figurait à cette date et David nota de prendre contact avec Dietrich.

« Quelque chose d'utile ? demanda Jennifer.

— Peut-être. Larry a eu une réunion avec un des partenaires le jour du meurtre. Je vais essayer de trouver jusqu'à quelle heure ils ont travaillé. »

La jeune femme acquiesça. Elle paraissait mal à l'aise, assise toute droite, les mains serrées sur les genoux et déployant de grands efforts pour avoir un air normal. David en était quelque peu satisfait. Lui-même se sentait tout raide et la conversation se poursuivait sur un ton artificiel.

« Je voudrais que nous parlions maintenant de tes relations avec Larry. Je vais être obligé de te poser des questions très personnelles ; mais uniquement parce que les réponses peuvent être importantes pour assurer la défense de Larry. »

Elle acquiesça de nouveau et il remarqua qu'elle s'étreignait un peu plus les mains ; les articulations de la gauche blanchirent même pendant quelques instants.

« Depuis combien de temps connais-tu Larry ?

— A peine un peu plus d'un an.

— Comment vous êtes-vous rencontrés ?

— J'enseigne dans la même école que Miriam Holt, la femme de Charlie. C'est elle qui nous a présentés. Larry et Charlie jouent au handball ensemble.

— Combien de temps après cette rencontre vous êtes-vous mariés ?

— Quelques mois. Quatre. »

Elle dit cela comme si elle s'excusait et David abaissa les yeux sur ses notes, sensible à sa gêne. Que le jury déclarât Larry coupable ou innocent, ce serait un calvaire pour elle. Avec des séquelles pour la vie. Si Larry était condamné, elle se retrouverait l'épouse d'un jeune avocat ayant assassiné une femme policier qu'il prenait pour une prostituée. Pourquoi avait-il eu recours à une prostituée ? allait-on se demander en la regardant. Qu'est-ce qui n'allait pas chez elle pour qu'il fût poussé à se rabattre sur l'amour vénal ?

Et s'il était acquitté ? Eh bien, en réalité, on ne l'est jamais. Les jurés peuvent bien déclarer que vous n'êtes pas coupable, les doutes persistent toujours.

« Où enseignes-tu ?

— A l'école élémentaire de Palisades.

— Depuis combien de temps ? »

Elle sourit et parut se détendre un peu.

« Depuis toujours, on dirait.

— C'est un métier qui te plaît ?

— Oui. J'ai toujours aimé les enfants. Je ne sais pas. C'est dur, par moments, mais ça en vaut la peine. Larry aurait voulu que j'arrête après notre mariage, mais je lui ai dit que je préférais continuer.

— Pourquoi le voulait-il ? »

Jennifer rougit et regarda ses mains.

« Il faut que tu comprennes Larry. Il a de fortes tendances macho. Il est comme ça.

— Larry t'a-t-il déjà trompée ? »

Elle inspira brusquement et regarda David.

« Non, répondit-elle avec fermeté. Je crois que je m'en serais rendu compte.

— Est-ce qu'il t'a jamais frappée ?

— Non. »

Elle avait eu, cependant, un instant d'hésitation.

« T'a-t-il frappée, oui ou non ?

— Eh bien... on s'est disputés, mais il n'a jamais... non.

— Considères-tu que Larry soit normal sur le plan sexuel ?

— Que veux-tu dire par *normal*? » demanda-t-elle, incertaine.

David se sentait mal à l'aise et peu sûr de lui. Il avait pourtant souvent posé ce type de questions, mais toujours pour des raisons strictement professionnelles. Ses raisons de les poser aujourd'hui étaient certes professionnelles, mais avec un petit quelque chose de plus. Il avait envie de savoir ce qu'étaient exactement les relations entre Larry Stafford et son épouse. Il avait envie de savoir s'il était à la hauteur, sexuellement, par comparaison avec l'homme qu'il était chargé de défendre. Il avait envie de savoir si Jennifer réagissait entre les bras de son mari avec autant de passion qu'elle avait réagi entre les siens.

« A-t-il des préférences sexuelles inhabituelles ? Pour des choses particulières ?

— Je ne vois pas en quoi cela aurait un rapport... Est-ce qu'on ne peut pas parler d'autre chose ? Cette conversation m'est très pénible.

— Je sais que c'est dur pour toi. Mais c'est une affaire où le sexe joue un rôle fondamental et je tiens à te préparer aux questions que le procureur ne va pas manquer de te poser devant la cour.

— Il va falloir que je... ? Je ne vais jamais pouvoir... » Elle prit une profonde inspiration et David la laissa reprendre son calme. « Nos relations sexuelles sont... simplement normales. » Sa voix s'étrangla et David regarda les mains de la jeune femme ; elle les serrait une fois de plus dans une étreinte rigide. « Je ne comprends pas ce que tu veux me faire dire, David, reprit-elle, si doucement qu'il dut tendre l'oreille. Le soir où toi et moi... c'est vrai que nous avions des problèmes, Larry et moi, mais c'était en rapport avec sa profession, pas avec nos relations sexuelles. Il travaillait très dur. Il n'a pas réussi à être nommé partenaire, l'année dernière, et cela l'a démoralisé. Sur le coup, il a pensé y renoncer. Puis il a changé d'avis et décidé qu'il serait accepté s'il travaillait encore plus dur. Encore plus qu'avant. Il partait tôt, rentrait tard.

Il buvait aussi un peu trop. C'est à peine si je le voyais, même pendant les week-ends. Et quand nous étions ensemble, on aurait dit qu'on se disputait tout le temps.

« Le soir où je t'ai rencontré… je venais de piquer ma crise. Je l'avais appelé au bureau. Il est arrivé dans tous ses états à la maison. Je l'avais interrompu dans son travail. Ne pouvais-je pas comprendre cela ? Je lui ai répondu que si, je comprenais. Que je constatais qu'il considérait son travail comme plus important que moi. Et je suis partie. Ensuite, je t'ai rencontré, et… et c'est arrivé. Je crois que je voulais lui faire mal. Mais ce n'était pas… une question de sexe. De ce côté-là, il n'y avait pas… pas de problème. »

Elle s'arrêta, à bout de mots, à bout d'énergie. David ne savait que répondre. Il avait envie de la prendre dans ses bras et de la consoler, tout en sachant que c'était la dernière chose à faire.

« En outre, reprit-elle, je ne vois pas le rapport de tout ceci avec l'affaire de Larry. Je l'ai dit à Charlie. Larry n'a pas pu tuer cette fille. Il était à la maison avec moi, ce soir-là.

— Tu en es certaine ?

— Oui. Sinon, je l'aurais su. S'il était sorti avec une autre femme… il était avec moi.

— Tu le jurerais devant la cour ?

— Oui. Je ne veux pas qu'il aille en prison. Il ne le supportera pas, David. La pression sera trop forte pour lui.

— Il paraît très bien résister, pour le moment.

— Tu ne le connais pas autant que moi. Il fait bonne figure, mais en dessous, ce n'est qu'un petit garçon. Il est très fort pour ce qui est d'avoir l'air taillé dans un seul bloc, mais je vois les fissures sous la surface. »

David reposa son bloc-notes. Ce court entretien les avait tous les deux épuisés sur le plan émotionnel.

« Je crois que cela suffit pour le moment. Je vais aller faire un tour au motel après le travail, et je vais voir ce que l'employé aura à me raconter. Je t'appelle s'il y a du nouveau. »

Elle se leva et il la raccompagna jusqu'à la porte.

« Je tiens à te remercier d'avoir accepté. Je me doute que la décision n'a pas dû être facile pour toi. Mais je sais que Larry est en de bonnes mains avec toi. »

Il ne voyait pas quoi répondre. Elle résolut le problème en partant très vite. Il la suivit des yeux, avec l'espoir qu'elle allait se retourner et lui adresser un signe, mais elle n'en fit rien. Il alla se rasseoir à son bureau, pris d'une perplexité encore plus grande quant à leurs relations.

Dans l'un des tiroirs du meuble attendaient un verre et une bouteille de bourbon. Il prit l'alcool sec. Cela faisait un moment qu'il n'avait pas éprouvé le besoin de boire dans la journée, mais il avait l'impression que la chose risquait de se reproduire souvent tant qu'il n'en aurait pas fini avec l'affaire Stafford.

De taille moyenne, un peu enveloppé, Terry Conklin arborait en permanence un grand sourire. Il avait l'air de la personne la plus inoffensive au monde au milieu de n'importe quel groupe ; les gens lui faisaient d'emblée confiance et lui parlaient volontiers. C'était ce qui le rendait si précieux comme enquêteur.

Terry dirigea son Dodge break vers le parking du Raleigh Motel. Le véhicule était jonché des débris divers laissés par ses cinq enfants. Aucun rapport avec les rutilantes voitures de sport de James Bond, et Terry aimait à dire en plaisantant que c'était mieux pour le travail clandestin.

Il avait passé une bonne partie de l'après-midi à la morgue — autrement dit les archives — de l'*Oregonian*, à éplucher tout ce qu'il avait pu trouver sur l'affaire

Hersch. Il avait photocopié les articles pour David, lequel achevait de lire le dernier lorsqu'ils s'arrêtèrent devant le bureau du motel.

« Des trucs intéressants, là-dedans ? demanda Terry en coupant le moteur.

— Pas grand-chose de plus que ce que je savais déjà. Au fait, tant que j'y pense, l'audience en demande de liberté sous caution est pour demain et ils vont probablement m'envoyer Ortiz. Pourras-tu venir ?

— Pas de problème », répondit Terry pendant qu'ils se dirigeaient vers l'entrée.

Merton Grimes était un vieil homme qui se déplaçait lentement, le dos voûté. Les premiers froids se faisaient encore attendre, ce qui ne l'empêchait pas de porter une grosse chemise de laine boutonnée jusqu'au cou et des pantalons gris crasseux. Il surveillait une cafetière lorsque les deux hommes entrèrent, et David dut tousser pour attirer son attention. Grimes parut mécontent et prit tout son temps pour venir jusqu'à son comptoir. On apercevait une partie de la pièce à travers la porte entrouverte ; elle contenait une petite couchette à dosseret et une lampe de chevet, sur une table basse, jetait une lumière anémique sur le tissu vert et blanc. On entendait le bruit d'une télé dont le son était bas, sans qu'on puisse voir l'écran.

« Mr Grimes ? » demanda David. Le vieil homme adopta aussitôt une expression méfiante. « Je m'appelle David Nash et voici Terry Conklin. Je souhaiterais vous parler du meurtre qui s'est produit ici, il y a deux mois.

— Vous êtes journalistes ? demanda Grimes d'un ton qui disait que cela ne le contrarierait pas spécialement.

— Non, je suis avocat. J'assure la défense de l'homme qui est accusé du crime.

— Oh, fit Grimes, déçu.

— Nous voudrions voir la pièce, si c'était possible, et parler de ce que vous savez de l'affaire.

— J'ai déjà dit tout ce que je savais à la police. Ç'a été le cirque pendant une semaine dans ce fichu motel, ajouta-t-il, hochant la tête à ce souvenir. Les reporters, les flics. Pas si mauvais pour les affaires, cependant. »

Il partit d'un rire qui avait tout du reniflement. Il s'essuya le nez du revers de la main et se tourna vers le tableau derrière son comptoir. Il lui fallut un certain temps, mais il trouva la clef qu'il cherchait. Il tendait déjà la main lorsqu'il interrompit son geste et se retourna. Il avait un petit air finaud que David n'eut aucun mal à interpréter.

« Vous savez, je ne sais pas si c'est bien légal. Vous êtes l'avocat d'un criminel, et je me demande ce que diraient les flics. Je pourrais avoir des ennuis.

— Je vous assure que tout cela est parfaitement légal.

— Oui, mais tout de même...

— Et, bien entendu, nous vous dédommagerons pour votre temps.

— Ah, dites, ça c'est sacrément gentil », fit Grimes avec une grimace.

David se demanda combien il s'était fait avec ses visites organisées exclusives pour la presse. Il posa un billet de vingt dollars sur le comptoir. Le vieux le regarda quelques instants, se demandant probablement s'il n'y aurait pas moyen de soutirer davantage à l'avocat ; puis sa main fit le mouvement le plus rapide que David verrait de toute la soirée, et le billet disparut dans la poche du pantalon.

« On pourra parler en y allant », reprit Grimes.

Il décrocha la clef et se dirigea d'un pas traînant vers la porte. Conklin tint le battant ouvert, puis lui et David suivirent le vieux à travers le parking en direction des chambres.

« Sûr qu'elle était mignonne, la poupée, dit Grimes en attaquant l'escalier métallique qui conduisait au premier étage. Elle avait pas l'air d'une pute. Je me suis tout de suite méfié.

— Beaucoup de prostituées viennent ici ? demanda Terry sans se départir de son sérieux.

— Qu'est-ce que vous voulez dire ? »

Terry haussa les épaules.

« Vous venez de dire qu'elle n'en avait pas l'air. Je supposais simplement... »

Le vieil homme pesa un instant le pour et le contre, puis ricana :

« Ouais, on en a quelques-unes. Vous comprenez, je les fais pas casquer. Alors y'en a qui aiment bien mes piaules. Les flics s'en foutent. Alors pourquoi je devrais m'en faire ?

— Aviez-vous déjà vu le type qui était avec la fille avant ce soir-là ?

— Comme je l'ai dit aux flics, il est resté dans sa bagnole et je n'ai pas fait attention à lui. Elle est rentrée pendant que je lisais. Et alors elle a accaparé toute mon attention, si vous voyez ce que je veux dire. Sacrés nénés, pour ce que j'ai pu en voir. Son micheton, je m'en battais l'œil.

— Autrement dit, vous ne l'avez pas bien regardé ?

— Ce n'est pas ce que je dis. Je l'ai vu, mais il ne m'a laissé aucune impression particulière. Et ce n'était juste qu'un coup d'œil quand il a fichu le camp d'ici après le meurtre.

— Et de quoi vous souvenez-vous ?

— Pas grand-chose. Un homme dans une voiture. J'ai déjà raconté tout ça aux flics.

— Je sais, dit David, et je vous suis reconnaissant de bien vouloir nous le répéter. »

Ils étaient sur le palier et Grimes se dirigeait vers l'une des dernières portes de la rangée. Terry regardait autour de lui, notant mentalement la disposition des lieux au cas où cela pourrait servir plus tard. Grimes s'arrêta et inséra la clef dans la serrure de l'avant-dernière porte. Un globe de grande taille, un peu à droite de la porte et placé juste au-dessus de la tête de David, jetait une lumière jaune pâle sur le battant. Grimes poussa la porte.

« Voilà. Evidemment, on a nettoyé. Vous auriez dû voir ce carnage. Je vous dis que ça. »

Le vieux s'effaça et David pénétra dans la chambre sans éclairage. Il se tourna et vit les enseignes au néon qui brillaient sur le boulevard. Rappel de la vie qui continuait à l'extérieur. Ici, dans cette chambre stérile tout en plastique, rien ne parlait de vie ou de mort. On était dans les limbes du vingtième siècle, version motel, dépourvus de tout sentiment. Les ombres portées de Conklin et Grimes dansaient sur le seuil comme des spectres. Grimes tendit une main et trouva l'interrupteur.

« On n'apprendra pas grand-chose, là-dedans, observa Terry après avoir fait le tour de la chambre et de la salle de bains. Le procureur aura pris des photos de la scène. »

David acquiesça.

« D'après les journaux, c'est un jeune avocat, dit Grimes.

— En effet.

— Ça concorde avec ce que j'ai vu. La voiture chic et les cheveux longs.

— Vous avez vu ses cheveux ? s'étonna David.

— C'est bien ce que je viens de dire, non ?

— J'ai dû mal vous comprendre. J'avais cru qu'il ne vous avait fait aucune impression.

— Il ne m'en a fait aucune. Mais j'ai vu ses cheveux. Des cheveux bruns.

— Vous en êtes certain ? insista l'avocat en jetant un coup d'œil de côté à Conklin.

— Je suis plus tout jeune, mais je suis pas sénile

pour autant. Dites, vous pensez qu'on parlera de moi dans les journaux quand j'irai témoigner ?

— Sans aucun doute, Mr Grimes », dit Terry.

Le vieux sourit et hocha la tête.

« Ça m'est déjà arrivé une fois. On avait été cambriolés, et ils m'avaient cité parmi les victimes. J'ai gardé l'article.

— Je crois que j'ai vu ce que je voulais voir. Et toi ? » demanda David à Conklin.

L'enquêteur se contenta d'acquiescer. Lui et David regagnèrent le palier, le vieillard coupa la lumière et referma la porte à clef.

« Merci pour la visite, dit David quand ils furent de retour au bureau.

— Revenez quand vous voulez.

— On se verra au tribunal », lança Conklin.

Le vieil homme eut son rire rouillé et secoua la tête.

« C'est vrai, dit-il, c'est vrai. »

Il regagnait son arrière-boutique d'un pas traînant quand la Dodge quitta le parking.

4

L'ENTRÉE principale du palais de justice se trouvait sur la Quatrième Avenue. David emprunta l'entrée secondaire sur la Cinquième. Le corridor, à l'arrière de l'édifice, était envahi de policiers qui attendaient de témoigner devant les trois tribunaux où l'on traitait les infractions au code de la route ; des avocats en costume trois-pièces s'entretenaient à voix basse avec des drogués aux cheveux longs crasseux ou avec des jeunes femmes élégantes venues plaider la clémence pour avoir brûlé un feu rouge. Les greffiers appelaient les uns devant la cour, renvoyaient les autres dans la grande salle où l'on s'acquittait de son amende. Un vieil avocat écoutait patiemment les jérémiades d'un jeune collègue, et un procureur s'efforçait de comprendre le témoignage d'un policier avant de traiter, pour la septième fois de suite, une affaire d'excès de vitesse.

David se fraya un chemin dans la foule pour atteindre le recoin qui abritait l'ascenseur réservé au quartier de détention des prévenus. C'était là qu'attendaient ceux qui devaient passer devant un tribunal, par là aussi que transitaient les personnes qui venaient d'être placées en état d'arrestation.

L'ascenseur s'arrêta au septième ; David s'avança jusqu'à un vitrage épais et appela par l'interphone le gardien qui s'occupait du sas de contrôle.

« Je voudrais voir Larry Stafford. Est-ce que vous avez une cabine de libre ?

— Essayez la deux, Mr Nash », répondit l'homme.

David inscrivit son nom sur le registre des entrées. Le gardien appuya sur un bouton et une porte d'acier — elle allait du sol au plafond — s'ouvrit. David entra dans le minuscule local. Dès que la porte fut refermée, le gardien appuya sur un autre bouton et, avec un bourdonnement électronique, la porte qui constituait la paroi opposée du sas s'ouvrit. L'avocat s'avança jusqu'au parloir constitué ici de plusieurs cabines alignées les unes à côté des autres. Chacune était divisée en deux par un grillage, avec une chaise de part et d'autre et un rebord faisant office de table.

David sortit quelques papiers de son porte-documents et se mit à les lire en attendant que le gardien introduisît Stafford. Celui-ci arriva au bout de quelques minutes, souriant et paraissant plus mince qu'au jour de son arrestation.

« Ça me fait plaisir de vous voir, Dave », dit-il à travers le grillage — sa voix ne chevrotait pas comme lors de leur dernière entrevue.

« Alors, vous tenez le coup ? » demanda David.

Stafford haussa les épaules.

« Je commence à me dire qu'on arrive à s'habituer à tout. D'une certaine manière, ce n'est pas si mal. Pas de clients pour m'engueuler. Pas de partenaires exigeant un rapport de dix pages pour hier. Beaucoup de sommeil. Si la nourriture était un peu meilleure, l'endroit serait presque recommandable. »

David sourit. Stafford paraissait avoir retrouvé son sens de l'humour, ce qui était essentiel pour ne pas craquer dans sa situation.

« Vous avez l'air d'avoir minci depuis la dernière fois.

— Ouais. On vous rationne sérieusement les sauces riches, ici. Excellent pour le tour de taille. »

David sortit l'agenda de son porte-documents et le tint ouvert contre le grillage.

« Nous avons un peu de temps avant l'audience et on va en profiter pour revoir certaines choses. Est-ce que ce carnet vous permet de préciser votre emploi du temps pour la soirée du meurtre ? »

Stafford lut ce qui était inscrit à la page du seize juin.

« En effet. J'allais vous en parler. Je l'ai déjà expliqué à Jenny quand elle a fait allusion à l'agenda. Appelez Dietrich. Il vous le confirmera. Nous avons eu une réunion ce soir-là. Vous vous souvenez de cette affaire de garanties foncières dont je vous ai parlé ? Nous avons dû travailler dessus jusque vers six heures, six heures et demie du soir. Il suffira de vérifier le compte des heures dans les relevés que nous faisons pour facturer nos clients.

— Très bien, dit David en prenant une note. Mais cela ne nous aide pas beaucoup. Hersch a pris son quart vers dix heures et demie et a été tuée vers minuit.

« Oh... », dit Stafford, un instant déçu. Puis il sourit de nouveau. « C'est cependant bien la preuve que je suis innocent, non ? Parce que enfin, ça n'a aucun sens : j'aurais eu une journée de travail normale, j'aurais travaillé sur un dossier de garanties foncières pour aller égorger après une femme flic ? Il y a quelque chose qui ne colle pas, il me semble.

— Pas forcément. Les hommes d'affaires qui ont recours à des prostituées ne sont pas rares. Qu'est-ce qui nous prouve que vous seriez différent ?

— D'accord, répondit Stafford vivement. J'ai aussi pensé à cette approche. Mais elle ne tient pas. Jenny pourra témoigner que nous étions heureux en ménage. Vous l'avez vue, n'est-ce pas ? Jamais un jury ne va croire qu'un homme marié à une aussi jolie femme puisse avoir envie d'aller perdre son temps avec les putes. Non ? Ça ne cadre vraiment pas. »

Stafford s'enfonça dans son siège et sourit, satisfait d'avoir marqué un point. David leva les yeux de ses notes et attendit un instant avant de parler. Il avait les mains moites et il se sentait, pour le moment, beaucoup moins sûr de lui que son client.

« Un homme marié à une jolie femme peut très bien faire appel à des prostituées si lui et sa femme ont des problèmes de couple. »

Stafford souriait toujours et hocha affirmativement la tête à cet énoncé.

« *Si.* Mais il n'y a pas de *si* à propos de Jenny et de moi.

— Pas le moindre problème ? Aucune dispute, pas la moindre difficulté sexuelle, pas de questions d'argent ? Vous feriez mieux d'être tout à fait franc avec moi sur ce point, Larry, parce que lorsque Jennifer et vous, vous allez vous retrouver à la barre, vous pouvez être bien tranquille que s'il y a la moindre chose pas nette, le procureur va la découvrir. »

Pendant qu'il attendait la réponse de Stafford, David pensa à la soirée qu'il avait passée avec Jennifer. Une image mentale d'elle, nue, allongée sur son lit, se forma dans son esprit, et il dut lutter pour la chasser.

« C'est vrai, on s'est disputés. Comme tout le monde. » Il marqua un temps d'arrêt. « Ecoutez, je vais être honnête avec vous. Nous avons eu des problèmes, Jenny et moi. Comme tous les couples. Et vous savez ce qu'on dit, que c'est la première année la plus difficile. »

L'avocat repensa à la première année de son propre mariage. Elle n'avait été agréable ni pour l'un ni pour l'autre. Des mots méchants, lancés uniquement pour blesser. Des portes claquées, des dos tournés, de la colère.

« C'est autant la faute de l'un que de l'autre, bon

sang ! Je ne suis pas toujours facile à vivre, je l'avoue. Je n'ai pas réussi à devenir partenaire, l'an dernier, et ça m'a fait vraiment mal. Deux autres types entrés dans la boîte la même année que moi sont passés devant moi et je suis resté longtemps déprimé. Je me doute bien que les choses n'ont pas dû être faciles pour Jenny.

— Comment cela se passe entre vous, sur le plan sexuel ? »

Stafford rougit légèrement. La question parut le mettre mal à l'aise.

« Je ne sais pas. Je dirais que ça se passe bien. J'ai peut-être un peu plus d'exigences que la moyenne des types. On pourrait dire que le sexe me botte un peu plus que Jenny. Elle est plus conventionnelle dans euh... dans ses goûts. Rien, en tout cas, qui soit un vrai problème. » Il hésita. Il paraissait très mal à l'aise maintenant. « Est-ce que... est-ce qu'on va nous interroger là-dessus, au procès ? Sur notre vie sexuelle ?

— Ce n'est pas impossible. Pourquoi ?

— Je ne sais pas. Je crois que je trouve cela très gênant. A vous, je veux bien en parler : vous êtes mon avocat et j'ai confiance en vous. Mais devant tous ces gens, ce n'est pas la même chose. »

David consulta sa montre. L'audience devait avoir lieu à deux heures et il était moins dix.

« C'est presque l'heure d'aller devant le tribunal et on va donc arrêter pour le moment. J'ai tout de même encore une question à vous poser. Vous vous souvenez de ma surprise lorsque j'ai appris que le ministère public s'opposait à une mise en liberté sous caution ? J'ai parlé avec Monica Powers à la sortie, et elle s'est comportée de manière tout à fait curieuse. Elle a laissé entendre qu'elle détiendrait une autre preuve, une preuve surprise, une chose dont je n'ai pas entendu parler. Avez-vous une idée de ce que cela peut être, Larry ?

— Une preuve surprise ? répéta Stafford. Je ne vois vraiment pas... » Il s'interrompit un instant et David eut la nette impression que quelque chose troublait son client. « Ecoutez, ce n'est pas moi le coupable — dans ce cas, que peuvent-ils avoir ? Ça ne tient pas debout.

— Réfléchissez tout de même à la question, Larry. D'accord ? Je n'aime pas trop les surprises et Monica a bien l'air de nous en préparer une. N'oubliez pas ce que je vous ai demandé. Il ne faut rien me cacher. Si vous savez quelque chose qui peut vous être préjudiciable, il faut me le dire tout de suite.

— J'ai été honnête à cent pour cent avec vous, Dave. Il n'y a rien.

— Sûr ?

— Absolument. Dites, quelles sont mes chances, aujourd'hui ? demanda Stafford avec anxiété.

— Je l'ignore, Larry. Tout dépend du numéro que va nous faire le ministère public. Il y a un point en notre faveur : c'est le juge Jerry Miles qui assure la présidence des audiences criminelles ce mois-ci. »

Stafford retrouva son sourire.

« Il est plutôt libéral, non ?

— C'est un bon juge, et un juge correct. Gardez les doigts croisés. J'espère que vous serez dehors avant ce soir. »

David sonna le gardien. Stafford attendait encore devant sa porte lorsque David sortit. Pendant que l'ascenseur descendait, il essaya d'analyser les sentiments que lui inspirait son client. Il éprouvait un certain malaise, à vrai dire. L'homme lui paraissait ouvert et honnête, mais David ne pouvait s'empêcher d'avoir l'impression que Larry utilisait vis-à-vis de lui la même technique qu'il employait vis-à-vis d'un jury. A moins qu'il ne *voulût* avoir cette impression ? Il devait prendre en compte un fait très déplaisant : il désirait l'affection de Jennifer, et Larry Stafford, dans ce domaine, était son rival.

Il essaya de prendre du recul et de considérer les choses objectivement. Stafford lui mentait-il ? Etait-il coupable en réalité ? Le malaise qu'il éprouvait n'était-il pas simplement provoqué par les sentiments qu'il nourrissait pour Jennifer ? Il avait donné à Larry, à l'instant, une occasion de mentir que le jeune homme n'avait pas saisie. S'il avait tout d'abord été réticent, quand ils avaient abordé la question de sa vie privée, Larry avait ensuite parlé sans détours de ses problèmes de couple et de son échec professionnel. Puis il y avait Jennifer. Elle jurait qu'elle était avec Larry le soir du meurtre. Elle ne lui aurait pas menti.

Lorsque les portes de la cabine s'ouvrirent, il commençait à se sentir un peu mieux. Jennifer ferait un bon témoin ; il y avait également Grimes et cette histoire de cheveux. Le jury ne serait peut-être pas entièrement convaincu quant à la précision de la mémoire du vieil employé, mais son témoignage, combiné avec d'autres preuves, pourrait créer ce doute raisonnable nécessaire pour un acquittement. Ne restait plus à David qu'à trouver ces autres preuves. Il espérait que certaines d'entre elles lui seraient apportées par l'audience.

La cour criminelle se trouvait à l'autre bout du corridor, par rapport à l'ascenseur qu'il venait d'utiliser. Il était à mi-chemin lorsqu'il vit Thomas Gault assis sur un banc, à côté de l'entrée du tribunal, et qui lui souriait.

« C'est justement vous que je voulais voir », dit Gault.

David s'arrêta et regarda l'heure. La séance allait commencer d'une minute à l'autre et, de toute façon, il n'avait aucune envie de parler à l'écrivain. Depuis le jour où celui-ci lui avait fait le coup désagréable de la fausse confession, David s'était employé à l'éviter.

« Je suis désolé, Tom, mais je dois plaider dans un instant.

— La demande de caution de Stafford, n'est-ce pas ?

— En effet.

— C'est justement de cela que je voudrais parler. Je couvre l'affaire pour *Newsweek*.

— La revue ? demanda David, incrédule.

— Elle-même. Ils ont beaucoup parlé de mon procès, et je les ai convaincus que ce serait un joli coup que de confier à quelqu'un qui vient d'être acquitté dans une histoire de meurtre la couverture d'un autre meurtre. Hé, je suis leur spécialiste en affaires criminelles à présent. Sans compter que j'ai fait pour eux ces papiers sur le Cambodge et celui sur les mercenaires.

« Alors ? Qu'est-ce que vous en dites ? Il est coupable ? Allez, soyez sympa. J'ai besoin d'un bon scoop pour battre au poteau les petits rigolos du coin. »

David ne put s'empêcher de rire. Gault savait être très drôle, quand il le voulait, et son humour était communicatif.

« Pas de scoop et même pas de commentaires. Cela vous aurait-il plu si j'avais dégoisé des choses aux journalistes pendant votre procès ?

— Mais voyons, Dave, je n'avais rien à cacher. Pouvez-vous en dire autant de Stafford ? Si vous ne me donnez pas des éléments, je vais devoir en inventer. J'ai des délais à respecter.

— Pas de commentaires », répéta David.

Gault eut un geste désabusé.

« Comme vous voudrez. Je cherche simplement à vous rendre célèbre.

— Croyez-moi, j'apprécie, mais il faut absolument que j'y aille.

— Dites-moi au moins quelque chose qui sorte de l'ordinaire, mon vieux. Un truc qui donne un peu de nerf à mon papier. »

David secoua la tête et rit à nouveau, puis ouvrit la porte et entra dans le tribunal. Gault le suivit et alla s'asseoir dans le fond où il passerait inaperçu.

« Audience de mise en liberté sous caution, l'Etat contre Lawrence Dean Stafford, affaire numéro C94-07-850. L'Etat est représenté par Monica Powers, déclara Monica, et l'inculpé est présent avec son avocat, maître David Nash.

— Etes-vous prêt, Mr Nash ? demanda le juge Autley.

— Je suis prêt, votre honneur », répondit David, d'un ton raide.

Clement Autley était le pire juge qu'ils pouvaient avoir. Agé de près de soixante-dix ans, il était tellement imprévisible que beaucoup d'avocats demandaient un renvoi sous prétexte de suspicion légitime plutôt que de prendre le risque de subir, eux et leurs clients, l'une de ses décisions inattendues et ses coups de gueule qui, eux, n'étaient que trop prévisibles. Autley n'aurait normalement pas dû siéger ce jour-là. Mais Jerome Miles avait la grippe et on avait fait venir Autley à sa place pour la semaine.

« Vous pouvez commencer, Mr Nash.

— Votre honneur, il me semble que la charge de la preuve est à fournir par madame le substitut.

— C'est bien vous qui demandez une libération sous caution, non ? Puisque vous êtes demandeur, vous fournissez la preuve, rétorqua Autley.

— Avec votre permission, votre honneur », reprit David, prenant bien soin de garder son sang-froid et de s'adresser au juge de la manière la plus formelle. (Il avait vu une fois Autley, pris d'une soudaine colère, jeter une « offense au tribunal » à la tête d'un jeune avocat parce que ce dernier n'avait pas tout à fait respecté l'étiquette de la cour.) « Article premier, section quatorze de la constitution d'Etat, il est dit que, je cite, *Les délits et les crimes, ceux de meurtre et de trahison exceptés, peuvent faire l'objet de cautions avec des garanties convenables. Le meurtre et la trahison ne peuvent faire l'objet de caution si la preuve est formelle ou si les présomptions sont fortes.*

« Dans *l'Etat contre August Chambers,* notre cour suprême a décrété que si l'Etat veut refuser la liberté sous caution à une personne accusée de meurtre, il a la charge de démontrer qu'il existe une preuve flagrante ou de fortes présomptions de culpabilité de la part de l'inculpé. A la lumière de l'affaire Chambers, il semble bien que la charge de la preuve revienne à l'Etat, et non à Mr Stafford. »

Le juge Autley foudroya David du regard pendant quelques instants et se tourna rapidement vers Monica Powers.

« Qu'avez-vous à dire à cela ?

— J'ai bien peur qu'il n'ait raison, votre honneur », répondit nerveusement Monica.

Il était de notoriété publique que s'il y avait une chose que le juge Autley aimait encore moins que les jeunes juristes, c'étaient les femmes juristes, jeunes ou vieilles.

« Dans ce cas, pourquoi faites-vous perdre son temps à la cour ? Nous avons un ordre du jour serré. Vous voyez bien tous ces gens qui attendent, non ? Pourquoi l'avez-vous laissé nous relire la moitié de la Constitution si vous êtes d'accord avec lui ?

— Je suis désolée », commença Monica, mais le juge eut un geste agacé.

« Votre preuve ? »

Elle tendit un exemplaire de la mise en accusation que l'huissier, une femme d'un âge certain qui travaillait pour Autley depuis des années, transmit au juge.

« Il me semble que la mise en accusation, dans cette affaire, devrait suffire. Elle déclare que le grand jury, après avoir écouté les témoignages, a décidé qu'il existait des preuves suffisantes pour inculper le prévenu de meurtre. »

Le juge Autley parcourut le document pendant quelques instants, puis le rendit à son huissier.

« Liberté sous caution refusée, dit-il sans lever les yeux. Affaire suivante. »

David se retrouva sur-le-champ debout, agitant un livre de droit en direction du juge.

« Votre honneur !

— J'ai décidé, Mr Nash. Affaire suivante.

— Votre honneur, le mois dernier, dans l'affaire Archer, la cour suprême de l'Oregon a statué sur cette question spécifique et conclu qu'une mise en accusation n'était pas une preuve suffisante pour refuser une remise en liberté sous caution dans une affaire de meurtre. J'ai le compte rendu avec moi, si la cour veut bien le consulter.

— Quelle affaire ? demanda Autley, ennuyé de ne pas en avoir terminé.

— Archer, votre honneur, si vous voulez bien regarder.

— Donnez-moi ça. Mais si jamais ça n'a pas de rapport... »

Il n'en dit pas davantage, laissant cette menace vague planer au-dessus de la tête de David.

Ce dernier tendit le livre de droit à l'huissier. Stafford se pencha vers lui pour dire quelque chose, mais David le toucha à la jambe et il se rassit. Autley lut et relut la page, puis tourna ses foudres contre Monica Powers.

« Mais qu'est-ce que vous apprenez dans les facultés de droit ? Ignoreriez-vous cette affaire ?

— Votre honneur, je...

— Vous avez intérêt à avoir autre chose que ça, ma jeune dame, éructa le juge avec un geste vers la mise en accusation que l'huissier tenait encore à la main. Et à nous le sortir rapidement.

— Nous avons en effet d'autres preuves, votre honneur. L'inspecteur Ortiz est prêt à venir à la barre.

— Alors, appelez-le. »

Monica fit un geste en direction de la première rangée de spectateurs, où Bert Ortiz était assis à côté de Crosby. L'inspecteur se leva, poussa la barrière qui séparait le public du prétoire et s'arrêta devant l'huissier.

« Jurez-vous de dire la vérité, toute la vérité et rien que la vérité ? demanda la femme.

— Je le jure.

— Donnez-moi vos nom et prénoms. »

Ortiz alla ensuite s'asseoir dans le box des témoins où il épela son nom de famille pour le greffier. Il avait la gorge sèche et il n'avait pas cet air assuré qu'il arborait en général lorsqu'il témoignait. Revivre les événements de la soirée du seize juin le mettait mal à l'aise.

« Inspecteur Ortiz, demanda Monica, où travaillez-vous ?

— Je suis officier de police au Département de police de Portland.

— Depuis combien de temps faites-vous ce métier ?

— Cela fera sept ans en février prochain.

— Exerciez-vous ces fonctions, le soir du seize juin ?

— Oui.

— Et de quelle mission étiez-vous chargé ?

— Je fais partie d'une unité spéciale, la brigade des mœurs. A l'aide de femmes policiers déguisées en prostituées, nous cherchions à interpeller les hommes encourageant la prostitution.

— Pourriez-vous être plus précis pour la cour ? »

Le juge Autley se pencha vers Monica et eut un geste impatient de la main.

« J'ai très bien compris ce qu'il voulait dire. N'insultez pas l'intelligence de la cour. Poursuivez.

— Très bien, votre honneur. Qui était votre collègue, ce soir-là, inspecteur Ortiz ?

— Darlene Hersch, une femme policier.

— A quelle heure avez-vous commencé ?

— Nous avons pris notre quart à dix heures trente, mais nous n'avons pas été en place, dans la rue, avant onze heures et demie. Nous avons eu une réunion avant.

— Racontez à la cour, s'il vous plaît, ce qui est arrivé entre le moment où vous avez pris position dans la rue et le meurtre de Darlene Hersch. »

Ortiz se pencha légèrement en avant. Il y avait de la tension dans ses épaules et il avait l'estomac noué. Il regardait la barre qui fermait son box et il se passa rapidement la langue sur les lèvres pour les humecter.

« J'étais dans la voiture de patrouille que j'avais garée dans un parking au coin de Park et Yamhill, et Darlene Hersch s'était postée à l'angle de rue opposé. Peu de temps après le début de la surveillance, une Mercedes-Benz beige s'est arrêtée à la hauteur de Darlene — de Darlene Hersch — qui est montée à bord. La voiture est repartie et je l'ai suivie.

— Avez-vous pu relever le numéro d'immatriculation de ce véhicule à ce moment-là ou plus tard ?

— Non.

— Poursuivez.

— Darlene Hersch avait pour consigne de ne pas monter dans un véhicule si on le lui demandait, et d'amener l'individu jusque dans le parking où nous procéderions à l'arrestation. Les ordres étaient stricts. »

Ortiz s'interrompit. Il venait de se rendre compte que pour essayer de se justifier, il chargeait Darlene. Il releva la tête. Monica attendait qu'il continue. Le silence était presque complet dans le tribunal. Pour la première fois depuis longtemps, il remarqua tous ces visages qui le regardaient.

« Darlene Hersch est montée dans la Mercedes et j'ai suivi la voiture jusqu'au Raleigh Motel. J'ai vu Darlene Hersch entrer dans le bureau du motel et la voiture qui allait se ranger. J'ai été me garer dans le parking d'un restaurant, juste à côté, et je me suis mis en surveillance.

— A ce moment-là, aviez-vous vu le conducteur de la Mercedes ?

— Non, pas vraiment. Je l'avais aperçu au moment où Darlene Hersch était montée dans la voiture, mais de trop loin. Ce fut la même chose quand il la laissa devant le bureau du motel.

— Poursuivez.

— Eh bien, Darlene Hersch était une nouvelle. Elle n'avait pas beaucoup d'expérience de la rue. J'ai commencé à m'inquiéter du fait qu'elle se retrouvait seule avec le... euh, l'individu. »

Ortiz s'arrêta encore. Il aurait bien aimé jeter un coup d'œil à Crosby, mais il avait peur. Son collègue plus âgé ne risquait-il pas de le condamner pour avoir laissé les choses aller aussi loin ? Il avait eu tort. Il n'aurait jamais dû permettre à Darlene d'entrer seule dans la chambre. Même si cela avait fait rater l'arrestation, il aurait dû tout arrêter à l'instant où ils étaient arrivés au motel. Il aurait dû se garer devant le motel et foncer directement vers la chambre.

Ortiz regarda vers le box de la défense. On avait fait enfiler un costume à Stafford. Le grand chic universitaire. Il avait davantage l'air d'un avocat que Nash. Leurs regards se croisèrent et le visage de Stafford, un instant, exprima du mépris. Il n'y avait pas trace de peur dans ces yeux glacés. Pas d'humour non plus, pas d'émotion, contrairement à ce qu'on pouvait lire dans ceux d'Ortiz, en proie à la confusion et au doute. Le policier détourna son regard, vaincu. A cet instant, il sentit sa nausée se transformer en un sentiment de haine pour l'homme qui avait enlevé la vie à Darlene Hersch. Il lui fallait sa peau. Jamais il n'avait autant voulu la peau de quelqu'un.

« J'ai vu l'individu s'avancer sur le palier extérieur, au premier étage, et entrer dans la même chambre que Darlene Hersch.

— Pouvez-vous nous décrire cet homme ?

— Il était grand. Un peu plus de un mètre quatre-vingts. Athlétique. Je dirais qu'il avait une trentaine d'années. Je n'ai pas vu son visage, mais il avait des cheveux blonds frisés et il portait des pantalons marron clair et une chemise à fleurs.

— Que s'est-il passé, une fois l'homme dans la chambre ?

— Je... je me suis rendu dans le parking du motel et j'ai pris l'escalier. J'étais à mi-hauteur lorsque j'ai entendu un cri. J'ai couru, j'ai défoncé la porte, sur quoi j'ai été frappé à plusieurs reprises. Je me souviens de m'être effondré contre le lit. J'ai dû heurter un pied métallique car je me suis évanoui.

— Avant de perdre conscience, avez-vous pu voir votre agresseur ?

— Oui.

— Voyez-vous cet homme ici ? »

Ortiz désigna Stafford du doigt. Sa haine lui donna de la force, cette fois, et sa main ne trembla pas. David observait son client. Celui-ci ne montra aucun signe de bouleversement.

« L'homme que j'ai vu dans la chambre du motel est assis à côté de maître Nash, dit Ortiz.

— Inspecteur Ortiz, si vous le savez, quelle voiture possède Mr Stafford ?

— Mr Stafford roule dans une Mercedes-Benz beige 1991, modèle 300SEL.

— Est-ce cette même voiture que vous avez vue au coin de Park et Morrison, puis plus tard au Raleigh Motel ?

— Oui.

— Par la suite, avez-vous eu l'occasion de fouiller le domicile de l'inculpé ?

— Le cinq septembre, nous avons obtenu un mandat de perquisition pour la maison de Mr Stafford. L'inspecteur Crosby, moi-même et plusieurs autres policiers avons arrêté Mr Stafford et procédé à la recherche de certains vêtements.

— Et qu'avez-vous trouvé ?

— Une chemise identique à celle que portait l'individu vu au Raleigh Motel et des pantalons marron clair similaires à ceux portés par le tueur.

— Pas d'autres questions », conclut Monica.

David se leva.

« Inspecteur Ortiz, demanda-t-il, vous étiez à un pâté de maisons de la Mercedes lorsque vous l'avez vue pour la première fois, n'est-ce pas ?

— Oui.

— Si j'ai bien compris ce que vous venez d'expliquer, Darlene Hersch aurait dû en principe ramener la personne jusqu'à vous, si elle avait fait l'objet d'une proposition, auquel cas vous auriez procédé à l'arrestation ?

— Oui.

— Et vous assuriez la surveillance de Darlene Hersch depuis votre voiture ?

— Oui.

— Le moteur tournait-il ?

— Celui de ma voiture ?

— Oui.

— Non.

— Et vous avez été surpris en voyant Darlene Hersch monter dans la Mercedes ?

— Oui.

— Park Avenue est en sens unique vers le sud, n'est-ce pas ?

— Oui.

— Où Darlene Hersch était-elle postée au moment où elle est montée dans la Mercedes ?

— A l'angle de Park et Morrison.

— La Mercedes s'est-elle engagée dans Park ?

— Non. Elle a continué sur Morrison.

— Pour pouvoir la suivre, il vous a donc fallu descendre Park jusqu'à Taylor, puis revenir par la Dixième ?

— Non, monsieur. J'ai pris Park en sens interdit.

— Puis vous avez tourné sur Morrison ?

— Oui, monsieur.

— A quelle distance de la Mercedes vous trouviez-vous quand vous l'avez repérée à nouveau ?

— A environ deux pâtés de maisons.

— Avez-vous maintenu cette distance entre elle et vous ?

— Oui.

— Vous étiez trop loin pour déchiffrer la plaque, alors ?

— Oui.

— Où se trouvait la Mercedes lorsque vous avez atteint le Raleigh Motel ?

— Je crois qu'elle venait juste de s'arrêter devant le bureau du motel.

— Pourquoi n'avoir pas relevé son numéro à ce moment-là ?

— A ce stade de l'opération, je ne me doutais pas que ce serait important. En outre, je suis passé trop vite.

— Quand avez-vous revu la Mercedes cette nuit-là ?

— Je ne l'ai pas revue. Le temps que je me gare, elle avait disparu.

— Voyons si j'ai bien compris. Vous avez tout d'abord vu ce véhicule à la distance d'un pâté de maisons, puis vous l'avez suivi à la distance d'environ deux pâtés de maisons et finalement, aperçu brièvement en passant devant le parking du motel ?

— Oui.

— Et vous affirmez à présent que ce véhicule est une Mercedes-Benz 91 modèle 300SEL, n'est-ce pas ?

— En effet.

— Comment le savez-vous ? »

Ortiz parut perplexe.

« Comment je sais... quoi ?

— Comment savez-vous le modèle, l'année et la couleur ?

— Parce que c'est la voiture de Mr Stafford.

— Certes. Mais la nuit du meurtre, saviez-vous déjà que c'était précisément cette couleur, ce modèle, cette année ?

— Je... la couleur était beige. Je l'ai vue.

— Mais l'année et le modèle ? »

Ortiz garda quelques instants le silence.

« Non. Je savais seulement qu'il s'agissait d'une Mercedes beige, cette nuit-là.

— Il aurait donc tout aussi bien pu s'agir d'une Mercedes 89 ou 85 ?

— J'ai vu plus tard la voiture de Mr Stafford et c'était la même.

— Savez-vous à quoi ressemble une Mercedes 89 ?

— Non.

— Ou une 85 ?

— Non plus.

— Le seul moment où vous ayez vu le visage du tueur, c'est juste avant de vous évanouir, c'est bien cela ?

— Oui.

— Où vous trouviez-vous et où se trouvait-il lorsque vous avez vu son visage ?

— Moi, j'étais au sol, allongé sur le dos levant la tête, et Mr Stafford...

— Votre honneur, je demande qu'on supprime cette réponse, dit David. Il affirme qu'il s'agissait de Mr Stafford. C'est une conclusion que seul un jury ou un juge peut tirer.

— Oh, laissez-le parler, monsieur Nash. Je ne suis pas dupe. »

Le juge Autley se tourna vers Ortiz et lui sourit. Voilà qui ne plut pas à David. Bien rares étaient ceux qui avaient droit à un sourire de l'irascible personnage, et celui qu'il venait d'adresser au policier ne présageait rien de bon.

« Dites simplement le suspect, inspecteur, afin que maître Nash ne sorte pas de ses gonds.

— Merci, votre honneur, dit Ortiz. J'étais donc allongé sur le dos, la tête contre le lit et le suspect se tenait sur le pas de la porte.

— Pouvez-vous vous approcher du chevalet et nous faire un dessin ? »

Ortiz se tourna vers le juge, qui acquiesça. Il y avait, contre le mur, un chevalet avec des feuilles de papier à dessin et des crayons-feutres de couleur. Ortiz rapprocha le chevalet du box des témoins et prit un feutre noir.

« Disons que voici la porte, dit-il en traçant un rectangle. Moi, j'étais ici, contre le lit. » Il esquissa la forme d'un lit et un personnage en bâtonnets dont la tête reposait contre un pied du lit, tournée vers la porte. « La porte, qui s'ouvre vers l'intérieur, était à moitié ouverte, à peu près ; je suppose qu'après le coup de pied que j'avais donné dedans, elle avait dû rebondir contre le mur. Lui se tenait dans l'encadrement, penché vers l'intérieur de la chambre.

— De combien ?

— Pas de beaucoup. Il me semble que son corps s'inclinait un peu en avant, son bras droit et sa jambe droite étaient à l'extérieur, mais son bras gauche et sa jambe gauche un peu à l'intérieur de la pièce.

— Et sa tête ?
— Elle s'inclinait vers moi. Il me regardait.
— Vous en êtes certain ? »
Ortiz regarda David droit dans les yeux. Puis se tourna vers Larry Stafford.
« Jamais je n'oublierai sa figure. »
David prit quelques notes, puis demanda à Ortiz de rejoindre la barre.
« Avez-vous été gravement blessé ?
— Je suis resté à l'hôpital Good Samaritan un jour ou deux.
— Pendant combien de temps avez-vous vu le visage du tueur ?
— Je ne sais pas.
— Longtemps ?
— Non.
— Combien de temps l'homme est-il resté ainsi sur le pas de la porte ?
— Quelques secondes. Puis il s'est enfui.
— Vous ne l'avez donc vu que quelques secondes ?
— Oui.
— Moins d'une minute ?
— Peut-être cinq à dix secondes. Mais je l'ai vu. »
David consulta ses notes puis se tourna vers le juge.
« C'est tout, votre honneur. »
Autley s'adressa à Monica Powers.
« D'autres témoins à produire ?
— Non, votre honneur. L'Etat a le sentiment d'avoir présenté les éléments requis dans le cadre de la loi. L'inspecteur Ortiz est un policier chevronné. Il a identifié l'homme qu'il a vu au Raleigh Motel comme étant l'inculpé. Son témoignage est corroboré par le fait que l'inculpé roule dans un véhicule identique à celui vu au motel et porte des vêtements similaires.
— Maître Nash ?
— Je n'ai pas le sentiment, votre honneur, qu'une identification de cinq secondes, faite par un homme

qui vient d'être frappé suffisamment fort pour devoir être hospitalisé, soit le genre de preuve entraînant une présomption de culpabilité évidente et forte telle que requise par l'affaire Chambers. Qui plus est, l'inspecteur Ortiz peut seulement dire que la voiture était une Mercedes. Il a embelli sa description à l'aide d'informations recueillies plus tard.

— Autre chose, Mr Nash ?

— J'ai plusieurs témoins de moralité à produire, votre honneur.

— Ce sera inutile. L'inspecteur Ortiz n'est pas un témoin ordinaire, Mr Nash. C'est un policier compétent et expérimenté. Je considère que son témoignage est suffisant et je refuse une remise en liberté sous caution. »

Stafford parut s'affaisser à côté de David. Déjà, Monica rassemblait ses papiers et quittait la barre des témoins.

« On peut encore aller jusqu'à la cour suprême, Larry. Si nous...

— Laissez tomber, répondit Stafford d'un ton défaitiste. J'ai su que c'était fichu dès que j'ai vu le juge Autley. Vous avez été sensationnel, Dave.

— Voulez-vous que je revienne vous voir ?

— Non, ça ira. Arrangez-vous simplement pour que le procès ait lieu le plus tôt possible. Je ne sais pas si... le plus tôt possible. »

Stafford alla retrouver le gardien, qui l'escorta jusque dans le secteur de détention. David vit Terry Conklin ranger un carnet de notes et se diriger vers la sortie. Jennifer attendait juste à l'extérieur.

« Il ne sort pas. Le juge a refusé la liberté sous caution », lui dit David, amer.

Il était déçu. Il avait voulu gagner, non seulement parce qu'il aurait aimé que Jennifer le vît gagner, mais parce qu'il pensait que Stafford aurait dû être relâché. Cependant il avait perdu, et il commençait seulement à présent à en prendre conscience : le choc de la décision abrupte de la cour s'atténuait et le fait que la mise en liberté avait été refusée prenait toute son ampleur.

« Il donnait l'impression de ne même pas t'écouter, dit Jennifer, incrédule. Il ne t'a même pas laissé produire nos témoins.

— Je sais. Je vais faire appel devant la cour suprême et essayer d'obtenir une ordonnance d'exécution, mais je doute qu'on nous l'accorde. Il est rare qu'ils annulent la décision discrétionnaire d'un juge, sauf s'il y a abus flagrant.

— Justement, est-ce que ce n'est pas... ? »

David secoua la tête.

« Non. Il a simplement accordé beaucoup de crédit au témoignage d'Ortiz. Un autre juge ne l'aurait peut-être pas fait. Quel salopard ! J'aurais dû... » David s'interrompit. « Ecoute, Jenny. Il faut que j'aille voir mon enquêteur. D'accord, nous avons perdu, pour cette fois, mais j'ai pris note de plusieurs éléments importants pendant que j'interrogeais Ortiz. Des éléments qui peuvent nous permettre de gagner le procès. Voilà ce qui compte.

— Est-ce que ça ne va pas être la même chose au procès ? On va le croire, lui, parce qu'il est policier. Et ils ne croiront pas... »

David lui avait mis une main sur l'épaule avant de se rendre compte de ce qu'il faisait. Jennifer parut décontenancée, et il se rappela de la première fois où ils s'étaient touchés ; il la revit, s'appuyant du front contre la vitre froide de la fenêtre. Il enleva lentement sa main. Elle détourna les yeux.

« Au procès, il y aura un jury et ce sera différent, répondit-il, la tête ailleurs. Les jurés sont très équitables. Ils obligent l'Etat à apporter la preuve formelle de la culpabilité et, à mon avis, l'Etat va avoir plus de mal qu'il ne le croit si je ne me suis pas trompé sur deux ou trois petites choses. Bon, maintenant, il faut que je me mette au boulot.

— Oui, bien sûr. Je... Merci, David.

— Ne me remercie pas. Jusqu'ici, je n'ai fait que perdre.

— Tu finiras par gagner. Je le sais. »

Ils restaient plantés là, dans le hall, n'ayant ni l'un ni l'autre envie de se séparer. Lorsque finalement David fit demi-tour et se dirigea vers Terry Conklin, il se sentait très déprimé.

Il lui suffit de passer quelques minutes avec Conklin pour retrouver sa bonne humeur. Ils se rendirent à pied jusqu'à la Shingle Tavern tout en discutant de l'affaire. Conklin avait lui aussi repéré les points faibles dans le dossier de l'accusation ; que l'enquêteur ait raisonné de la même façon que lui valut à David une agréable giclée d'adrénaline. S'ils avaient raison, il aurait une bonne chance d'obtenir l'acquittement.

« Quand vas-tu pouvoir t'y mettre ? demanda David, tout excité.

— Dès ce soir, si je peux trouver l'homme dont j'ai besoin. »

David but un peu de bière et mordit dans son sandwich.

« Il me faut le dossier médical d'Ortiz. Connais-tu quelqu'un au Good Samaritan ? »

L'enquêteur réfléchit quelques instants.

« Ça risque de nous coûter quelques sous, mais je crois que je peux nous dégotter ça.

— Ne t'en fais pas pour l'argent. Essaie aussi de savoir si j'ai raison, pour les modèles de Mercedes, et vérifie les chemises.

— Ce sera fait dans la semaine.

— Parfait. Tu sais, Terry, je commence à la sentir, cette affaire. A la sentir très bien. »

Ron Crosby enroula les nouilles couvertes de sauce autour de ses baguettes, tournant jusqu'à ce qu'elles fussent exactement comme il le voulait. Puis, d'un mouvement vif de la main, il se les enfourna dans la bouche.

« C'est le meilleur restaurant chinois de la ville, ici », déclara-t-il ; un fragment de nouille lui retomba sur la lèvre, et il le repoussa de ses baguettes.

« Qu'est-ce que tu en penses, Ron ? » demanda Ortiz — il poussait la nourriture du bout de ses baguettes dans l'assiette, et n'avait presque rien mangé.

« Nash y va en douceur. Ça lui réussit très bien. Il a marqué quelques points, mais Stafford est toujours en prison, non ?

— Seulement parce que c'était Autley qui siégeait. Avec lui, même le pape n'aurait pas droit à être libéré sous caution. Il ne faut pas se raconter d'histoires. J'ai été nul, comme témoin, et Nash n'a pas dévoilé ses batteries comme il le fera au procès. »

Crosby reposa ses baguettes.

« Qu'est-ce qui te chiffonne, Bert ?

— Rien. C'est simplement que... que je me sens responsable de... si j'étais intervenu plus tôt, Darlene serait peut-être encore vivante... je veux la peau de cette ordure, Ron. Mais j'ai peur de saloper une fois de plus le boulot, et que Nash ne le tire de là.

— Tu n'as rien salopé du tout, la première fois. Personne ne le croit. Hersch n'était qu'une bleue qui voulait à tout prix prouver qu'elle était coriace. Elle est morte parce qu'elle n'a pas respecté les règles qu'on avait fixées. Et, de toute façon, Nash ne fera pas sortir Stafford. »

La menace, dans le ton de Crosby, fit lever les yeux à Ortiz.

« Là, tu me caches quelque chose.

— Mange tes nouilles et je vais te mettre au courant », répondit Crosby en tirant un rapport de police qu'il avait plié au fond de sa poche. « Est-ce que tu connais un maquereau du nom de Cyrus Johnson ?

— TV ? Tous les flics des mœurs connaissent ce trou-du-cul, évidemment.

— Jette donc un coup d'œil sur ce rapport, dit Crosby en tendant la feuille à Ortiz. Et va ensuite t'entretenir avec le sieur TV. Ce sera peut-être intéressant. »

Cyrus (dit TV) Johnson était peut-être la personne la plus facile à trouver dans tout Portland. Chaque soir, il garait sa Cadillac rose devant un salon de billard, le Jomo Kenyatta Pool, si bien que tous les drogués savaient où se réapprovisionner et toutes ses gagneuses où elles devaient rapporter leurs gains. Sans être le principal maquereau ou le plus gros fournisseur de drogue de la ville, TV n'en était pas moins le plus connu. Il avait une fois poussé l'audace jusqu'à se laisser interviewer dans le cadre d'un programme de télé local traitant ce jour-là de « La drogue à l'école » — ce qui expliquait son sobriquet.

Ortiz se rangea devant la Cadillac et essaya de distinguer TV à travers la vitrine de l'établissement ; la fumée embrumait l'activité qui s'y déroulait, et il ne vit pas Johnson. Peu importait. Le policier savait exactement où trônait son homme. TV dirigeait ses audiences depuis un fauteuil luxueux qu'il avait fait installer par le propriétaire au fond de la salle de billard. Ce fauteuil, entouré qu'il était d'un mobilier minable, symbolisait son statut et il était implicitement admis qu'il en coûterait très cher aux audacieux qui oseraient s'asseoir dessus.

Ortiz zigzagua entre les joueurs, attentif à éviter les longues queues de billard, conscient que le niveau sonore des conversations baissait brusquement lorsqu'il approchait d'une table. Quelques joueurs se tournèrent pour le regarder, mais aucun ne se déplaça pour le laisser passer. Un petit jeu auquel Ortiz avait déjà joué. On finit par s'entraîner à contenir la colère que cette méfiance fait naître en soi. Un visage blanc dans un établissement comme le Kenyatta était en général synonyme de flic, et les hommes occupés à jouer au billard ne voulaient surtout pas avoir affaire à un flic.

TV, comme d'habitude, portait une tenue des plus tape-à-l'œil. Il ne s'habillait pas systématiquement selon le stéréotype du maquereau avant son apparition télévisée, et c'était par hasard, le jour où les caméras avaient débarqué, qu'il portait un manteau de fourrure qui lui tombait jusqu'aux pieds et de lourds bijoux en or bien voyants. Le bruit courait cependant que ce passage à la télé avait été le grand moment de sa vie et, depuis ce jour-là, il s'habillait conformément à son personnage au cas où les médias reviendraient le solliciter.

Johnson vit Ortiz approcher et se mit à renifler l'air autour de lui. « Hé, Ke'mit, on a un ba'becue, ce soi' ? » demanda-t-il, prenant un accent « négro » exagéré, au gaillard taillé comme une armoire à glace qui se tenait à côté de lui. « Vu qu'j'ai l'imp'ession de senti' le cochon *. »

Le costaud fixa Ortiz d'un regard de défi glacial. Ortiz n'eut pas de mal à reconnaître Kermit Monroe, le garde du corps de Johnson, qui avait commencé sa carrière comme joueur professionnel de football à Detroit, avant de se blesser au genou.

« Tu as l'air de bonne humeur, TV, dit Ortiz d'un ton calme.

---

* Rappelons qu'en argot américain, un « flic » se dit *a pig*, un cochon (*N.d.T.*).

— Bien sû' bien sû', missié. Nous aut'es, les gens de couleu', on est toujou's toujou's contents.

— Te sens-tu capable d'arrêter ton numéro une minute, qu'on ait une petite conversation, tous les deux ? »

Le sourire s'évanouit et Johnson prit une expression soupçonneuse. L'inspecteur Ortiz n'était pas un inconnu pour le mac. Il s'était fait alpaguer à deux reprises par lui, sans que des charges suffisantes pussent être retenues. La deuxième fois, Ortiz lui avait ouvert la lèvre. TV, qui était très infatué de sa soi-disant beauté, était resté une semaine sans venir à la salle de billard. Il avait cependant passé sa colère sur l'une de ses filles qu'il avait expédiée à l'hôpital. Il tenait Ortiz pour responsable de la perte de gains qui s'en était suivie ainsi que de son humiliation.

« De quoi tu veux parler ?

— C'est privé, répondit le policier avec un geste vers Monroe.

— Tiens donc ! Moi, j'ai rien à cacher à mes amis.

— Et si tu te barrais, Ortiz ? » intervint l'ex-joueur de football.

Il avait une voix grave et douce. Ortiz n'en montra rien, mais il eut peur. Il savait que Monroe n'hésiterait pas à tuer un policier. Qu'il y prendrait peut-être même plaisir.

« Je voudrais des renseignements sur un Blanc qui a eu maille à partir avec toi et l'une de tes filles il y a quelques années », dit Ortiz, ignorant Monroe et tirant de sa poche une photo d'identité judiciaire de Larry Stafford.

Il remarqua que la main du garde du corps était passée dans la poche de son blouson de cuir au moment où lui-même avait déplacé sa propre main.

« Mes filles ? De quelles filles il nous parle, Kermit ? demanda TV à Kermit par-dessus son épaule.

— J'ai entendu dire qu'Ortiz n'aimait pas les filles. Qu'il préférait les petits garçons », ricana le garde du corps.

Johnson prit la photo et l'examina. S'il reconnut Stafford, il ne le manifesta pas.

« C'est ton petit ami, Ortiz ? demanda TV.

— T'aimes faire ça avec les garçons, hein, Ortiz ? » renchérit Monroe. Il n'y avait aucune émotion dans sa voix.

« Est-ce que tu le connais ? » demanda Ortiz à TV.

Le maquereau sourit.

« J'ai jamais vu ce missié blanc, missié.

— Je crois que si. »

Ortiz prit conscience du silence qui régnait maintenant dans la salle de billard. Il regretta soudain d'avoir préféré venir seul.

« Tu dis que je suis un menteur, Ortiz ? » demanda TV.

Monroe se rapprocha d'un pas. Johnson jeta un deuxième coup d'œil à la photo.

« Tu sais, Kermit, on dirait bien ce type qui a descendu la flicarde blanche. J'ai lu ça dans les journaux. Il paraît que c'est Ortiz qui aurait foiré le coup. On dit partout qu'elle s'est fait descendre à cause de toi. »

Il avait lancé cette dernière saillie directement à l'intéressé, et elle fit mouche. Le policier sentit son estomac se nouer sous l'emprise d'un mélange de rage et d'angoisse. Il n'avait qu'une envie, frapper, mais son incertitude sur le rôle qu'il avait joué dans la mort de Darlene Hersch lui enlevait toute volonté. TV déchiffra cette incertitude dans les yeux d'Ortiz et un ricanement de triomphe lui étira les lèvres. Ortiz soutint assez longtemps le regard de l'autre pour retrouver son sang-froid. Il reprit la photo.

« C'était très agréable de te revoir, TV. A la revoyure. »

Il tourna le dos aux deux voyous et refit le parcours labyrinthique entre les joueurs noirs. Il y eut des rires dans son dos, mais les visages d'ébène qui étaient devant lui restaient fermés et menaçants.

Sa main tremblait quand il tourna la clef dans le contact. Il était pris d'étourdissements et légèrement nauséeux. Il s'était ridiculisé. Il s'en rendait compte. Il fut soudain envahi par une rage folle. Ce salopard allait cracher le morceau. Cet enfoiré de marloupin noir allait lui dire ce qu'il voulait savoir. Et il savait très bien comment s'y prendre.

5

DAVID parcourut des yeux les papiers éparpillés en tas sur son bureau. Il avait ramené chez lui un mémorandum légal de l'affaire Stafford afin de le relire, mais il était trop fatigué pour continuer. Il ferma les paupières et se les massa. La pression lui faisait du bien.

Il se leva et s'étira. Il était dix heures trente. Il regarda par la fenêtre de son bureau. Une lune jaune pâle, à demi pleine, s'élevait juste au-dessus de la colline.

Quinze jours s'étaient écoulés depuis l'audience qui avait vu le maintien de Stafford en incarcération et l'affaire se présentait de mieux en mieux. Conklin s'était procuré une copie du dossier médical d'Ortiz, dont la lecture n'avait pas été dénuée d'intérêt. L'histoire de la Mercedes commençait également à porter ses fruits. Plus important, Terry Conklin avait fini par prendre les photos du motel telles que David les voulait ; elles n'étaient pas encore développées, mais Terry était certain qu'on y verrait ce que l'un et l'autre s'attendaient à y voir.

David avait également appris beaucoup de choses concernant Larry Stafford. L'avocat et Terry avaient eu des entretiens avec des gens qui connaissaient l'inculpé. Il en était sorti le portrait d'un homme qui subissait toujours plus de pression qu'il ne pouvait en endurer. Larry était un bûcheur, jamais satisfait de ses résultats, toujours à la recherche du trésor au pied de l'arc-en-ciel.

Ses parents avaient divorcé alors qu'il était adolescent. La mère de Larry, qui avait obtenu sa garde, s'était révélée incapable de supporter l'écroulement de l'existence qu'elle avait édifiée autour d'un homme.

Le père de Larry, un militaire, était partisan d'une discipline sévère. Larry l'idolâtrait. Il croyait, tout à fait à tort, que son père était parti parce que son fils l'avait déçu. Depuis, il mettait toute son énergie à prouver qu'il valait quelque chose.

Il avait commencé non seulement par s'engager dans l'armée, mais dans les marines. Au collège, puis plus tard en faculté de droit, il avait travaillé d'arrache-pied, étudiant jusqu'aux limites de l'épuisement. Sur le plan social, c'était la même histoire. Il lisait tout ce qui s'écrivait sur l'art de s'améliorer, roulait dans les voitures de sport les plus récentes — souvent obligé de s'endetter pour se les procurer — et s'habillait à la dernière mode. Ceux qui ne le connaissaient pas auraient pu croire qu'il avait atteint le succès qu'il recherchait, alors qu'en réalité, il n'avait réussi qu'à vivre dans un état de peur perpétuelle qui le poussait à se donner des objectifs qu'il ne pourrait jamais réaliser.

David en avait fini par éprouver une certaine pitié pour son client. Jennifer avait raison lorsqu'elle affirmait qu'il n'était qu'un petit garçon. Il n'avait aucune idée de ce qui était important dans la vie, et il avait passé la sienne, jusqu'ici, à courir derrière les symboles du succès. Et aujourd'hui, alors qu'il était sur le point d'obtenir ces symboles, on allait les lui arracher des mains.

En se mariant, Stafford avait épousé la richesse et la

beauté, mais cette union n'avait aucune chance d'avenir. Si Jennifer protégeait son mari, comme l'avait compris David, c'était par devoir davantage que par amour. Il avait la certitude qu'une fois le procès terminé et quelle qu'en fût l'issue, Larry Stafford perdrait sa femme.

Jamais, de plus, le jeune homme ne serait partenaire chez Price & Winward. David avait évoqué cette question avec Charlie Holt. Avant l'arrestation, les partenaires s'étaient montrés partagés ; Stafford n'était pas un juriste de première classe, mais il réussissait bien dans les dossiers qui demandaient avant tout de la persévérance. Son arrestation avait fait pencher la balance. Le cabinet d'avocats n'avait surtout pas besoin de ce genre de publicité. S'il était acquitté, Stafford devait s'attendre à y travailler encore pendant un an comme associé, pour qu'on ne pût pas accuser le cabinet d'injustice, mais on lui ferait clairement savoir que jamais on ne lui proposerait de partenariat.

On sonna à la porte et David alla ouvrir. C'était Jennifer Stafford.

« Puis-je entrer ? demanda-t-elle, un peu hésitante.

— Bien entendu », répondit-il en s'écartant.

Elle portait un jean, un col roulé noir et un poncho, et avait noué ses cheveux en queue de cheval. Il la trouva très belle.

« J'ai bien pensé appeler, dit-elle, toujours aussi peu sûre d'elle-même, mais j'ai eu peur que tu ne veuilles pas que je vienne.

— Ne sois pas ridicule, répliqua-t-il un peu trop vite. Je suis resté enfermé toute la soirée avec mes bouquins de droit ; un peu de compagnie humaine ne me fera pas de mal. »

Il la regarda s'avancer dans le séjour. Il avait fait un feu dans la cheminée et elle alla se placer devant, lui tournant le dos.

« Veux-tu boire quelque chose ? demanda-t-il.

— Avec plaisir. »

Les boissons étaient dans une autre pièce et il voulait avoir le temps de se ressaisir. C'était la première fois que Jennifer venait chez lui depuis la nuit où ils avaient fait l'amour. Voici qu'elle était de retour, et il ne savait trop comment se comporter. Depuis qu'il l'avait revue au tribunal, il n'avait pas cessé un seul instant de la désirer, mais il s'était conclu entre eux un accord tacite qui rendait taboue toute discussion personnelle.

Quand il revint avec un verre, il trouva Jennifer enfoncée dans l'un des gros coussins disposés devant le foyer. Il s'assit à côté d'elle, écoutant le craquement du bois et regardant monter les flammes torsadées.

« Comment ça se passe, pour toi ?

— Plein de travail. L'école a rouvert. J'ai mon programme à préparer, et on m'a attribué une classe de surdoués. On n'a pas intérêt à s'endormir, avec ces gosses.

— Tu n'as pas eu de problèmes à cause de l'affaire ?

— Non. En fait, tout le monde s'est montré très gentil. John Olson, le directeur, m'a dit que je pouvais prendre un congé pour tout le temps du procès.

— Sympa.

— Et mes parents m'ont aussi beaucoup soutenue. Je n'en reviens pas.

— Pourquoi, tu ne t'entends pas avec eux ?

— Maman n'a jamais beaucoup aimé Larry. Tu sais comment sont les mères. (Elle haussa les épaules.) Bref, elle m'a proposé de m'accompagner à la prison, les jours de visite. »

Elle éclata soudain de rire.

« Qu'est-ce qu'il y a de drôle ?

— J'imagine ma mère à la prison... tu comprendrais, si tu la connaissais. »

Elle éclata de nouveau de rire. Un rire chaleureux et ouvert, sans rien de ce côté contraint qui avait caractérisé leurs relations depuis qu'ils s'étaient revus. David eut très envie de la prendre dans ses bras. Elle dut le sentir, car elle s'arrêta et son sourire s'évanouit.

« Il faut que tu sois honnête avec moi, David. Est-ce que tu vas gagner ? Larry va-t-il être acquitté ?

— J'ai tout lieu de le penser. L'accusation repose exclusivement sur le témoignage d'Ortiz, et je crois avoir les moyens de le réduire en pièces. »

Il s'était attendu à ce qu'elle lui demandât comment il allait s'y prendre pour démolir Ortiz, mais elle n'en fit rien. Au lieu de cela, elle se leva et s'avança jusqu'à la fenêtre. Il roula sur le côté et la suivit des yeux.

« Si jamais Larry était condamné..., commença-t-elle. Si tu ne faisais pas de ton mieux... »

Elle n'acheva pas. Il se leva et la rejoignit. Quand il parla, sa voix était ferme :

« Jamais je ne ferais cela, et tu ne voudrais pas que je le fasse. Ce n'est pas la solution de notre problème, Jenny.

— David, je... »

Il l'interrompit en lui posant deux doigts sur les lèvres.

« Nous sommes tous les deux soumis à une terrible pression, Jenny. Je n'aurais jamais dû accepter de plaider cette affaire. Je me suis raconté des histoires, mais la raison principale était mon envie de te revoir. Une très mauvaise raison, mais on ne peut plus rien y faire.

— Oh, David », dit-elle.

On aurait dit le soupir d'une âme perdue. Il passa un bras autour de ses épaules et ils se tinrent ainsi — elle appuyant la tête sur l'épaule de David —, sans se serrer fort, mais au contraire délicatement, avec douceur.

« Tu ne peux pas savoir combien j'avais envie de te revoir, dit-elle. Mais je ne voulais pas faire de mal à Larry. Après cette soirée... je ne savais plus où j'en étais, je me sentais coupable... En plus, je n'avais aucune idée de ce que cela avait signifié pour toi. Tu étais si sûr de toi, comme si tu avais… déjà couché avec beaucoup d'autres femmes. Je me disais que ce n'était pour toi qu'une passade, sans doute, et que j'aurais l'air d'une idiote.

— Ça n'a jamais été qu'une passade, murmura-t-il.

— Et puis on a arrêté Larry et Charlie m'a dit de t'engager. C'était encore pire, du coup, mais Larry avait besoin de toi.

— Et moi, j'ai besoin de toi, Jenny, énormément besoin. »

Elle leva les yeux vers lui. On y lisait de la peur. Mais lui aussi avait peur. Leurs lèvres se joignirent et ils se laissèrent couler sur la moquette épaisse, puis firent l'amour devant le feu.

Elle s'endormit ensuite dans ses bras. Quand il eut l'impression qu'il ne la réveillerait pas, David se dégagea et tira une couverture sur elle. Le reflet des flammes jouait sur son visage et elle avait l'expression paisible d'une enfant dans son sommeil.

Il mit une nouvelle bûche dans le feu, puis s'assit face à Jennifer pour la regarder. Dire qu'elle avait été sur le point d'avouer quelque chose à quoi il préférait ne pas penser… Il pouvait perdre le procès, et leur problème serait résolu. Mais il n'en était pas question. Il ferait acquitter Larry Stafford en plaidant mieux qu'il ne l'avait jamais fait.

Quelle serait leur vie, si jamais il perdait volontairement ce procès ? Même si personne d'autre ne le savait, Jennifer et lui ne pourraient l'ignorer, et cela les détruirait.

Jennifer affirmait que Larry était innocent, et les photos de Conklin le prouveraient. Larry Stafford serait acquitté. Après quoi, Jennifer choisirait. Librement.

Troisième partie

DEVANT LES JURÉS

1

« C'EST gentil d'être passée, dit Larry, d'un ton sarcastique, dès que le gardien eut refermé la porte du parloir des visites privées.

— Non, Larry, je t'en prie. »

Jennifer aurait voulu ajouter autre chose, mais elle ne s'en sentait pas le courage. Lui fit mine de parler, changea d'avis et secoua la tête.

«Je suis désolé. Simplement, avec le procès qui va commencer... je pensais que tu viendrais me voir plus souvent. »

Elle ne répondit pas, lui tourna le dos et alla se réfugier à l'autre bout de la petite pièce. Il la suivit et la toucha au bras. «J'ai dit que j'étais désolé, ma chatte. Je suis à cran.

— Je sais », dit-elle d'un ton calme.

Il avait perdu du poids et il paraissait triste, vaincu. Elle ne tenait pas à le blesser davantage ; il l'avait suffisamment été déjà. Elle savait cependant que c'était inévitable.

« Ecoute, Larry. J'ai peur de ne pas y arriver. »

Stafford pâlit et la regarda un instant sans rien dire, bouche bée.

« Que... qu'est-ce que tu... ?

— Ça ne marchera pas. Ils vont s'apercevoir que je mens et les choses vont être encore pires pour toi.

— Mais non, mais non, tu vas très bien t'en sortir ! s'exclama-t-il, au désespoir. Nash t'a bien crue, n'est-ce pas ? C'est un pro. Si on a réussi à le berner, avec le jury ce sera du gâteau. »

Jennifer essaya de répondre quelque chose. De lui parler. Mais elle avait l'estomac noué par la peur et le mépris de soi, elle n'arrivait plus à respirer. Larry continuait à la fixer, redoutant d'ouvrir la bouche. Le silence qui régnait dans la pièce le terrifiait de plus en plus.

« Ils ne peuvent rien prouver, Jenny, dit-il finalement. Comment pourraient-ils savoir ? » Il se tut. Voilà qu'il plaidait sa cause. « D'autant que c'est la vérité. Je te l'ai dit, n'est-ce pas ? Je l'ai juré devant Dieu. »

Elle n'arrivait toujours pas à parler. Elle lisait la panique dans les yeux de Larry.

« Mais, bon Dieu, reprit-il, élevant le ton, ce n'est pas le moment de changer ta version ! Ce serait me crucifier ! Dis quelque chose ! C'est de ta faute, si je me trouve ici. Tu te dis que c'est l'occasion de te débarrasser de moi, c'est ça ? »

Sa voix était montée dans les aigus, s'étranglait, vrillait les tympans de Jenny. Elle se mit à pleurer. Il la saisit brutalement par les bras, lui enfonçant les doigts dans la chair, lui faisant mal.

« Réponds-moi, Jenny ! Tu veux que je crève ? Car c'est ce qui m'arrive, ici. Rien que l'idée de la prison me rendait déjà malade. Je ne la supporte pas. Le bruit, les odeurs... et cette crasse. » Il leva la main, tel l'ange accusateur du Jugement dernier, et montra la pièce. « Est-ce que tu me hais au point de vouloir que je passe le reste de ma vie terré là-dedans, comme une bête ? »

Elle se mit à pleurer plus fort, détournant la tête sur le côté, refusant qu'il la tînt et la réconfortât. Il avait raison. Elle ne le haïssait pas. Elle était simplement fatiguée de lui. La disparition de l'amour qu'elle avait naguère ressenti lui avait fait perdre ses illusions. Elle ne pouvait, néanmoins, le laisser pourrir dans un pareil endroit. Même s'il avait... elle n'arriva pas à achever sa pensée, car si Larry avait tué cette femme, c'était en partie de sa faute.

« Très bien, murmura-t-elle d'une voix qui avait du mal à passer. Très bien. »

Il la lâcha. Il avait peur, il se sentait seul et il avait l'impression de voir la planche de salut vers laquelle il nageait s'éloigner de lui.

Ortiz se recroquevilla sur le siège du passager dans la voiture de police banalisée. En dépit du chandail qu'il portait sous une veste épaisse, il avait encore froid. Jack Hennings, à côté de lui, soufflait dans ses mains en coupe et les plaçait ensuite sous ses aisselles pour se réchauffer.

«J'arrive pas à croire qu'il puisse faire aussi froid, grommela-t-il.

— Tu m'en diras tant», marmonna Ortiz.

Il tendit la main pour dégager la partie embuée du pare-brise.

«Je ne vois pas pourquoi on pourrait pas foncer dans la baraque et l'arrêter normalement, observa Hennings.

— Je te l'ai déjà dit. D'après le type qui me tuyaute, TV devrait l'avoir sur lui. Je ne tiens pas à risquer de ne rien trouver lors de la fouille pour que ce trou-du-cul fasse ensuite rigoler tout le quartier avec l'histoire.

— Je crois que j'aimerais mieux que tous les Nègres de la ville se paient ma tête plutôt que de rester assis ici une heure de plus.

— Sans compter que Kermit est sans doute avec lui,

et je veux savoir exactement ce qu'il fabrique au moment où on leur tombera dessus.

— Monroe ? C'est une gonzesse », ricana Hennings.

Hennings était costaud, mais aussi une grande gueule ; Ortiz ne pensait pas que si les deux hommes s'étaient battus, le policier aurait eu le dessus sur le garde du corps.

« Si tu t'imagines que c'est si facile, cow-boy, tu n'as qu'à aller faire le boulot tout seul. Et tu m'appelleras quand ce sera terminé. »

Hennings sourit.

« Ne sois pas aussi nerveux, Bert. J'ai fait du karaté.

— Oh, bordel, exactement ce dont j'avais besoin.

— En plus, ajouta Hennings en saisissant le Magnum qu'il avait posé sur le siège, ça m'étonnerait qu'il fasse beaucoup d'histoires. Evidemment, si toi tu... »

Ortiz se redressa. La porte de la maison de Johnson venait de s'ouvrir, et deux hommes se tenaient sous l'éclairage du porche. D'où les policiers étaient planqués, ils n'eurent pas de mal à reconnaître Johnson grâce au manteau de fourrure qui lui tombait jusqu'aux chevilles.

« Allons-y », dit Ortiz.

Ils descendirent de voiture. Johnson et Monroe parlaient tout en se dirigeant vers le trottoir. Ortiz et Hennings avancèrent aussi rapidement et discrètement que possible pour ne pas attirer l'attention. Monroe ouvrit la porte du passager pour son patron, leur tournant ainsi le dos. Les ululements du vent étouffaient le bruit de leurs pas. Monroe se tourna, les aperçut et fit mine de prendre son arme. Il s'immobilisa lorsqu'il vit Hennings qui, bien calé, jambes écartés, braquait le Magnum sur lui.

« On bouge plus ! » cria Hennings.

Johnson, pétrifié sur place, mains à demi levées,

était l'image même de la stupéfaction. Puis il pencha la tête et plissa les yeux pour sonder l'obscurité.

« Hé, c'est toi, Ortiz ?

— Ferme-la et colle-toi à la bagnole. Bras et jambes écartés.

— Mais, enfin, qu'est-ce que tu branles, mec ? J'ai rien à me reprocher.

— J'ai dit, contre la voiture. Tous les deux.

— J'vais pas me laisser humilier comme ça par... »

Ortiz le frappa à hauteur du plexus solaire, aussi fort qu'il put, puis lui porta un coup de pied dans l'entrejambe. Le mac eut l'air sur le point de vomir. Il se laissa tomber à genoux. Une légère expression de surprise passa fugitivement sur le visage de Hennings. Monroe commença à rabaisser les mains.

« Essaie donc un peu, gros con. Je serais trop content de te descendre », dit Ortiz, braquant son arme sur Monroe.

Le grand baraqué parut hésiter un instant, puis se pencha lentement contre la voiture, comme on le lui avait ordonné.

« Et maintenant, écarte ! » lança Ortiz, remettant Johnson sur ses pieds et le poussant contre la voiture.

Hennings resta quelques pas en arrière pendant qu'Ortiz fouillait le garde du corps. Il le débarrassa d'un cran d'arrêt et d'un pistolet qu'il tendit à son collègue, lequel les glissa dans sa poche. Profitant de cet instant de distraction de Hennings, Ortiz retira le petit sachet de plastique de sa veste et le garda dans le creux de la main. Johnson était encore plié en deux par la douleur, tout en faisant de son mieux pour écarter bras et jambes, de peur d'être à nouveau frappé. Terminé à présent, les petites plaisanteries sarcastiques, se dit Ortiz avec satisfaction. Fini, les gros mots.

Le policier fit mine de fouiller Johnson, à la recherche d'une arme. Soudain, retirant la main d'une poche du mac, il brandit le sachet de plastique en direction de Hennings. « Bingo ! » dit-il.

TV tourna la tête. Ses yeux s'écarquillèrent lorsqu'il vit ce que tenait Ortiz. « Qu'est-ce que c'est que ça ? demanda-t-il, la stupéfaction lui faisant oublier la douleur.

— Ton passeport pour la taule, TV. Et maintenant monte dans cette voiture qu'on puisse t'escorter gentiment en ville.

— C'est toi qui m'as foutu ça dans la poche, Ortiz !

— La ferme, répondit doucement le policier.

— T'es aussi sur le coup, flic de mes deux ? demanda TV à Hennings.

— T'as pas entendu ce que t'a dit l'inspecteur Ortiz ? La ferme, TV. »

Ortiz tordit sans ménagement les bras de Monroe dans son dos et lui passa les menottes. Faisant en sorte qu'elles fussent trop serrées. Il infligea ensuite le même traitement à TV.

« Je vais vous faire la lecture de vos droits, messieurs, dit Ortiz pendant qu'il poussait ses deux prisonniers vers la voiture.

— T'es vraiment le roi des salauds, Ortiz. Tu m'as foutu l'herbe dans la poche, et maintenant tu viens me parler de mes droits… »

Ortiz n'en lut pas moins la déclaration « Miranda » sur les droits de toute personne mise en état d'arrestation, avant de faire monter les deux hommes à l'arrière du véhicule. Il n'y avait pas de poignées à l'intérieur, et un grillage séparait l'arrière de l'avant. Hennings conduisait. Monroe regardait par la fenêtre, acceptant son sort en silence. Johnson courbait les épaules à côté de lui, la mine boudeuse. Cette affaire était une pure injustice. Une raclée de temps en temps, d'accord. Il avait aussi vu des policiers mentir au cours de dépositions parce que l'arrestation était légitime, mais que l'inculpé risquait de s'en sortir à cause d'un point de droit s'ils disaient la vérité. Mais là, c'était différent. C'était... c'était... injuste.

Johnson regarda la nuque d'Ortiz, à travers le grillage. Ce type lui voulait quelque chose. Il le sentait bien. Quelque chose qui lui tenait suffisamment à cœur pour qu'il en vienne à ne pas respecter les règles du jeu. Il n'avait qu'à attendre et voir ce que c'était. S'il pouvait donner à Ortiz ce que celui-ci voulait, il le ferait ; et il guetterait l'occasion de s'en sortir.

« Pourquoi tu m'as fait le coup du shit dans la poche, Ortiz ? demanda TV lorsque les deux hommes se retrouvèrent seul dans la salle des interrogatoires.

— Moi ? Je n'ai rien planqué dans ta poche, TV. Mon informateur m'avait dit que tu en aurais, et tu en avais. Il suffit de regarder la télé pour savoir que tu es un revendeur notoire. Il est normal, dans ce cas, que tu aies des stupéfiants sur toi.

— Mon avocat va mettre ton histoire en pièces. Tu n'as rien contre moi

— Ah oui ? Demande donc à ton avocat comment il va s'y prendre. Jamais le tribunal ne m'obligera à donner le nom de mon informateur. C'est la loi, TV. »

Le maquereau garda quelques instants le silence. Il regardait nerveusement dans la pièce, autour de lui, comme s'il allait trouver ainsi une idée pour sortir de cette mauvaise passe.

« T'es rien qu'un flic pourri, Ortiz.

— Essaie de démontrer ça devant le tribunal. Est-ce que tu t'imagines qu'un jury va croire la parole d'un Nègre proxénète plutôt que celle d'un policier ? T'en as pour dix ans bien tassés, TV. A moins que... »

Johnson releva la tête.

« A moins que quoi ?

— A moins que tu me dises la vérité sur ce que le Blanc a fait à ta petite copine de pute.

— T'es encore sur ce coup-là ? s'étonna Johnson.

— Dis-moi la vérité, TV, et tu es libre.

— Et comment ça ? Comment vas-tu faire pour me sortir de là ?

— C'est moi qui ai trouvé la pièce à conviction. Je peux aussi la faire disparaître. Si tu joues le jeu avec moi, l'affaire va s'évanouir comme dans un tour de cartes. Par contre, si tu fais le con, je te garantis que tu vas en baver au pénitencier. T'as ma parole.

— Ta parole, elle vaut pas un clou ! s'exclama Johnson dans une brusque bouffée de colère.

— Possible, rétorqua Ortiz avec un grand sourire. Mais c'est tout ce que tu as. »

Le Noir se leva et alla se placer près du mur opposé, tournant le dos à Ortiz. Le silence le plus absolu régnait dans la pièce isolée.

« Et à supposer que je te raconte ce que je sais ? Ça suffira ?

— Non. Il faudra le répéter au jury. Déposer.

— Il faut que... je ne suis pas sûr de pouvoir.

— Je te conseille de te décider rapidement. Le procès commence demain, et le temps nous manque. »

2

UN banc de brouillard se forma au-dessus du sable, obscurcissant la plage sans fin. Monica s'arrêta, terrifiée, seule. Elle fit demi-tour, lentement, à la recherche d'un repère quelconque, mais le brouillard changeait tout, insidieusement, et elle se sentait perdue.

La visibilité revint quelques instants, et une silhouette indistincte parut s'éloigner d'elle comme si elle flottait. Elle lui courut après, obligée de lever haut les jambes pour s'arracher au sable qui lui montait jusqu'aux chevilles. Il ne fallait pas qu'elle tombe, sans quoi elle serait aspirée par le sable.

Le brouillard s'épaissit de nouveau et sa proie se confondait de plus en plus avec les ombres. Elle courut plus vite, les battements de son cœur noyant les grondements de la marée qui montait. Plus vite. Elle perdait du terrain. Plus vite. Elle tomba, hurla, moulina des bras, impuissante, tandis qu'elle dégringolait dans les ténèbres.

Puis la plage disparut, et de son rêve il ne demeura plus que les battements désordonnés de son cœur.

Monica regarda autour d'elle. Elle se trouvait dans sa chambre, assise sur le lit, couverte de sueur. D'après son réveil, il était six heures du matin. Elle aurait pu dormir encore une demi-heure, mais elle se sentait trop tendue.

Elle alluma et passa dans la salle de bains. Le visage qu'elle vit dans son miroir était pâle, avec des cernes sous les yeux. Pas fameux, pensa-t-elle, mais les choses ne s'arrangeraient pas tant qu'elle n'aurait pas eu une bonne nuit de sommeil.

La sélection des membres du jury l'avait épuisée et sa plaidoirie d'ouverture n'avait pas eu le punch de celle de David, pleine d'émotion quand il avait parlé de l'innocence de son client. Monica avait surveillé les jurés pendant qu'elle énumérait les preuves qu'elle comptait présenter au procès. Ils l'avaient écoutée attentivement, et elle avait la conviction qu'il s'agissait de personnes responsables qui condamneraient Larry Stafford si elles le croyaient coupable. Mais justement, allaient-ils la croire, elle, ou bien David réussirait-il à les duper ?

Les duper. Curieuse façon de décrire le fonctionnement de la défense ; madame le substitut, néanmoins, la trouvait juste. Lorsqu'ils vivaient ensemble, David avait souvent parlé de son travail — se moquant de lui-même — comme de celui d'un magicien dont tout le talent consiste à faire que les gens voient ce qui n'était pas là et ne voient pas ce qu'il voulait leur dissimuler. Monica estimait que Larry Stafford avait tué Darlene Hersch et elle redoutait que David réduise ses preuves à néant d'un coup de sa baguette magique verbale.

Elle alla prendre du jus d'orange dans le frigo, mit une bouilloire à chauffer et hésita entre des céréales ou des gaufres surgelées. Elle décida finalement de manger deux tartines de pain complet grillées.

On avait désigné le juge Rosenthal pour présider le procès, et David n'avait pas présenté d'objection, alors que c'était Rosenthal qui avait signé le mandat de perquisition. La sélection du jury avait pris davantage de temps que prévu, tant il avait été difficile de trouver douze habitants de Portland n'ayant pas une opinion déjà formée sur « l'assassinat de la femme policier ». Monica et David étaient tombés d'accord sur le jury peu avant midi, le deuxième jour du procès. Ils avaient conclu leur plaidoirie d'ouverture après le déjeuner, et Monica avait alors présenté le témoignage du Dr Francis Beauchamp, le médecin légiste ayant pratiqué l'autopsie, après quoi le juge Rosenthal avait ajourné au lendemain matin.

Le café était amer et Monica fit la grimace en l'avalant, mais elle éprouvait le besoin de se doper à la caféine. Les tartines avaient trop grillé — et merde ! Elle aurait volontiers cassé quelque chose. Voilà qui n'était certainement pas la meilleure façon d'entamer cette journée cruciale pour le ministère public. Elle essaya de se calmer.

Madame le substitut était toujours tendue lorsqu'un procès était en cours — mais plus encore quand elle plaidait contre David. Elle avait un caractère de battante et rien ne lui plaisait tant que de gagner. Lorsqu'elle plaidait contre d'autres avocats, elle ne voyait en eux que des adversaires anonymes, comme dans une partie d'échecs. Jamais elle ne parvenait à songer à David en ces termes. Même après toutes ces années, elle était encore un peu amoureuse de lui et le savait, si bien qu'elle avait tendance à surcompenser cette faiblesse, lorsqu'ils devaient s'affronter, en s'échinant plus qu'il ne le fallait, de peur que les sentiments qu'elle nourrissait pour lui ne viennent influencer ses résultats.

Son anxiété, ce matin, avait un motif supplémentaire : Ortiz et son témoin surprise. Hier au soir, après la suspension d'audience, alors qu'elle mettait de l'ordre dans ses notes après la déposition du Dr Beauchamp, Ortiz et Crosby étaient venus la voir dans son bureau. Elle était d'une humeur massacrante et n'avait qu'une envie, rentrer chez elle, mais les deux policiers paraissaient surexcités.

« On m'a dit que Beauchamp avait été très convaincant », dit Crosby en s'asseyant.

Le Dr Beauchamp était un acteur frustré qui avait l'art de décrire les blessures fatales de telle manière que c'était pire que d'en exhiber des photos en couleurs.

« Tout ce que Beauchamp a établi, c'est que Darlene Hersch a été frappée à l'abdomen et au cou, puis qu'on lui a tranché la gorge. Il n'a pas dit qui l'avait fait, répliqua agressivement Monica.

— À mon avis, coller ce meurtre sur le dos de Stafford ne devrait plus guère nous poser de problème, dit Ortiz avec un sourire confiant.

— Je suis bien contente de vous l'entendre dire, Bert. Parce qu'un problème, il me semblait que nous en avions un. »

Le visage du policier se rembrunit.

« Que voulez-vous dire ?

— L'accusation ne repose pas sur grand-chose. Sans vouloir vous offenser, Bert. Nous ne disposons en effet que d'un seul élément, votre témoignage : quelques secondes d'observation, alors que vous veniez d'être frappé sur la tête assez fort pour avoir besoin de plusieurs jours d'hospitalisation. Je commence même à me dire que vous avons peut-être agi trop rapidement.

— Eh bien, je vais pouvoir vous rassurer, car j'ai le témoin qui va régler son compte à Mr Stafford. »

Monica reposa son stylo et attendit qu'Ortiz continue. Le policier avait tendance à ménager ses effets et il marqua une pause pour souligner celui-ci.

« Vous vous rappelez que Ron vous a appelée, lorsque Stafford a été inculpé, pour vous demander de vous opposer à une remise en liberté sous caution ?

— Oui, répondit-elle, se tournant vers Crosby. Vous m'avez dit à cette occasion qu'un policier était certain que Stafford avait battu une prostituée et qu'il allait chercher le rapport. Je me souviens également que vous m'avez envoyée sur les roses chaque fois que je vous ai demandé ce rapport, ajouta-t-elle hargneusement. Je me suis même fait taper sur les doigts à l'audience à cause de vos affirmations.

— Vous avez tout à fait le droit d'être en colère, Monica, dit Crosby d'un ton penaud. Il nous a fallu plus longtemps que prévu pour retrouver notre témoin, c'est tout.

— Vous avez quelqu'un qui a vu Larry Stafford battre une prostituée ?

— Exactement, dit Ortiz.

— Qui donc ?

— Cyrus Johnson.

— Cyrus ? Oh, bon Dieu, Bert ! Je ne vais certainement pas m'appuyer sur la crédibilité d'un proxénète notoire, dealer par-dessus le marché !

— Et qui donc pourrait être mieux placé pour nous parler des habitudes sexuelles de Stafford ? Le fait qu'il est un proxénète le rend d'autant plus crédible.

— Enfin, Bert, vous avez vu comment opère David. Savez-vous ce qu'il va faire à Johnson ? Pour l'amour du ciel, ce type vend de la drogue à des écoliers !

— Si vous avez peur de Nash, vous ne devriez pas plaider dans ce procès », rétorqua Ortiz, soudain très en colère.

Monica bondit sur ses pieds.

« Sortez de mon bureau ! cria-t-elle. Je ne vais pas me laisser insulter ainsi ! »

Crosby prit Ortiz par le coude, et ce dernier se sentit contrit.

« Je... je suis désolé. Je ne voulais pas dire... vous êtes un excellent procureur, là n'est pas la question. C'est simplement que... l'affaire est particulièrement importante pour moi et je veux être sûr et certain que Stafford ne s'en sortira pas. »

Monica se rassit et s'enfonça dans son fauteuil. Son explosion de colère l'avait en grande partie vidée.

« J'accepte vos excuses. L'affaire commence à me porter sur les nerfs à moi aussi.

— Allez-vous au moins parler avec Johnson et lire ce rapport de police ? demanda Crosby en plaçant le document devant elle.

— Ouais. Je n'avais pas vraiment envie de rentrer chez moi, de toute façon. Mais c'est vous qui allez me payer à dîner. Je meurs de faim. »

L'entretien avec Johnson créait plus de problèmes qu'il n'en résolvait. L'homme était malin, et il était impossible de déterminer s'il disait la vérité ou mentait. Certes, sa version des faits était identique à celle qu'il avait donnée à la police, deux ans auparavant ; mais il avait eu à l'époque de bonnes raisons de mentir à la police et aujourd'hui, dans le pétrin, il ne demandait qu'à faire allégeance. Monica tenait à faire condamner Stafford, mais pas à partir d'un témoignage aussi discutable.

Et même si cette histoire était vraie, elle se demandait ce qu'elle gagnerait en faisant témoigner le proxénète au procès. Car qu'allait raconter Johnson ? Que Stafford avait commis antérieurement un délit à caractère criminel ; or les règles de la preuve interdisent d'en présenter une de ce type, mis à part dans quelques cas exceptionnels, strictement définis. Monica n'était pas du tout sûre que le témoignage de Johnson tombait dans le cadre de l'une de ces exceptions. David était un expert en matière de règle de la preuve, et il allait lui falloir étudier en détail les définitions de l'admissibilité, car elle savait que David allait lui mener la vie dure dès qu'il entendrait parler de Johnson.

Elle finit de se coiffer et enfila son manteau. Ses

témoins clés, Grimes et Ortiz, devaient déposer aujourd'hui. S'ils réchappaient au contre-interrogatoire de David, elle n'aurait peut-être pas besoin de faire appel à Johnson.

« Et qu'est-il alors arrivé, Mr Grimes ? » demanda Monica.

Le gérant du motel venait juste de se présenter à la barre, après avoir été précédé de plusieurs techniciens, d'un fonctionnaire du service des immatriculations qui avait certifié que Stafford était bien propriétaire de la Mercedes et de l'inspecteur Crosby, lequel avait fait le récit de la fouille conduite par lui chez l'inculpé.

« Je lui ai donné la clef et elle est partie. Je me suis remis à lire et je n'ai relevé la tête qu'en entendant les cris. »

David se pencha sur son carnet pour inscrire quelque chose sur le témoignage de Grimes. Larry Stafford était assis à côté de lui, très homme d'affaires dans son costume trois-pièces bleu marine. David s'était volontairement habillé avec moins de recherche que son client pour donner l'impression au jury, au premier coup d'œil, que c'était Stafford, et non lui, l'avocat de la défense.

« D'où provenaient ces cris ? » demanda Monica.

David entendit Stafford changer nerveusement de position sur sa chaise. Il jeta un coup d'œil à son client et le vit qui parcourait des yeux les rangs du public ; la salle était pleine à craquer. Stafford cherchait sa femme, et David éprouva une brusque bouffée de culpabilité qui vint un moment ternir quelque peu son humeur jusqu'ici optimiste. David savait où était Jennifer et connaissait les raisons de son retard. Ils avaient passé la nuit ensemble et elle était retournée se changer chez elle pendant que lui-même s'habillait pour paraître devant la cour.

« Vous n'avez pas vu Jenny, ce matin ? » lui souffla Stafford, comme s'il lisait dans les pensées de David.

Il y avait, depuis le début de l'audience, une certaine tension dans la voix comme dans l'attitude de Larry ; certes, David s'attendait à ce qu'une personne accusée de meurtre fût nerveuse lors de son procès, mais il sentait que quelque chose d'autre rongeait son client, une chose qui avait un rapport avec Jennifer.

« Elle va arriver, murmura à son tour David. Et n'ayez pas cet air abattu. Prenez des notes, concentrez-vous sur les témoins, comme je vous l'ai déjà dit. Il ne faut pas que le jury ait l'impression que vous vous désintéressiez un instant de ce qui se passe. »

« Sur le coup, je n'aurais pas pu dire qui criait, répondait Grimes. Je suis alors sorti dans le parking. Les chambres du motel sont situées derrière le bureau, et j'ai été jusqu'à l'angle du bâtiment. C'est à ce moment-là que j'ai vu le type jaillir du vingt-deux.

— Avez-vous bien vu la personne qui s'enfuyait ?

— Non, madame. Il courait très vite, et le coin n'est pas très bien éclairé.

— Poursuivez.

— Bon. A ce moment-là, les cris s'étaient arrêtés et je regardais vers la chambre, au cas où quelqu'un sortirait à la poursuite du premier. Je voyais que la porte était restée grande ouverte et comme personne ne sortait, je me suis mis à traverser le parking pour aller voir de quoi il retournait. C'est alors que la voiture a surgi du fond du parking. La même que celle dans laquelle la fille était venue, mais elle n'était pas dedans.

— Qui avez-vous vu dans la voiture ?

— C'était un homme qui conduisait, mais je n'ai pas pu le distinguer clairement. »

Monica se leva et se dirigea vers la barre des témoins.

« Voici, Mr Grimes, une photo classée pièce à conviction numéro cinq par le ministère public. Reconnaissez-vous cette automobile ? »

Grimes prit la photo en couleurs de la Mercedes de Stafford et l'étudia attentivement.

« On dirait la voiture dans laquelle la fille est arrivée, mais je ne pourrais pas le jurer.

— Merci, dit Monica, rendant la photo à l'huissier. Après le départ de la voiture, qu'avez-vous fait ?

— Je dois reconnaître que j'avais pas trop envie de savoir ce qui s'était passé et pourquoi on avait crié, mais je me suis dit qu'il y avait peut-être quelqu'un de blessé là-haut et je me suis donc rendu dans la chambre. C'est là que je les ai vus.

— Qui donc ?

— La lumière n'était pas allumée, et elle, je ne l'ai pas vue tout de suite. L'homme était allongé par terre, la tête contre le lit. Il saignait, et j'ai pensé qu'il était peut-être mort. Puis j'ai vu qu'il respirait et j'ai voulu aller téléphoner. C'est à ce moment que j'ai vu la femme. On voit bien des choses quand on travaille dans un hôtel, mais ça, c'était terrible. Je suis sorti en courant et j'ai appelé les flics depuis mon bureau.

— La police est-elle venue ?

— Au bout de quelques minutes. Et aussi une ambulance.

— Merci, Mr Grimes. Je n'ai pas d'autre question.

— Le témoin est à vous, Mr Nash », dit le juge Rosenthal avec un signe de tête en direction de David.

Ce dernier jeta un dernier coup d'œil au rapport de l'inspecteur Crosby sur son entretien avec Grimes, ainsi qu'au rapport de Terry Conklin. Le silence s'était fait dans le tribunal, au point qu'on entendit un juré changer de position sur son siège et les doigts de Stafford pianoter nerveusement sur la table.

« Seulement quelques questions, Mr Grimes. Si j'ai bien compris votre témoignage, vous n'avez pas vu distinctement l'homme au volant de la Mercedes pendant que Darlene Hersch réservait la chambre.

— En effet.

— Vous ne l'avez pas bien vu non plus lorsqu'il est sorti en courant de la chambre, après le meurtre, n'est-ce pas ? »

Grimes acquiesça.

« L'avez-vous vu, en revanche, lorsqu'il est sorti du parking au volant de la voiture, après le meurtre ?

— Comme je vous l'ai dit, je l'ai vu, mais pas bien.

— Avez-vous cependant assez bien distingué ses cheveux pour pouvoir les décrire au jury ? »

Monica, penchée sur ses notes, n'avait jusqu'ici suivi le contre-interrogatoire que d'une oreille distraite. Elle posa son stylo pour lui donner toute son attention ; au ton de David, elle avait compris qu'il préparait quelque chose.

« Ouais, j'ai vu ses cheveux, répondit Grimes. Rien qu'une seconde, mais je les ai vus.

— Le conducteur de la Mercedes avait-il des cheveux blonds frisés comme Mr Stafford ? »

Grimes s'inclina et étudia Larry Stafford.

« Est-ce qu'il peut se tourner ? demanda le vieil homme en s'adressant au juge. Je ne l'ai vu que de dos.

— Cela dépend de Mr Nash, répondit Rosenthal.

— Bien volontiers. »

Sur un signe de David, Larry se leva et tourna le dos à la barre des témoins.

« Non, il n'était pas comme ça, observa Grimes d'un ton déterminé.

— Comment décririez-vous les cheveux du conducteur ?

— Comme je l'ai dit, je ne l'ai vu qu'une seconde, mais ils m'ont donné l'impression d'être bruns, avec le genre de coupe qui descend pas mal dans le cou.

— Merci. Je n'ai pas d'autre question. »

Monica relut rapidement le rapport de police sur Grimes. Nulle part la couleur des cheveux n'y était mentionnée. Elle alla jusqu'à la troisième page et comprit pourquoi. Cet enfoiré revenait sur le témoignage qu'il avait donné à la police. Mauvais pour elle : Grimes avait tout du témoin honnête. Son témoignage sur la couleur des cheveux pouvait être crucial si jamais il fallait jouer serré.

« Mr Grimes, demanda-t-elle, est-ce que le parking du Raleigh Motel est bien éclairé ? »

Le vieil employé renversa la tête en arrière et fronça les sourcils.

« Pas très bien, du côté de Tacoma Street, mais par contre il y a beaucoup de lumière du côté du McDonald. Il y a même des clients qui s'en plaignent, parfois. »

Monica sentit son estomac se serrer. Bon sang ! elle n'avait fait que rendre les choses encore pires. Elle avait les surprises en horreur pendant les procès, et celle-ci n'était pas bonne du tout. Elle choisit de ne pas insister sur les questions d'éclairage.

« Est-ce que la voiture du meurtrier roulait vite en quittant le parking ?

— On peut dire que oui. Il est arrivé en trombe à l'angle, ce qui a fait crier les pneus. C'est d'ailleurs pour ça que j'ai tourné la tête.

— Si bien que vous ne l'avez vu que très brièvement ?

— Oui. Comme je vous l'ai dit, je m'intéressais surtout à la chambre.

— Vous rappelez-vous avoir été interrogé par Ronald Crosby, inspecteur de la police de Portland, le soir du meurtre ?

— C'est le type qui m'a offert un café ?

— Je l'ignore, Mr Grimes.

— Très sympa. Il m'a même payé un beignet. Pas le genre pète-sec de certains flics que je connais. »

Quelqu'un éclata de rire dans le public et le juge dut se servir de son marteau. Monica attendit d'avoir de nouveau l'attention du jury.

« A aucun moment, vous n'avez dit à l'inspecteur

Crosby que l'homme avait de longs cheveux bruns, n'est-ce pas ?

— Il ne me l'a pas demandé.

— N'a-t-il pas voulu savoir s'il n'y avait pas un détail dont vous vous souveniez, sur cet homme ?

— Je ne me souviens pas de toute notre conversation.

— Néanmoins, vous vous rappelez peut-être avoir déclaré que l'homme ne vous avait pas fait beaucoup d'impression, puis que l'inspecteur Crosby vous a demandé si vous n'aviez pas remarqué ses cheveux, ses yeux ou n'importe quoi d'autre — question à laquelle vous avez répondu non ?

— C'est bien possible, sauf que je parlais du moment où la fille est entrée dans mon bureau. Il ne m'a rien demandé sur le type quand il est parti en voiture. »

Monica eut l'air sur le point de poser une nouvelle question, puis y renonça.

« C'est tout », dit-elle.

Rosenthal regarda David, qui se contenta de sourire en secouant la tête.

« Bien joué, souffla Larry.

— C'est pour ça que vous me payez. Si je m'en sors aussi bien avec le prochain témoin, nous serons en bonne position.

— Qui est-ce ? demanda Stafford.

— L'Etat appelle Bertram Ortiz à la barre », dit Monica.

L'interrogatoire d'Ortiz se déroula sans problème pour lui. Les questions étaient pratiquement identiques à celles de l'audience en demande de libération sous caution, et il avait répété ses réponses plusieurs fois avec Monica. Il décrivit tout d'abord comment il s'était mis en planque, puis l'arrivée de la Mercedes beige. Ensuite, comment il avait suivi le véhicule jusqu'au motel. Il raconta, devant une cour silencieuse et attentive, sa violente rencontre avec l'homme qui avait tué Darlene Hersch, puis sa réaction lorsqu'il avait aperçu Larry Stafford dans les couloirs du palais de justice et les résultats de la fouille effectuée au domicile du prévenu. Et, profitant de ce que les jurés, penchés en avant, étaient tout ouïe, le policier se tourna vers la table de la défense, montrant l'inculpé du doigt. L'interrogatoire était terminé et Monica adressa un signe de tête à David.

Ortiz, toujours tourné vers la défense, attendit le contre-interrogatoire. Il avait gardé la main ferme et sa voix n'avait pas chevroté lorsqu'il avait identifié Larry Stafford, car au bout de plusieurs dizaines de dépositions de ce genre il avait appris à contrôler ses nerfs ; il n'en redoutait pas moins les questions que David allait lui poser.

L'avocat ne se pressa pas. Il sourit à Ortiz, s'enfonça dans son siège. Il s'agissait de faire poireauter le policier, de faire monter un peu plus la tension qui régnait déjà dans le tribunal.

« Inspecteur Ortiz, demanda-t-il finalement, à quelle date Darlene Hersch a-t-elle été tuée ?

— Le seize juin », déclara sèchement Ortiz, bien décidé à répondre strictement à la question posée, sans rien ajouter de son propre chef — moins il en dirait, moins Nash disposerait d'informations à partir desquelles travailler.

« Merci, dit poliment David. Et à quelle date avez-vous croisé Mr Stafford dans les couloirs du palais de justice ?

— Au début de septembre.

— C'est-à-dire environ trois mois après le meurtre ?

— Oui. »

David se leva et se dirigea vers un chevalet qu'un employé avait placé entre la barre des témoins et le box des jurés. Il retourna la première feuille par-dessus, et on put voir, sur la suivante, le plan schématique de la chambre du motel, tel que le policier l'avait esquissé lors de l'audience préalable.

« Au cours de l'audience de demande de caution, je vous ai demandé de nous faire ce dessin afin que nous puissions nous représenter votre position et celle du tueur au moment où vous avez vu son visage, n'est-ce pas ?

— En effet.

— Ce dessin donne-t-il une représentation fidèle de ces positions ? »

Ortiz étudia le schéma un instant, puis acquiesça.

« Je crois me souvenir que vous avez déclaré, lors de cette audience, qu'au moment où vous avez vu le visage du tueur, son bras et sa jambe gauches étaient un peu à l'intérieur de la pièce et que son corps était légèrement incliné en avant, le bras et la jambe droite à l'extérieur. Est-ce exact ?

— Oui.

— Bien. Cependant, vous avez reçu un coup violent à l'instant même où vous êtes entré dans cette pièce, n'est-ce pas ?

— Oui.

— Les lumières de la chambre étaient-elles allumées ou éteintes ?

— Eteintes.

— Vous êtes tombé, vous avez roulé sur vous-même et votre tête est venue heurter le montant du lit ?

— Oui.

— Pendant combien de temps avez-vous dit que vous aviez vu le visage du tueur ?

— Quelques secondes.

— Cinq à dix secondes ?

— Un petit peu plus. »

David prit le compte rendu de l'audience, consulta

une fiche, et se rendit à une page précise du compte rendu.

« Lors de cette audience précédente, n'avez-vous pas déposé comme suit :

Question : Vous ne l'avez donc vu que quelques secondes ?

Réponse : Oui.

Question : Moins d'une minute ?

Réponse : Peut-être cinq à dix secondes. Mais je l'ai vu.

— Je crois que c'est ce que j'ai dit.

— Si bien que vous n'avez vu le visage du tueur qu'à un seul moment, pendant un laps de temps de cinq à dix secondes après avoir été frappé sur la tête et avant de perdre connaissance ?

— Oui, mais je l'ai très nettement distingué. C'était Stafford », lâcha Ortiz.

Monica s'attendait à ce que David proteste devant cette réaction inappropriée, mais il se contenta de sourire.

« Vous en êtes absolument certain ? » demanda-t-il

Monica était intriguée. Pourquoi David donnait-il à Ortiz l'occasion de répéter une affirmation aussi dommageable pour son client ?

« Absolument.

— Oui. A l'audience précédente, lorsque je vous ai demandé si vous en étiez certain, vous m'avez répondu que vous n'oublieriez jamais ce visage.

— C'est ce que j'ai dit, en effet », répondit Ortiz, nerveux — en fait, il avait oublié avoir fait cette réponse.

« Cependant, l'impossible s'est produit, n'est-ce pas ?

— Que voulez-vous dire ? »

David se dirigea d'un pas posé jusqu'à l'autre bout de la table qui lui était réservé et prit une pile de papiers.

« Avez-vous été hospitalisé, suite au coup que vous avez reçu sur la tête ?

— Oui.
— Votre médecin traitant était-il bien le Dr Arthur Stewart ?
— Oui.
— Combien de temps êtes-vous resté hospitalisé, détective Ortiz ?
— Environ une semaine.
— Et pendant combien de temps avez-vous continué à consulter le Dr Stewart pour des problèmes en relation avec ce coup que vous avez reçu ? »
Ortiz sentait la sueur s'accumuler sur son front. Pourquoi ce salopard ne lui posait-il pas les questions qu'il allait fatalement lui poser ?
« J'ai arrêté de le voir il y a deux semaines.
— A la mi-octobre ? C'est à cette date qu'il vous a déclaré guéri ?
— Oui.
— Vous avez souffert d'un traumatisme, n'est-ce pas ?
— Oui. »
David marqua un temps d'arrêt. Son sourire s'évanouit.
« Et vous ne vous êtes souvenu de rien de ce qui s'était passé dans cette chambre de motel entre le seize juin et le mois de septembre ? Est-ce exact ?
— Je me souvenais en partie de ce qui s'était passé. C'était...
— Monsieur Ortiz — excusez-moi, inspecteur Ortiz, intervint David d'une voix coupante et glacée, j'ai ici les doubles de votre dossier médical à l'hôpital du Good Samaritan. Avez-vous consulté le Dr Stewart, le trois septembre ?
— Euh, c'est possible... Je sais que j'ai eu un rendez-vous début septembre.
— Vous ne vous en souvenez pas ? » demanda David avec un sourire ironique.
Ortiz sentit son corps se tendre. Il n'avait qu'une

envie, frapper l'avocat. Et cette impression d'être un papillon cloué sur une planche, attendant d'être chloroformé...

« Objection, intervint Monica. La défense argumente avec le témoin. »

Elle voyait venir le danger et devait donner à Ortiz une chance de se ressaisir.

« Oui, Mr Nash, contentez-vous de poser vos questions.

— Très bien, votre honneur. Inspecteur Ortiz, n'avez-vous pas déclaré au Dr Stewart, au cours de cette visite médicale du mois de septembre, soit quelques jours à peine avant que vous arrêtiez Larry Stafford, que vous ne vous souveniez toujours pas de ce qui s'était passé à l'intérieur du motel ni du visage du tueur ? »

Ortiz ne répondit pas tout de suite. Il regardait fixement David et Stafford. Ce dernier soutint son regard.

« Eh bien, inspecteur ? demanda sèchement David.

— C'est exact.

— Vous souffriez d'amnésie, n'est-ce pas ?

— Oui, si vous tenez à appeler ça ainsi.

— Et vous, vous appelez cela comment ?

— Je veux dire... » Ortiz s'interrompit.

David attendit quelques instants, surveillant les jurés.

« Inspecteur Ortiz, si j'ai bien compris votre déposition, vous avez vu pour la première fois la Mercedes à une centaine de mètres, environ ?

— Oui, répondit vivement Ortiz, soulagé de changer de sujet.

— Puis vous l'avez suivie à une distance de deux cents mètres, approximativement.

— Oui.

— Et finalement, vous l'avez aperçue brièvement en passant en voiture devant le parking du motel ?

— Oui.

— Ce furent bien les seuls moments de la soirée où vous avez vu ce véhicule ?

— Oui.

— Et vous ne connaissiez ni l'année ni le modèle de cette Mercedes avant d'avoir consulté le service des immatriculations ?

— Je... c'est bien la voiture que j'ai vue », répondit Ortiz sans conviction.

David prit trois photos en couleurs, sur sa table, et se dirigea vers la barre des témoins. Monica pianotait sur sa table de la pointe de son stylo. Ortiz était en mauvaise posture et elle se demandait combien de temps il allait résister au matraquage de David. Elle avait le Dr Stewart en réserve ; celui-ci était prêt à témoigner que le policier, comme dans de nombreux cas d'amnésie due à un traumatisme, pouvait se rappeler avec une parfaite précision les événements qu'il avait temporairement oubliés. Pour que les jurés croient aux souvenirs d'Ortiz, cependant, il fallait tout d'abord qu'ils croient en Ortiz.

« Voulez-vous examiner ces trois photos, s'il vous plaît ? » demanda David à Ortiz.

Le policier étudia les trois clichés.

« Pouvez-vous expliquer au jury ce qu'elles représentent ?

— Ce sont les photos d'une Mercedes beige.

— Du même modèle que celle de Mr Stafford ?

— Oui. »

David sourit à Ortiz et reprit les documents.

« Je n'ai pas d'autre question. »

Monica n'arrivait pas à y croire. Elle avait vu David réduire des témoignages à néant et connaissait sa technique. Il commençait tout d'abord par des questions qui ébranlaient leur confiance. Puis il avançait point par point, terminant par une série de questions portant sur l'un des éléments essentiels de leur témoignage. Elle s'était attendue aux questions sur l'amnésie, mais s'étonnait que David n'ait pas joué cette carte plus à fond. Ortiz avait été touché, mais pas sérieusement ébranlé. Il lui tardait de le voir quitter la barre tant qu'il était encore à peu près intact.

« Pas d'autre question, dit-elle.

— Appelez votre témoin suivant.

— Le Dr Arthur Stewart, votre honneur. »

Ortiz aurait aimé discuter de l'affaire dès que la séance avait été levée, mais Monica lui demanda d'attendre qu'ils fussent dans son bureau. Le Dr Stewart s'était montré très convaincant, et David n'avait pas marqué beaucoup de points. Elle avait achevé sa présentation par le témoignage du médecin sans faire appel à celui de Cyrus Johnson.

« Pourquoi ? lui demanda Ortiz lorsqu'ils furent dans le bureau en compagnie de Crosby.

— Parce que ce n'était pas nécessaire et que je n'ai pas voulu prendre ce risque.

— Il vous manque toujours un motif. Or Johnson peut permettre d'établir que ce type est un sado-maso.

— Ou d'établir qu'on essaie de le coincer grâce à un faux témoignage. Ecoutez, Bert, un motif, nous en avons déjà un. Il appartient à un grand cabinet d'avocats, mais il n'est pas encore partenaire. Sa femme est riche. Si on l'arrête pour incitation à la débauche, sa carrière comme son mariage risquent d'être fichus. De quoi avons-nous besoin de plus ? Sans compter que vous avez été sensationnel. »

Ortiz secoua la tête.

« Je me demande... Cette histoire, avec l'amnésie... Est-ce que vous ne croyez pas que.. ?

— J'étais dans la salle, Bert, intervint Crosby. Tu t'en es remarquablement bien sorti, et le médecin a mis les points sur les i. Je suis même surpris de la façon qu'a eue Nash de ne pas insister.

— Ouais. Moi aussi, ça m'a inquiété. D'après vous, qu'est-ce qu'il mijote ?

— Aucune idée, avoua Monica. Mais à cheval donné on ne regarde pas les dents.

— S'il s'agit bien d'un cadeau, observa Ortiz. Cet enfant de salaud a quelque chose de caché dans la manche. Je le sens. »

Monica eut un geste d'impatience.

« Je ne vais pas m'en inquiéter pour le moment.

— Vous pouvez toujours vous servir de TV, le cas échéant, n'est-ce pas ?

— Comprenez-moi, Bert, je ne fais pas confiance à Johnson. Il est capable de raconter n'importe quoi pour échapper à cette affaire de drogue.

— Ce n'est pas mon avis. La coïncidence est tout de même trop belle.

— De toute façon, si l'affaire se poursuit aussi bien qu'elle l'a fait jusqu'à présent, tout cela sera académique. »

« Nous appelons Mr Patrick Walsh à la barre, votre honneur », dit David.

L'huissier quitta la cour pour aller chercher le témoin. L'avocat en profita pour rassembler les pièces à conviction dont il allait avoir besoin et réviser ses notes sur le témoignage de Walsh.

La défense s'en sortait bien. David avait commencé par faire venir à la barre des amis et collègues de travail de David, qui tous témoignèrent de son bon caractère. Ils avaient dépeint un jeune marié, un professionnel débutant doué du sens de l'humour et travailleur acharné. Monica, dans son contre-interrogatoire, avait permis d'établir que Larry n'avait pas obtenu de partenariat dans le cabinet comme il l'espérait, mais Charlie Holt, le témoin, avait eu les mots qu'il fallait pour tempérer ce point. David estimait que cette révélation n'avait fait que créer un courant de sympathie parmi les jurés.

Il s'était servi de Barry Dietrich, le partenaire avec lequel Larry avait travaillé le soir du meurtre, pour combler le fossé entre les témoins de personnalité et les témoins à décharge de Stafford. Dietrich n'avait pas été enthousiaste quand David lui avait demandé de témoigner. A l'exception de Charlie Holt, les membres de Price & Winward avaient d'ailleurs renâclé à l'idée de jouer un rôle quelconque dans le procès. Une fois à la barre, cependant, Dietrich avait été très bien.

La porte s'ouvrit et un homme de haute taille aux traits anguleux et à la chevelure rousse entra dans le prétoire en boitant légèrement. En le regardant, David aperçut, derrière lui, Jenny assise dans la dernière rangée du public. Ils s'étaient souvent retrouvés, au cours du mois écoulé, vivant chaque moment qu'ils passaient ensemble comme s'il allait être le dernier. David était amoureux de Jenny. Il en était sûr, à présent. Souvent, lorsqu'ils étaient allongés côte à côte, il se demandait ce qui allait se passer à la fin du procès. Si Larry bénéficiait d'un non-lieu, Jenny retournerait-elle vers lui ? L'avocat se sentait faible et vulnérable en de tels instants. Il la serrait contre lui, redoutant ce qui risquait de se passer s'il la lâchait.

« Pouvez-vous nous dire, Mr Walsh, quelle est votre profession ? demanda David au témoin une fois qu'il eut prêté serment.

— Je suis directeur de zone au service commercial de Mercedes.

— Quelles sont les responsabilités d'un directeur de zone ?

— Pour des raisons commerciales, Mercedes a divisé les Etats-Unis en zones et sous-zones, et je suis le responsable des ventes de la zone de San Francisco, qui comprend le nord-ouest de la côte Pacifique et tout le nord de la Californie. Je commande tous les véhicules pour cette zone et les distribue aux revendeurs des sous-zones. »

David prit la photo de la Mercedes de Larry et la lui tendit.

« Depuis combien de temps travaillez-vous pour Mercedes-Benz, Mr Walsh ?

— Cela fera vingt-deux ans au mois d'avril prochain.

— Je viens de vous remettre ce qui est la pièce à conviction du ministère public numéro cinq. Pouvez-vous identifier cette voiture, pour le bénéfice du jury ?

— Certainement. Il s'agit de notre modèle 300SEL, 1991. De couleur beige.

— Que signifie 300SEL ?

— La 300SEL est une berline quatre portes à moteur à essence. 300 correspond au volume du moteur. S signifie que le véhicule est l'un des modèles de la super-classe, la plus spacieuse. E que le moteur est à injection. L, qu'il possède un châssis long.

— Existe-t-il également un modèle 300SE ?

— En effet. Il est à première vue identique, mais en réalité il est plus court d'une douzaine de centimètres.

— Merci. Je vais maintenant vous montrer trois Mercedes, Mr Walsh », reprit David en tendant au témoin les photos qu'il avait montrées à Ortiz la veille. « Pouvez-vous identifier les véhicules figurant dessus ? »

Walsh examina les clichés, les empila, puis se tourna vers le jury, comme David lui avait demandé de le faire, lorsqu'ils s'étaient rencontrés avant le procès. Il brandit la première photo.

« Sur ce premier document, marqué pièce à conviction de la défense numéro sept, on voit une Mercedes-Benz beige.

— Est-ce une 1991, 300SEL ?

— Non. C'est un modèle 1981, 300SD. »

Quelques-uns des jurés se penchèrent vers les photos, et Monica inclina la tête de côté, se concentrant sur le témoin.

« Et la pièce à conviction numéro huit ? »

Walsh brandit la photo d'une autre Mercedes beige.

« Il s'agit cette fois d'une 300SE, modèle 1985. »

Il y eut un murmure dans le tribunal.

« Et la dernière voiture ?

— La pièce à conviction numéro neuf représente une 420SEL, modèle 1987.

— Si je vous disais qu'une personne qui a vu ces photos a déclaré que les trois véhicules étaient le même que celui de l'inculpé, à savoir une 300SEL 1991, seriez-vous surpris ?

— Pas le moins du monde. Entre 1981 et 1991, Mercedes-Benz a produit une gamme de plusieurs modèles dans ce même style général ; les différences étaient mineures, et ils se ressemblaient donc beaucoup. Entre 1981 et 1983, il y a eu une 380SEL, une berline quatre portes à châssis long. De 1981 à 1985, ce fut le modèle 300SD. On a produit, entre 1984 et 1985, une 500SEL et une 380SE. De 1985 jusqu'en 1991, il y a eu la 560SEL, d'aspect très similaire à la 300SEL et à la 420SEL. Sans parler du modèle diesel, entre 1986 et 1987, qui avait exactement la même carrosserie. Nous avons proposé, en 1990 et 1991, des diesels, la 350SD et la 350SDL.

— Etant donné que tous ces modèles se ressemblent beaucoup, comment avez-vous été capable de me dire que les pièces à conviction sept, huit et neuf ne représentaient pas la 300SEL ?

— La sept montre une 300SD de 1981. La différence la plus évidente est que le modèle est plus court de douze centimètres. Si l'on observe les portières avant et arrière, on constate qu'elles ont à peu près la même taille, sur cette 300SD, alors que les portières arrière de la 300SEL sont plus longues que les portières avant, à cause du châssis plus long. La différence est évidente pour moi, mais passe inaperçue aux yeux de quelqu'un qui n'est pas très familier avec la gamme Mercedes.

« La 380SE, pièce numéro huit, est aussi plus courte, et le modèle de roue est différent. La 1991 présente un disque solide à l'endroit où l'on trouve normalement un enjoliveur, alors que la 1985 présente un disque concave avec un centre en relief de la taille approximative d'un bouchon de réservoir à essence.

— Dites-moi, Mr Walsh, quelles différences visibles existe-t-il entre une 300SEL de 1991 et une 420SEL de 1987, pièce à conviction numéro neuf ?

— Pas la moindre, Mr Nash. Même un spécialiste ne pourrait le dire au seul vu de ces photos. Je sais que ces deux véhicules sont différents pour la seule raison que c'est moi qui vous ai fourni ces documents.

— Le nombre de véhicules vendus varie-t-il beaucoup entre ces quatre différents modèles ?

— Non. Ils se sont vendus en quantités à peu près équivalentes pendant les quatre ans.

— Et quelle est la couleur la plus fréquemment demandée pour ces quatre modèles ?

— Beige. »

David se tourna vers Monica et lui sourit, puis revint au témoin.

« Merci, Mr Walsh. Je n'ai pas d'autre question. »

« Et quelle est votre profession, Mr Waldheim ? » demanda David à l'homme d'affaires d'allure distinguée qui venait juste de prendre place dans le box des témoins.

Monica, à son banc, n'écoutait que d'une oreille, échangeant de vifs propos avec l'inspecteur Crosby. La déposition de Walsh avait fait mal à l'accusation, et elle voulait que le policier cherche les moyens de la réfuter. Elle était d'une totale ignorance en matière d'automobile et n'avait posé aucune question au concessionnaire de Mercedes. Ce qui signifiait que, pour le moment, le témoignage d'Ortiz sur la voiture ne valait pratiquement plus rien.

« Je suis vice-président du secteur vêtements pour hommes dans la société Sherwood Forest Sportswear.

— Où se trouve le siège social de cette société ?

— A Bloomington, Illinois.

— C'est là que vous avez votre bureau ?

— En effet. »

David prit, parmi les pièces à conviction, la chemise que l'on avait saisie chez Stafford et l'apporta à Waldheim.

« Voici ce qui constitue la pièce à conviction vingt-trois du ministère public. Reconnaissez-vous cette chemise ? »

Waldheim prit le vêtement et l'examina.

« Oui. C'est un modèle qui faisait partie de notre collection de l'été dernier.

— Pouvez-vous nous dire combien de chemises de ce modèle votre société a-t-elle distribué dans le pays ? »

L'homme se tourna légèrement pour s'adresser au jury.

« La saison a été très bonne pour les vêtements masculins. Cette chemise, en particulier, a eu beaucoup de succès. J'ai vérifié les chiffres avant de venir témoigner et je dirais que nous devons avoir vendu quelque chose comme cinq mille douzaines de ces chemises sur l'ensemble du territoire.

— Combien de chemises représentent cinq mille douzaines, Mr Waldheim ?

— Voyons... mille douzaines font douze mille chemises, autrement dit... soixante mille chemises.

— C'est là un chiffre rond, non ?

— Oui. En réalité, le chiffre dépassait un peu les cinq mille douzaines.

— Vous intéressez-vous, Mr Waldheim, aux modèles

que produisent vos concurrents, au niveau des motifs et de la couleur ?

— Bien entendu. Nous suivons attentivement ce que fait la concurrence.

— A votre connaissance, est-ce que Sherwood Forest ou un autre fabricant de chemises ont fait des modèles ayant des motifs similaires à celui-ci ?

— Oui. Ce motif de forêt a eu tellement de succès, en particulier dans votre région du nord-ouest, que nous en avons mis un deuxième très semblable en fabrication, comme l'ont fait nos concurrents, d'ailleurs.

— Merci, Mr Waldheim. Ce sera tout. »

Monica s'était livrée à quelques calculs pendant que David interrogeait l'homme d'affaires. Une règle implicite du contre-interrogatoire veut que l'on ne pose jamais de question à un témoin sans en connaître d'avance la réponse. C'était pourtant ce que Monica avait très envie de faire. Elle hésita. Le témoignage de Waldheim était si désastreux pour elle, cependant, qu'elle décida finalement de passer outre.

« Votre société distribue ses modèles dans tout le pays, n'est-ce pas, Mr Waldheim ? demanda-t-elle.

— Oui.

— Combien d'exemplaires du modèle qui vous a été présenté ont-ils été vendus en Oregon ?

— Hummm... un peu plus de cent douzaines, je crois. Cette chemise a beaucoup plu dans votre Etat.

— Et, sur cette centaine de douzaines, combien ont-elles été vendues ici, à Portland ?

— Je ne peux vous répondre avec certitude, mais je dirais un peu plus de la moitié.

— Si bien que nous parlons approximativement de six cents chemises pour l'agglomération ?

— Un petit peu plus de six cents, oui.

— Rien d'autre. »

Monica était troublée. Elle avait légèrement atténué l'impact du témoignage de Waldheim, mais six cents chemises restait toutefois un chiffre élevé, sans parler des modèles semblables lancés par la concurrence de Sherwood Forest. David était en train de réduire en pièces ce qui avait servi de fondement à l'identification d'Ortiz, et s'il réussissait son coup...

Il y eut une certaine agitation dans le tribunal et Monica leva les yeux. Pendant qu'elle restait perdue dans ses pensées, David avait fait appeler le témoin suivant, Jennifer Stafford.

Jennifer s'avança jusqu'à la barre sans regarder David ; elle s'arrêta cependant un bref instant à la hauteur de Larry. Elle lui adressa un regard que les jurés ne virent pas et que David ne put déchiffrer.

Elle prêta serment puis s'assit dans le box des témoins. Elle se tenait très droite, mains convenablement croisées sur les genoux. On lisait une certaine tension à la commissure de ses lèvres et sa raideur trahissait à quel point elle était mal à l'aise. Lorsque David lui adressa la parole, elle tressaillit comme si elle venait de recevoir un léger choc électrique.

« Mrs Stafford, exercez-vous une profession ?

— Oui », répondit-elle, très doucement.

Le greffier eut un coup d'œil pour le juge, et Rosenthal s'inclina vers Jennifer.

« Vous devez parler un peu plus fort, Mrs Stafford, fit-il d'un ton aimable.

— Oui, j'exerce une profession », reprit Jenny.

David remarqua que Larry se penchait en direction de sa femme et l'écoutait avec une intensité qu'il n'avait pas remarquée lors des dépositions précédentes.

« Et où l'exercez-vous ?

— Je suis institutrice à l'école élémentaire de Palisades.

— Depuis combien de temps enseignez-vous ?

— C'est ma troisième année.
— Depuis combien de temps êtes-vous mariée à Mr Stafford ?
— Un peu moins d'un an », répondit-elle d'une voix qui s'étrangla un peu.
David attendit qu'elle se ressaisisse. Il éprouvait le besoin d'aller la prendre dans ses bras.
« Pouvez-vous vous rappeler du comportement de votre mari, en cette journée du seize juin dernier ?
— Oui. Nous nous sommes levés et nous avons pris notre petit déjeuner ensemble. Puis Larry est parti travailler.
— Son attitude avait-elle quelque chose d'inhabituel ?
— Non.
— A quel moment l'avez-vous revu ?
— Vers huit heures, quand il est rentré à la maison, après le travail.
— Etait-il inhabituel qu'il travaille aussi tard ?
— Non. Les exigences de son métier étaient... sont très grandes. Il travaillait souvent très tard.
— Expliquez au jury ce qui s'est passé après le retour de Larry à la maison.
— On a simplement regardé la télévision pendant un moment. Je ne sais même plus quoi. Puis on a mangé quelque chose et on est allés se coucher.
— Vous et Larry dormez ensemble ?
— Oui », répondit-elle en rougissant — elle se mit à regarder ses mains.
« Où était Larry lorsque vous vous êtes réveillée le lendemain matin ?
— Au lit.
— Avez-vous la moindre raison de croire qu'il se soit levé à un moment ou un autre pendant la nuit ?
— Non. J'ai le sommeil léger, je l'aurais entendu. »
David marqua un temps d'arrêt. Il venait d'établir l'alibi de Larry. Il n'avait aucune raison de lui poser

d'autres questions et ne désirait qu'une chose, mettre le plus rapidement possible un terme au supplice de Jennifer. Il se tourna vers Monica.

Celle-ci lui répondit d'un signe de tête. Jennifer Stafford s'était montrée très crédible, et son alibi serait difficile à réfuter. Elle ne savait trop comment elle devait diriger son attaque et commençait à se sentir dépassée. Elle avait fait faire une enquête sur les Stafford qui n'avait abouti à rien. Elle risqua un coup d'œil en direction de David. Il bavardait avec l'inculpé, l'air très sûr de lui. Monica se sentit prise d'une colère froide. Pas question qu'elle perde ce procès. Il lui fallait faire quelque chose. Mais quoi ?

« Mrs Stafford, commença-t-elle, vous disposez d'une fortune personnelle, n'est-ce pas ?

— Objection ! dit David en se levant.

— Votre honneur, ma question est justifiée dans l'établissement du mobile, répliqua Monica.

— Nous avons déjà vu cela à l'audience, Mr Nash. Objection refusée.

— Merci, votre honneur, dit Monica. Disposez-vous d'une fortune personnelle, Mrs Stafford ?

— Je ne sais pas ce que vous voulez dire. Je suis à mon aise financièrement.

— Si ni vous ni l'inculpé ne travaillaient, pourriez-vous vous en sortir ?

— Larry n'accepterait pas mon argent. Il...

— Cela ne répond pas à ma question, Mrs Stafford.

— Je n'ai pas besoin de travailler pour vivre, répondit Jennifer avec raideur.

— Mais votre mari, si ?

— Il met de l'argent de côté sur ce qu'il gagne. Il travaille très dur et...

— Votre honneur, l'interrompit Monica, pouvez-vous demander au témoin de se contenter de répondre à mes questions ?

— Oui, Mrs Stafford, répondez seulement aux questions qui vous sont posées.

— Je suis désolée », dit Jennifer avec nervosité.

Le tour que prenait le contre-interrogatoire satisfaisait Monica. La femme de Stafford était de plus en plus sur la défensive, ce qui jetterait des doutes sur sa crédibilité.

« La maison que vous avez achetée vous a coûté quatre cent soixante-quinze mille dollars, n'est-ce pas ?

— En effet.

— Mr Stafford n'aurait pu l'acheter sans votre argent, j'imagine ?

— Non », répondit Jennifer.

Elle était en colère, maintenant, et David commença à s'inquiéter.

« En fait, au cas où vous divorceriez, son train de vie en serait radicalement changé, n'est-ce pas ?

— Objection ! lança David.

— Objection retenue. Votre question est hautement spéculative, Ms Powers.

— Je retire ma question, dit Monica, sûre que les jurés en avaient compris le sens. Mrs Stafford, est-ce que vous aimez votre mari ? »

David devint attentif. Il savait que la réponse de Jennifer ne signifierait rien, ce qui ne l'empêcha pas d'essayer de déchiffrer un message dans ses yeux — quelque chose qu'il espérait y voir.

Jennifer hésita une seconde, ce que Monica remarqua — et elle se tourna vers le jury pour voir si celui-ci avait fait la même observation.

« Oui, répondit Jennifer d'une petite voix.

— Mentiriez-vous pour l'aider ?

— Oui, mais je n'ai pas menti parce que ce n'était pas nécessaire. Larry était avec moi, Ms Powers. Il n'a pas pu assassiner cette malheureuse. »

Pour déjeuner, David choisit le Georgetown parce que les lumières y étaient tamisées et les box individuels, couleur bordeaux, intimes.

« J'ai eu tellement peur », dit Jennifer.

C'était la première fois qu'ils se retrouvaient, de jour, ailleurs que dans le bureau de David. Il vint effleurer brièvement la main de la jeune femme.

« Tu t'en es très bien sortie.

— Et Larry ?

— Lui aussi a été très bien. Les choses avancent on ne peut mieux. »

Le juge Rosenthal avait ajourné la séance pour le déjeuner tout de suite après la déposition de Larry. Ce dernier, en dépit de sa nervosité, s'était bien comporté. David s'était contenté de lui demander où il se trouvait le soir du meurtre et de lui faire préciser les éléments biographiques que n'avaient pas apportés les autres témoignages. Comme on pouvait s'y attendre, Monica, dans son contre-interrogatoire, avait sondé Larry sur son ressentiment de n'avoir pas pu obtenir le titre de partenaire et sur ses relations avec Jennifer. Stafford avait été dûment chapitré sur ce thème et David, jouant le rôle du procureur, l'avait asticoté beaucoup plus durement, à la prison, que Monica à la barre des témoins. L'avocat savoura la frustration de Monica lorsqu'il devint clair qu'elle n'aboutissait à rien. Les dernières questions portèrent sur la vie sexuelle de l'inculpé ; David estima qu'à cause de leur côté embarrassant elles avaient plutôt provoqué de la sympathie pour son client. Lorsque Monica posa sa dernière question : « Avez-vous été avec une prostituée, au cours des deux années écoulées ? » la réponse de Larry — « Pourquoi aller voir les prostituées alors que j'ai une femme comme Jenny, qui m'aime ? » — avait entraîné l'approbation de plusieurs jurés qui avaient hoché la tête.

« Est-ce que tu... est-ce que tu vas gagner, David ? demanda Jennifer.

— C'est impossible à dire, mais je sens bien l'affaire. Je crois en Larry. J'ai cru à sa sincérité quand il a déposé. Je suis plutôt bon juge en la matière, et je sais que si j'ai ressenti ces impressions, les jurés les ont aussi ressenties. »

Jennifer se mit à regarder la table. Elle paraissait troublée.

« Qu'est-ce qu'il y a ?

— J'ai pris ma décision, David », répondit-elle d'une voix étouffée.

Il sentit son cœur bondir. Allait-elle lui signifier que c'était fini ? Etait-ce la fin de son rêve ?

« Quoi qu'il arrive, je vais demander le divorce. Ensuite, si tu veux de moi...

— Si je veux de toi ? Seigneur, Jenny, tu ne sais pas ce que cela signifie pour moi. Je t'aime tellement... ne pleure pas, je t'en prie. »

Elle avait la tête baissée, mais même dans la faible lumière, il voyait les larmes couler sur les joues de la jeune femme.

« J'espère que je ne vous dérange pas trop », fit une voix venant de derrière David.

Jennifer releva la tête, surprise, et David se tourna vivement. Thomas Gault se tenait devant leur table, sa moustache chinoise encadrant un sourire sournois.

« Je vous ai vus arriver ici, et j'ai pensé que je pourrais peut-être décrocher un scoop.

— Gault, répliqua David, en colère, ceci est une rencontre privée.

— N'empêche, vous et la jeune dame êtes des personnages publics. Mon devoir, en tant que journaliste, est de chercher partout ce qui peut faire les manchettes. »

Gault s'arrêta soudain lorsqu'il vit les larmes de Jennifer. Son sourire s'effaça.

« Je... je suis désolé. Je ne m'étais pas rendu compte... Il fait tellement sombre, ici. » Il sortit un mouchoir et le tendit à Jennifer. Celle-ci regarda David, ne sachant trop que faire.

« Ne vous inquiétez pas, reprit Gault. Je suis passé par là. Moi aussi, j'ai eu droit à un procès. Egalement pour meurtre, ajouta-t-il, non sans une trace d'orgueil. Mais David m'a sorti de là, et il en sortira votre mari. Comptez sur lui. »

Jennifer continuait de contempler le mouchoir qui pendait de la main de Gault comme un drapeau mal fixé. David mit fin à l'embarras général en lui tendant le sien, qu'elle prit vivement.

« Ecoutez, Tom, Mrs Stafford est bouleversée et nous aimerions rester entre nous.

— Bien sûr. Je suis désolé, vraiment. Je ne voulais pas... vous comprenez.

— Bien entendu. Et si vous cherchez un scoop, Tom, venez donc au tribunal cet après-midi. Mon dernier témoin va faire un carton. »

Le visage de Gault s'éclaira.

« Ah, voilà comment je vous aime ! Je vais vous pondre des articles sensationnels, mon vieux. Encore une fois, je vous présente mes excuses, Mrs Stafford. Votre mari a la chance d'avoir un grand avocat. »

Gault s'éloigna et le couple resta un moment sans rien dire. Puis Jennifer demanda à David :

« Que va-t-il se passer cet après-midi ? »

David, gagné par une bouffée d'excitation, sourit.

« Oh, je vais finir de clouer le cercueil dans lequel s'est mis le ministère public. Mais je ne tiens pas à en dire plus pour le moment. Je préfère que nous parlions de nous. »

« Mr Conklin, vous avez plusieurs années d'expérience en matière d'enquête et vous êtes expert en photographie, n'est-ce pas ?

— Oui, c'est exact.

— Pouvez-vous expliquer au jury quelle est votre formation dans ce domaine ? »

Terry se tourna vers les jurés et sourit. Vieil habitué de la barre des témoins, il paraissait complètement détendu.

« J'ai reçu ma première formation alors que j'étais dans l'Air Force, prenant des cours par correspondance auprès du New York Institute of Photography. Pendant une courte période entre le moment où j'ai quitté l'armée et celui où je suis entré dans la police, j'ai même eu un studio de photo et j'ai travaillé comme cameraman pour une station de télévision.

« Lorsque je suis entré dans les services de police du comté de Lane, c'est moi qui ai installé le laboratoire de photo et, depuis que je suis passé dans le privé, j'assure tous les reportages d'accidents et de cas spéciaux pour plusieurs cabinets d'avocats de Portland.

— Vos travaux vous ont-ils valu des récompenses ?

— J'ai en effet reçu plusieurs prix au cours des dix dernières années. J'ai remporté le Ruban bleu dans deux catégories à la Foire du comté de Multnomah.

— Est-il exact que je vous ai contacté pour m'assister dans mon enquête, dans le cadre de l'affaire Larry Stafford ?

— Exact, Mr Nash.

— A ce titre, avez-vous pris des photos au Raleigh Motel, chambre vingt-deux ?

— Oui.

— Quelle était votre mission précise ?

— Eh bien, d'après ce que vous m'avez expliqué, j'étais chargé de prendre une photo depuis l'intérieur de la chambre du motel où avait été commis le crime ; cette photo devait représenter, aussi fidèlement que possible, une personne se tenant sur le seuil, au même endroit que le tueur le soir du crime, et telle que la voyait quelqu'un ayant la position de l'inspecteur Ortiz quand il dit avoir vu l'assassin. »

Il y eut un murmure dans le tribunal, et plusieurs jurés prirent des notes.

« Comment avez-vous préparé cette mission ?

— J'ai tout d'abord été visiter cette chambre avec vous afin de me faire une idée de sa disposition et de son éclairage. Puis j'ai lu les rapports de police et j'ai assisté à l'audience au cours de laquelle l'inspecteur Ortiz a indiqué, sur un plan, la position de chacun au moment du crime. »

David montra le chevalet du doigt.

« Est-ce ce dessin ?

— Oui.

— Autrement dit, vous tenez directement de l'inspecteur Ortiz vos informations sur les différentes positions des protagonistes ?

— En effet. De sa déposition faite sous serment et de son rapport écrit.

— De quelles informations disposiez-vous, relativement à l'éclairage du motel, ce seize juin ?

— D'après ce que dit le rapport, la chambre n'était pas éclairée lorsque l'inspecteur Ortiz y est entré ; cependant, il y avait un globe lumineux de grande taille allumé sur le palier.

— Où ce globe était-il situé ?

— A droite de la porte.

— Y avait-il d'autres sources de lumière ?

— Seulement celles qui provenaient de la rue. Des enseignes au néon, des phares de voiture. Ce genre-là. La partie du motel qui ne donne pas sur les bureaux n'est pas bien éclairée.

— Qu'avez-vous fait ensuite ?

— Quelques semaines après l'audience, alors que je disposais de toutes ces informations sur la position des personnes impliquées, j'ai engagé un homme qui a à peu près la même corpulence que Mr Stafford afin qu'il m'accompagne au Raleigh Motel. Le gérant, Mr Grimes, m'a donné l'autorisation d'aller sur les lieux, et j'ai installé mon appareil photo de façon à ce qu'il soit à la hauteur des yeux de l'inspecteur Ortiz au moment où il a vu l'assassin. Et j'ai demandé au modèle de se placer où était le meurtrier, d'après le rapport et le plan.

— C'est-à-dire à quel endroit ?

— Je lui ai demandé de se tenir dans l'encadrement de la porte, incliné vers la pièce. Son corps faisait un angle léger par rapport à la verticale, sa jambe et son bras droits étaient à l'extérieur de la chambre et sa jambe et son bras gauche à l'intérieur. En outre, il avait pour instruction de regarder vers le bas, en direction de l'appareil photo.

— A quel moment ces photos ont-elle été prises ?

— De nuit, à peu près à l'heure à laquelle avait eu lieu le meurtre. »

David s'approcha de Conklin et lui tendit trois photos.

« Voici les documents classés pièces à conviction de la défense sous les numéros douze, treize et quatorze. Pouvez-vous les identifier pour le jury ?

— Ce sont les trois clichés que j'ai pris dans la chambre du motel.

— Dites au jury ce qu'ils représentent.

— D'accord, dit Terry, tournant la première photo vers les jurés. Le numéro douze montre un homme se tenant dans l'encadrement de la porte, chambre vingt-deux du Raleigh Motel. C'est mon modèle. Il se tient exactement de la façon décrite par l'inspecteur Ortiz dans sa déposition.

— Peut-on distinguer le visage de cet homme, Mr Conklin ?

— Non, monsieur. C'est impossible. »

Quelqu'un laissa échapper une exclamation de surprise tandis que les jurés griffonnaient furieusement sur leur carnet de notes. Monica plissait les yeux pour voir les photos.

« Je n'ai jamais vu ces photos, votre honneur ! s'exclama-t-elle. Je fais objection à ce que…

— En effet. Mr Nash, le jury ne peut examiner ces documents tant qu'ils n'ont pas été admis comme preuves. Veuillez les montrer au ministère public, s'il vous plaît », intervint le juge Rosenthal.

David sourit. Le scandale soulevé par la manière peu orthodoxe avec laquelle il avait introduit les photos ne ferait qu'augmenter l'impatience des jurés et l'impact qu'elles auraient sur eux. Il avait compté sur l'objection de Monica, et celle-ci s'était laissé piéger.

Elle étudia rapidement les photos. Elle n'arrivait pas à y croire. Avec le globe lumineux à l'extérieur et la tête du modèle juste à l'intérieur de l'encadrement de la porte, le visage était plongé dans l'obscurité. Il était impossible d'en distinguer les traits. Sur les deux autres photos, le modèle se tenait redressé, et sur l'une la tête renversée en arrière, si bien qu'on devinait une partie de ses traits qui, néanmoins, restaient pour l'essentiel dans la pénombre. L'identification d'Ortiz venait d'être réduite à néant. Elle se tourna vers David avant de se lancer dans une objection légale à la présentation des photos, et vit le sourire qu'il prenait soin de dissimuler au jury. Elle sentit son sang bouillir. Puis elle aperçut Stafford du coin de l'œil ; lui aussi bichait.

Le juge Rosenthal déclara accepter les photos parmi les preuves à conviction et Conklin poursuivit sa déposition, expliquant la technique qu'il avait utilisée pour obtenir ces clichés, mais c'est à peine si Monica l'écouta. Elle était folle de rage. Pas question de laisser David s'en tirer comme ça. Elle n'allait pas permettre que cet enfant de salaud de Stafford sorte la tête haute du tribunal. David l'avait baisée avec ces photos, mais il n'avait pas encore gagné. Monica prit son stylo et encadra le nom de Cyrus Johnson sur la liste de ses témoins.

3

DAVID desserra sa ceinture d'un cran et poussa un grognement de soulagement. Helen Banks sourit devant ce compliment indirect fait à sa cuisine et commença à débarrasser la table.

« Allez donc prendre un peu l'air, tous les deux, pendant que je fais le café, dit-elle en empilant les assiettes sur la table roulante.

— Voilà une excellente idée », répondit Gregory, repoussant sa chaise de la table.

On était samedi soir et le procès était ajourné jusqu'au lundi. David avait soufflé un peu après le témoignage de Terry Conklin, le vendredi après-midi. La victoire, en tout état de cause, lui paraissait acquise. Même Rudy, un gardien de prison qui exprimait rarement son opinion, avait lancé un commentaire sur la prochaine sortie de Stafford.

Comme chaque année ou presque, les premiers froids de l'automne avaient momentanément laissé la place à un faux printemps et les fleurs s'ouvraient à l'air tiède d'octobre, réveillant d'agréables souvenirs d'été. Gregory alluma un cigare et les deux amis gagnèrent la terrasse. Le fleuve coulait dans l'obscurité, paisible comme l'était David.

« Qu'y a-t-il au menu, lundi ? demanda Gregory.

— Je ne sais pas, répondit David en se laissant tomber dans une chaise longue. Monica prétend qu'elle pourrait avoir les éléments d'une réfutation, mais je ne peux imaginer de quoi il s'agit.

— Elle va peut-être envoyer un de ses propres enquêteurs au motel refaire des photos sur lesquelles on distinguerait les traits du visage.

— Aucun danger. J'ai fait contrôler le travail de Terry par deux autres professionnels avant de le présenter au tribunal. Etant donné les conditions d'éclairage, Ortiz n'avait aucun moyen de distinguer les traits du tueur. »

Gregory s'enfonça dans son siège et tira sur son cigare. Le calme régnait sur la terrasse. La brise était fraîche et les lumières des péniches habitées, de l'autre côté de l'eau, donnaient l'impression de clignoter au gré des mouvements provoqués par le courant.

« Est-ce que tu connais un peu cet Ortiz, Dave ? demanda Gregory au bout d'un moment.

— Pourquoi ? »

David se sentait somnolent ; le repas trop copieux et le vin l'avaient fatigué, les bruits qui montaient du fleuve le berçaient.

« Je ne sais pas. Je trouve simplement surprenant qu'il soit aussi sûr de lui, si ces photos ont été bien faites.

— Il arrive que notre esprit nous joue de drôles de tours, parfois. N'oublie pas qu'il venait d'être frappé à la tête et qu'il arrivait de l'extérieur dans une chambre obscure. Un psychiatre aurait probablement mille explications à proposer.

— Tu as raison. De toute façon, si cela te permet de boucler l'affaire, peu m'importe ce qu'il a vu.

— A la confusion de nos ennemis ! » lança David en buvant une gorgée dans le verre qu'il avait emporté avec lui.

Gregory leva son cigare.

« Cette affaire aura déjà eu au moins un avantage, celui de te rendre le moral.

— Que veux-tu dire ?

— Tu nous as pas mal cassé les pieds au bureau, ces temps derniers. Je crois que je peux te le dire, à présent que ta période de cafard semble être passée.

— Je ne vois... oh, tu veux parler de l'affaire Seals ?

— De celle-ci et de quelques autres.

— C'était à ce point-là ?

— Oui, au point que je commençais même à me faire du souci pour toi. Il faudrait que tu te poses... que tu te trouves une fille bien.

— Comme Helen ? »

Gregory acquiesça.

« Des comme elle, on n'en fait plus », répondit David d'un ton léger, essayant d'imaginer quel effet cela lui ferait de voir Jennifer tous les matins en se réveillant et de l'embrasser tous les soirs.

« Il faut que j'aille aux toilettes, dit Gregory. Garde-moi la place, veux-tu ?

— Ça ne devrait pas être trop dur », répondit David en reprenant un peu de vin.

Un peu plus haut sur le fleuve, un pétrolier actionna sa sirène. Un bref instant, David se sentit désorienté, puis il reconnut l'impression quelque peu troublante de *déjà vu*. La nuit paraissait appartenir à deux époques et il dut faire un effort de mémoire pour que le passé collât au présent. Doucement, comme la brise nocturne, les choses lui revinrent. Il avait régné une ambiance semblable, le soir où il avait rencontré Jennifer pour la première fois. Le fleuve paisible, les bruits nocturnes, le vent léger. L'air dégageait même des parfums identiques. Le souvenir se fit très présent, très réel, comme s'il venait de voyager dans le temps, comme si Jennifer allait apparaître sur la terrasse, en silhouette contre le ciel. Il sourit. C'était un souvenir plaisant, une pensée apaisante.

Il évoqua le moment où il l'avait vue la première fois — non pas sur la terrasse, mais en marge du petit groupe d'invités. Il revécut ses impressions. Comme il l'avait trouvée belle !

Puis, telle la dernière pièce d'un casse-tête chinois, une nouvelle pensée vint se mettre en place, et sa paix intérieure vola en éclats. Quelque chose d'autre s'était produit ce jour-là. L'entretien avec la jeune fille — la victime dans l'affaire Seals. Il se redressa. Son cœur battait à tout rompre.

« Le café est prêt », lui lança Helen depuis la porte.

David ne répondit pas. Il réfléchissait. Essayait d'être sûr, espérant se tromper.

« Tu as entendu, Dave ? »

Il se leva. Il se sentait écœuré.

« Ça ne va pas ? demanda Helen.

— Je viens de me rappeler... quelque chose à faire. Je crains de ne pas pouvoir rester pour le café.

— Tout de même, Dave... tu pourrais t'autoriser à prendre au moins une journée de repos, non ? »

David lui toucha l'épaule, essayant de rassembler ses idées. Il se trompait peut-être. Il avait très envie de se tromper.

« Si je ne vérifie pas cette chose, dit-il, réussissant à sourire, je ne pourrai pas dormir de la nuit.

— Puisque tu es bien décidé, soupira Helen.

— Décidé à quoi ? demanda Gregory.

— Je dois partir, Greg. Un détail dont je viens juste de me souvenir, et qui ne peut pas attendre. »

Gregory le regarda très attentivement. Il lut, dans les rides d'inquiétude de son jeune ami, que ce « détail », quel qu'il fût, devait être sérieux.

« Tu n'as pas besoin d'un coup de main ?

— Non, merci. C'est une question que je dois régler tout seul. »

Et seul, il l'était. Plus que jamais.

Le gardien des services de sécurité, dans le hall, lui fit signer son registre et David prit le seul ascenseur qui fonctionnait à cette heure pour gagner le trente-deuxième étage. Il ouvrit le local du cabinet avec sa clef personnelle et, le pas vif, allumant les lumières au passage, se rendit jusqu'au fond du couloir, dans la salle des archives ; les corridors obscurs s'éclairaient au fur et à mesure.

Déposé dans les rayonnages des affaires classées, l'épais dossier était intact, et la cassette audio se trouvait toujours dans son enveloppe de papier bulle, scotchée à l'intérieur du cartonnage. David retourna dans son bureau avec le tout et referma sa porte. Il prit un magnétophone, dans un de ses tiroirs, y glissa la cassette, appuya sur *marche*. La bande commença à se dérouler. Il s'enfonça dans son siège et écouta, priant avec ferveur. *J'ai dû me tromper.* Espérant encore ne pas entendre ce qu'il allait entendre.

Une voix monta du magnétophone. « Je suis l'inspecteur Leon Stahlheimer. Nous sommes le jeudi seize juin... »

David arrêta la bande.

Rien que des mensonges. Elle avait menti à la barre et elle lui avait menti. Elle l'avait utilisé. Est-ce qu'il s'était agi d'un jeu pour elle ? D'un rôle qu'elle avait soigneusement répété ? Les émotions qu'elle avait prétendu ressentir avaient-elles eu la moindre réalité ? Et quelle importance ? Pourrait-il jamais l'aimer à nouveau ?

Il éteignit tout. C'était mieux dans le noir. Ne rien voir l'aidait à se concentrer. Que devait-il faire ? Que pouvait-il faire ? Il se sentait impuissant, vaincu. Tout ce qu'il avait échafaudé, l'amour de Jennifer, l'innocence de Stafford, n'avait été que des rêves qui s'effondraient, l'écrasant sous leurs débris.

Tout le désespoir qu'il avait éprouvé quelques mois

auparavant l'envahit à nouveau, le noyant dans un océan de dégoût et d'apitoiement sur lui-même. Le sentiment mortel de vacuité qu'il croyait avoir surmonté revint le ronger, ne lui laissant que les os — il se sentait navré, épuisé, vieilli.

Il consulta l'horloge sur son bureau. Minuit. Pas trop tard pour une confrontation. Pas trop tard pour mettre un terme à quelque chose qui avait été si doux...

Il ne garda pratiquement aucun souvenir du trajet jusqu'à Newgate Terrace. Il roula à fond. Il y avait quelques véhicules sur l'autoroute ; puis ce fut la route de campagne sinueuse et enfin les graviers de l'allée qui crissaient sous ses pneus. Les lumières de la maison s'allumèrent quand il frappa pour la deuxième fois et la première chose dont il se rappela par la suite fut le visage de Jennifer, pâle, ensommeillé.

« Tu as menti », dit-il, l'obligeant à battre en retraite dans le vestibule.

Les pièces qui donnaient sur l'entrée, plongées dans l'obscurité, étaient sur la scène d'un minuscule théâtre.

« Quoi ? » demanda-t-elle, toujours pas complètement réveillée.

Il la prit par les épaules et l'obligea à le regarder dans les yeux, des yeux dans lesquels brûlait la colère et la douleur de celui qui sait.

« Je veux la vérité. Tout de suite. Toute la vérité.

— Je ne... », commença-t-elle, se tortillant pour essayer de se dégager.

Les doigts de David s'enfonçaient cruellement dans la chair tendre de ses épaules et lui faisaient mal.

« Je vais te faciliter les choses, Jenny, dit-il, prononçant ce nom qu'il aimait tant naguère comme si c'était une insulte. Nous nous sommes rencontrés ce soir-là, chez Greg. La soirée de collecte de fonds du sénateur Bauer. Tu t'en souviens? La première fois que nous avons fait l'amour. »

Elle grimaça. La façon dont il avait dit *fait l'amour* rendait la chose sordide — la copulation d'un ivrogne et d'une pute dans une chambre de motel minable.

« J'avais interrogé une adolescente le matin même, au refuge. Nous avons enregistré la conversation. La date figurait sur l'enregistrement. Seize juin. Le jour où Darlene Hersch a été assassinée. Tu ne peux pas avoir été avec Larry ce soir-là, Jenny. Puisqu'on baisait ensemble. Tu t'en souviens ? »

Sa tête partit de côté comme s'il venait de la gifler. Il la secoua pour l'obliger à le regarder.

« Non ! gémit-elle.

— Tu m'as menti.

— Non !

— Sachant cela tout le temps ! hurla-t-il.

— Non, je n'ai pas... je... je t'en supplie, David, je t'aim...

— Aimer ? » rugit-il, la giflant du revers de la main.

Les yeux de la jeune femme s'agrandirent. Elle s'effondra aux pieds de David.

« Dieu me pardonne, si jamais tu utilises encore ce mot, je te tue. Tu ne sais rien de l'amour. »

Il grondait, les dents serrées.

Elle tendit les mains à l'aveuglette, essayant de le toucher.

« Ce n'était pas... je... laisse-moi t'expliquer. Ne t'en va pas comme ça. Je t'en prie ! »

Il la regarda. Pelotonnée sur elle-même comme une enfant, sa longue chevelure blonde cascadant dans son dos, les épaules secouées de sanglots misérables.

« Je suis désolée, David, vraiment désolée, balbutia-t-elle, mais il n'y avait pas d'autre moyen. Je ne voyais pas ce que je pouvais faire d'autre.

— L'idée de me dire la vérité ne t'est pas venue à l'esprit ?

— J'avais peur que tu ne veuilles pas défendre Larry. J'ai pensé… les choses se présentaient tellement mal ! En plus, je crois toujours qu'il est innocent. Mais personne d'autre ne l'aurait cru. »

David l'observait, le regard dur, s'efforçant de deviner ce que cachait ce visage ravagé, noyé de larmes.

« Innocent ?

— Larry me l'a juré. Je ne sais pas si… je ne pense pas qu'il mente.

— En tout cas, à moi il a menti lorsqu'il a dit qu'il était avec toi le soir du meurtre.

— Oui. Je t'en ai même parlé, ce jour-là, dans ton bureau. On s'est disputés. Il a dîné avec Barry Dietrich, puis il est retourné travailler au bureau. Je n'en pouvais plus. Je ne le voyais plus jamais. C'était ce foutu boulot. Devenir partenaire, c'était tout ce qui comptait pour lui. Je l'ai appelé pour lui dire que j'allais le quitter. »

David, en écoutant Jennifer, croyait entendre l'écho de ses querelles avec Monica. Ses épaules s'affaissèrent. Il alla s'asseoir sur la première marche de l'escalier. Jennifer paraissait épuisée. Elle ne pleurait plus.

« Ce mariage a été une erreur dès le début. Larry est comme un enfant, égocentrique, dominateur. Il faut que tout se passe comme il le veut. Ce soir-là, il est arrivé en rage à la maison. Il m'a crié après, m'a lancé des injures. Il disait que je ne le comprenais pas, que je ne voulais pas qu'il réussisse. Au bout d'un moment, je ne faisais même plus attention à ce qu'il disait. Je suis montée au premier et je me suis enfermée dans ma chambre.

— Dans ta chambre ?

— Oui… comment, tu ne le savais pas ? Evidemment, évidemment… Cela faisait un mois que nous n'avions pas dormi ensemble. Je te l'ai dit, que les choses allaient mal entre nous.

«J'ai entendu la porte de sa chambre claquer un moment après, et tout était tranquille. Je ne sais pas comment je me suis souvenue de la réception chez Gregory Banks. L'invitation devait être avec mon courrier sur la coiffeuse, au-dessus de la pile. J'avais besoin de sortir. Alors je l'ai prise et je suis partie.

— Et Larry ?

— Il était toujours à la maison quand j'ai sorti la voiture. Ne vois-tu pas à quel point c'était dur pour moi ? Je me sentais tellement coupable... Lorsque je t'ai rencontré, lorsque tu m'as fait l'amour, c'était très différent. J'avais l'impression que tu me donnais quelque chose et pas que tu prenais, comme avec Larry. Je ne savais que faire. Je me suis tout d'abord dit que j'allais le quitter. Puis je n'en ai pas eu le courage. Et d'une certaine manière, je l'aimais encore. Tout s'embrouillait. D'autant que les choses se sont un peu améliorées après cette soirée. Il fit des efforts. Il travailla un petit peu moins. Il resta davantage à la maison. Ce n'était pas grand-chose, mais une preuve de bonne volonté, tout de même. Et moi, j'étais malade de culpabilité pour l'avoir trompé. En plus, je n'avais pas l'impression de l'avoir trompé. Tout s'était si bien passé entre nous ! Mais il y avait quelque chose en moi qui disait que j'avais trahi sa confiance. »

Elle s'interrompit et il s'approcha d'elle, s'asseyant sur le sol et la laissant s'appuyer contre lui.

« Sur quoi Larry a été arrêté et j'ai fait le rapprochement avec le soir du meurtre. Les preuves paraissaient convaincantes, la voiture, la chemise. Et ce policier qui affirmait que c'était lui. Larry, pourtant, m'assurait qu'il était innocent. Qu'il était resté à la maison après mon départ. Il me l'a juré.

— Pourquoi ne pas m'avoir dit la vérité ?

— J'avais peur. Je voulais que tu défendes Larry

parce que je croyais en toi. Je savais que tu pouvais le sortir de là. Si je t'avais dit la vérité... si je t'avais rappelé que le meurtre avait eu lieu le soir où nous nous sommes rencontrés... tu serais devenu un témoin à charge pour Larry.

— Et maintenant, étant son avocat, je ne peux plus l'être. »

Elle détourna les yeux et balbutia un « oui » d'une toute petite voix.

« Alors, que faisons-nous à présent, Jenny ?

— Que veux-tu dire ?

— Ce que je veux dire ? Tu as commis un délit très grave, hier. Tu t'es parjurée. Larry aussi. Et je suis au courant. Sais-tu ce qu'est mon devoir, selon le code de déontologie du barreau ? En tant qu'avocat, officier de cour, je dois aller raconter au juge ce que vous avez fait et abandonner l'affaire si Larry refuse de revenir sur sa déposition. Je commets moi-même un délit grave et risque tout simplement d'être radié du barreau si je ne rapporte pas toute l'affaire au juge Rosenthal.

— Tu ne vas pas..., commença Jennifer.

— J'ignore ce que je vais faire. Les choses sont tellement embrouillées dans ma tête que je n'arrive pas à réfléchir. »

Il se leva et se dirigea vers la porte. Il avait l'impression d'avoir les pieds en plomb et n'avait plus le cœur à rien. Le procès, son métier, cette femme, sa vie. Plus rien n'avait de sens. Il n'y avait plus de valeurs, plus de buts.

« David, dit-elle lorsqu'il fut près de la porte, je t'aime. Tu le sais, n'est-ce pas ? Dis-moi au moins que tu sais que je ne t'ai jamais menti là-dessus. »

Il se tourna pour lui faire face. Il n'était plus en colère contre elle, seulement mort, à l'intérieur.

« Je sais que tu t'es servie de moi, Jenny. Que tu as joué sur mes sentiments. Je sais que je t'aime encore, mais pas si je pourrais avoir de nouveau confiance en toi.

— Oh, Seigneur ! David ! s'exclama-t-elle. Ne me traite pas comme ça. Tu ne comprends pas ? Je ne sais pas si Larry a tué cette femme ou pas, mais s'il est innocent, il faut l'aider, et s'il est coupable… je ne peux pas supporter l'idée qu'il irait en prison en pensant qu'il s'en est pris à cette femme à cause de moi. »

Les bas-côtés défilaient et un coup de klaxon, de temps en temps, venait rompre la quiétude de la nuit. Il aurait été tellement facile de mettre un terme à tout cela en fermant les yeux et en laissant la voiture s'occuper du reste. Lorsque la route commença à valser, David secoua la tête pour s'éclaircir les idées. Il n'avait aucune envie de mourir. Il était au moins certain de cela. Mais en ce moment, sa vie n'était que confusion et tourment.

Plusieurs solutions se présentaient à lui. Il pouvait obliger Jennifer à retourner à la barre pour qu'elle revienne sur sa première déposition ; il pouvait s'adresser au juge, au cas où elle refuserait ; ou bien il pouvait ne rien faire. Si jamais Jennifer disait la vérité, Larry serait condamné à coup sûr.

Cela serait-il si terrible ? Oui, s'il n'était pas coupable. Demeurait encore cette possibilité. Jusqu'à ce soir, David était resté convaincu de l'innocence de son client. Les photos avaient discrédité le témoignage d'Ortiz. La version de Larry, telle que la présentait la défense, était parfaitement crédible. Mais si jamais il se trompait, si Larry était coupable ?

David repensa à Ashmore et à Tony Seals. Il était écœuré. Il revoyait en esprit les photos d'autopsie des petites filles que Ashmore avait molestées, violées et tuées ; il entendait à nouveau Jessie Garza lui décrire son calvaire dans la montagne... Qu'avait-il à défendre ces gens ?

Et Larry Stafford ? Où se tenait-il dans le tableau ? David revoyait l'entaille au cou de Darlene Hersch. Voilà pour quelle raison les avocats faisaient des pieds et des mains pour que l'on ne montrât pas les photos des victimes. La mort, on pouvait la rendre abstraite et acceptable par des paroles, mais des photos présentées au jury lui rendaient toute sa réalité ; alors, on sentait, on reniflait, on éprouvait toute l'horreur de la mort violente. David en avait une conscience aiguë en cet instant. La carapace d'acier dans laquelle il avait enfermé sa sensibilité avait commencé à se craqueler avec l'affaire Ashmore ; ses défenses, à présent, étaient toutes au plus bas. Sa crainte d'être responsable de la relaxe d'un autre tueur, cependant, entrait en conflit avec l'amour qu'il éprouvait pour Jennifer. Il se sentait manipulé, il se trouvait fou, mais il ne l'en aimait pas moins. En fin de compte, il ne savait toujours pas ce qu'il allait faire.

4

« JE sais tout », dit David à Larry Stafford.

Ils étaient installés dans une salle de délibération inoccupée que le juge Rosenthal avait mise à leur disposition. Stafford portait un costume bleu marine, une chemise bleu clair et une cravate à rayures bleu et rouge. Ses manchettes dépassaient juste de la bonne longueur, et ses souliers brillaient, impeccablement cirés. Seul son teint, devenu brouillé après toutes ces journées de prison, ne correspondait pas à son image de jeune avocat dynamique.

«Jenny m'a tout raconté. Oh, ne craignez rien, ce n'est pas elle. C'est moi qui ai tout deviné. Elle ne m'a rien révélé d'elle-même.

— Je ne sais toujours pas exactement ce que vous voulez dire », répondit Larry, sur ses gardes.

David était fatigué de ce petit jeu. Il en avait même sa claque. Il n'avait pas dormi la nuit précédente, et éprouvait des difficultés à analyser les choses les plus simples. Il alla droit au but.

«Je sais que vous et Jennifer avez menti dans votre déposition lorsque vous avez affirmé que vous étiez ensemble le soir du meurtre. Je sais aussi que vous vous étiez disputés et que Jennifer avait quitté la maison.

Vous n'avez pas d'alibi et vous êtes tous les deux coupables de parjure. »

Stafford resta sans réaction. Il avait l'air d'un petit garçon sur le point d'éclater en sanglots.

« Larry, est-ce que vous l'avez tuée ?

— Qu'est-ce que ça peut faire ? Me croiriez-vous, si je vous répondais que non ?

— Je suis toujours votre avocat.

— Toujours, toujours pareil, toute ma putain de vie ! s'exclama Stafford avec amertume. Je touche presque au but et bam ! la porte se referme. J'ai épousé une créature de rêve. Elle est belle, elle est riche. Mais en fin de compte ce n'est qu'une salope qui ne pense qu'à elle.

« Je me suis tué au travail pendant mes études de droit, je me suis bagarré pour entrer dans le meilleur cabinet, et ces enfoirés ne veulent pas de moi comme partenaire parce que je n'ai pas le bon pedigree. Mais ce truc-là, c'est le bouquet... Je vais probablement finir mes jours en prison.

— Je vous ai demandé si vous l'avez tuée.

— Vous n'allez pas plus me croire que ne l'a fait Jenny.

— Ah bon ? Dans ce cas, pourquoi a-t-elle menti pour vous servir d'alibi ? demanda David que ces manifestations d'apitoiement sur soi-même commençaient à agacer.

— Pourquoi ? Pensez un peu de quoi elle aurait eu l'air. Jennifer Dodge, des Dodge de Portland — non seulement elle épouse un homme en dessous de sa condition, mais cet homme est un meurtrier. Comment garder la tête haute en allant aux courses ?

— Stafford, vous êtes un fou. Vous faites preuve d'un tel égocentrisme que vous n'êtes même pas capable de vous rendre compte...

— Je me rends très bien compte que je me suis fait avoir. Je sais bien ce que cette petite salope attendait.

Je n'étais que l'une de ses entreprises de charité, comme cette école où elle enseigne. Inviter un petit pauvre à déjeuner — ou pour dire les choses telles qu'elles sont, dans son lit. Elle jouait les dames patronnesses, Nash. Mais dès que j'ai voulu faire quelque chose par moi-même, ça n'a plus marché. Elle ne m'a jamais compris. Elle n'a jamais compris que je ne voulais rien lui devoir.

— Et vous avez cependant trouvé tout naturel qu'elle se parjure et risque la prison pour sauver votre peau ?

— Si elle n'avait pas fichu le camp, ce soir-là, rien de tout ce bazar ne serait arrivé.

— Rien de quoi ? » voulut savoir David.

Stafford resta coi, confus.

« Rien de... mon arrestation. Ecoutez, c'est évident que je ne l'ai pas fait. Vous l'avez vous-même prouvé. Grimes a dit que le chauffeur avait des cheveux bruns et longs, sans parler de cette histoire de photos et de ce que Walsh a dit à propos des voitures.

— Où voulez-vous en venir, Larry ? Chercheriez-vous à me convaincre de votre innocence ? Etudions donc les faits comme je le ferais, avec ce que je sais, si c'était moi le procureur.

« Le tueur portait une chemise et des pantalons identiques à ceux que vous possédez. Il roule dans une voiture de la même marque et de la même couleur. Il présente la même corpulence. Et un officier de police expérimenté a déclaré sous serment vous avoir reconnu. Statistiquement, combien croyez-vous qu'il y ait de chances pour que deux hommes de Portland possèdent un pantalon, une chemise et une voiture coûteuse identiques ?

« L'occasion, vous l'aviez. Pas d'alibi. Et on peut trouver naturel qu'un homme qui vient de se disputer avec une femme qui ne le satisfait pas sexuellement... »

Stafford sursauta.

« Oui, je sais cela aussi. On peut trouver naturel qu'un tel homme se rabatte sur d'autres femmes. Le mobile, maintenant. Si on vous arrête pour incitation à la débauche, votre mariage est mis en péril et les minces chances que vous avez de devenir partenaire s'évanouissent.

« Et tout ce que nous avons à opposer à ces mobiles et à ces stupéfiantes coïncidences de physique et de vêtement, c'est la parole d'un vieil homme qui affirme que le tueur n'avait pas les cheveux blonds frisés, des calculs statistiques fantaisistes qu'aucun juré, même parmi les plus débiles, n'avalera s'il y réfléchit plus d'une minute quand on voit le nombre de ces coïncidences, et quelques photos astucieusement prises. Quel serait votre verdict, si vous étiez juré ? »

Stafford baissa la tête.

« Que voulez-vous que je vous dise ?

— Ce que je veux que... ? Bon Dieu, mais vous avez déjà de la chance que j'accepte de vous parler. J'aurais dû traîner votre femme devant Rosenthal et l'obliger à se rétracter. Je suis cependant toujours votre avocat, et c'est de vous que j'attends la vérité. Avez-vous tué Darlene Hersch ? »

Regardant toujours ses mains, Stafford fit non de la tête.

« Au point où j'en suis, je m'en fiche. Et une fois que le jury saura ce que nous avons fait...

— *Si* le jury l'apprend », le coupa David.

Cette fois-ci, Stafford releva la tête et regarda son avocat ; on aurait dit un chien mendiant de la nourriture.

« Vous n'allez pas... ?

— Vous n'êtes pas la seule personne impliquée dans cette affaire. J'ignore si vous avez tué cette femme ou non, mais je ne vais pas vous laisser entraîner votre épouse avec vous en l'obligeant à reconnaître qu'elle s'est parjurée. Et si jamais vous êtes innocent, il n'y a pas la moindre chance que le jury vous déclare tel, lorsqu'il aura appris ce que vous avez fait tous les deux. »

Stafford se mit à pleurer, mais David ne fit rien pour le réconforter.

« Encore une chose, Stafford. Y a-t-il encore quelques détails dans ce genre que j'ignore et qu'il vaudrait mieux que je sache ? N'importe quoi.

— Non, non, je le jure. »

David se leva et se dirigea vers la porte. Stafford paraissait incapable de se lever. Il restait assis, la tête inclinée, le dos voûté, contemplant le plancher.

« Ressaisissez-vous, mon vieux, lui ordonna David d'une voix froide et monocorde. La séance va reprendre. »

David reprit place à la table de la défense et assista à la suite des événements comme dans un rêve. Les jurés vinrent s'asseoir sans se presser et Monica fit son apparition, les bras chargés d'ouvrages de droit. S'il avait été concentré, ce détail, alors que l'on arrivait au terme de l'instruction, aurait dû le mettre sur ses gardes ; mais il n'enregistrait rien. Il n'avait qu'un désir, en finir, afin de pouvoir décider de ce qu'il allait faire de sa vie sans subir la pression de devoir s'occuper de celle des autres.

Le gardien avait amené Stafford avant l'arrivée du jury, mais le prévenu n'échangea pas un mot avec son avocat. Le juge fit enfin son entrée et le dernier jour du procès commença.

« Etes-vous prête à plaider, Ms Powers ? demanda Rosenthal.

— Non, votre honneur, répondit Monica. Le ministère public aimerait présenter un nouveau témoin à charge.

— Très bien. »

Monica fit un signe en direction du fond de la salle. Cyrus Johnson entra en se pavanant ; il portait une chemise blanche, un chandail ouvert et des pantalons marron. David regarda l'homme se diriger vers la barre des témoins. Ce visage lui disait quelque chose, mais ce ne fut que lorsqu'il déclina son identité que David commença à se sentir mal à l'aise.

« Connaissez-vous cet individu ? » siffla David d'un ton retenu mais impérieux — Stafford pâlit, mais ne répondit rien, ne pouvant détacher son regard du témoin.

« Etes-vous également connu sous le sobriquet de TV Johnson ? » demandait Monica.

« Vous feriez mieux de me dire tout de suite de quoi il retourne », gronda David d'une voix basse et menaçante — son client ne répondit toujours pas, mais il arborait l'expression de celui qui sait sa mort imminente.

« Et pouvez-vous expliquer au jury la profession que vous exerciez le seize juin dernier ? » demanda Monica, qui fit pivoter sa chaise pour voir quelle allait être la réaction de David et Stafford.

« Euh… eh bien… euh… si on veut, on peut dire que je fais travailler quelques femmes, répondit TV, mal à l'aise.

— Vous voulez dire que vous êtes souteneur, n'est-ce pas ? » insista Monica.

Le mot fit sensation et le juge dut user de son marteau pour rétablir le silence. « Ms Powers, vous demandez à cet homme de reconnaître qu'il se livre à une activité délictueuse. A-t-il été averti de ses droits ?

— Mr Johnson dépose dans le cadre d'un acte d'immunité entière, votre honneur », répondit Monica en tendant un document officiel à la cour auquel était joint un double pour la défense.

Rosenthal l'étudia.

« Très bien, vous pouvez procéder, dit-il lorsqu'il eut terminé sa lecture.

— Mr Johnson, avez-vous déjà vu l'inculpé, ici présent ? »

Johnson regarda Stafford quelques instants, puis se tourna vers Monica.

« Oui, je l'ai déjà vu.

— Pourriez-vous dire au jury dans quelles circonstances ? »

Johnson changea de position et Monica se tendit, attendant l'objection que David n'allait pas manquer de lancer. Comme rien ne venait, elle jeta un coup d'œil à son ex-mari. Elle fut déconcertée par ce qu'elle vit. David, habituellement en alerte maximale dans ce genre de situation, était enfoncé dans son siège, la mine abattue, l'air de ne pas être concerné. Ce n'était pas la première fois que Monica lui faisait le coup du témoin-surprise et elle l'avait également vu relever les défis lancés par d'autres procureurs. Penser debout était un art dans lequel David Nash excellait. Le David Nash qu'elle voyait en ce moment paraissait vaincu.

« C'était il y a environ deux ans. Je dirais en septembre. Ce mec, euh, l'inculpé, a dragué une de mes filles au Regency Bar. Ils se sont taillés quelques minutes après. Je suis pas le genre à embêter mes gagneuses quand elles bossent, mais y'avait quelque chose dans l'allure de ce mec qui me plaisait pas, alors je les ai suivis. »

Le juge Rosenthal regarda à son tour dans la direction de David. Lui aussi s'attendait à une objection. Comme la défense continuait à ne pas réagir, le juge joua un instant avec l'idée de faire venir les deux avocats à son banc pour discuter de la direction que prenait cette déposition ; mais Nash était un juriste expérimenté qui, jusqu'ici, avait très bien mené son procès. Rosenthal décida finalement de le laisser faire à sa guise.

« A l'époque, on se servait d'un motel sur le boulevard, et je savais donc exactement où ils allaient. Je me suis garé non loin de la chambre et j'ai attendu. Au bout de dix minutes j'ai entendu un cri, et j'ai été voir ce qui se passait.

« Mordessa était à poil et se débattait sur le plumard, et ce mec, poursuivit Johnson avec un geste en direction de Stafford, était en train de lui flanquer une sacrée correction. Elle saignait de la bouche et avait déjà un œil au beurre noir.

« J'avais mon pétard sur moi. Je l'ai sorti et j'ai dit au type de pas bouger. Il s'est calmé. J'ai demandé ce qui était arrivé. Mordessa m'a dit que Stafford voulait qu'elle lui fasse des trucs vraiment spéciaux, du genre l'attacher et la fouetter. Elle lui avait dit que ça coûterait plus cher, et il avait dit d'accord. Mais il lui avait fait peur et elle avait changé d'avis. Et c'est là qu'il avait commencé à la cogner.

— Que s'est-il passé ensuite ?

— Les flics — euh, la police est arrivée. Je suppose que quelqu'un d'autre avait dû entendre Mordessa gueuler et les appeler. Bref, un flic blanc a demandé à Stafford ce qui était arrivé et m'a même pas parlé. Stafford lui a dit qu'on avait essayé de l'entuber et le temps de le dire, voilà que je me retrouve en garde à vue, accusé de proxénétisme aggravé et de tentative de vol.

— Avez-vous raconté votre version des faits à la police ?

— Bien sûr, mais elle paraissait pas les intéresser.

— Qu'est-il arrivé, en fin de compte, aux charges qui pesaient sur vous ?

— Rien. Il y a eu non-lieu.

— Et pour quelle raison ? »

TV sourit et montra Stafford.

« Il n'a pas voulu poursuivre. Il a dit que ce n'était pas ce qu'il avait demandé à la police.

— La personne qui a battu Mordessa est bien l'inculpé ici présent, Lawrence Dean Stafford ? Vous n'éprouvez pas le moindre doute là-dessus ?

— Non, ma'am. »

Monica marqua un temps d'arrêt, pour l'effet.

« Le témoin est à vous, maître. »

Un silence total régnait dans le tribunal ; tous les yeux s'étaient tournés vers David. Stafford gardait la tête baissée et contemplait la page vierge du bloc-notes posé devant lui. Il n'avait pas bougé pendant toute la déposition de Johnson.

David, lui aussi, gardait l'immobilité. Pendant que Johnson témoignait, l'avocat qu'il était toujours, malgré tout, avait vu les nombreuses objections et manœuvres juridiques auxquelles il aurait pu avoir recours pour se débarrasser d'un tel témoin, mais il n'avait fait appel à aucune parce qu'une autre partie de lui-même, plus humaine, avait refusé de le laisser faire.

Chaque fois qu'il avait été sur le point de se lever pour présenter une objection, il avait pensé à Tony Seals et à Ashmore. Il était fatigué d'être celui qui faisait sortir ces animaux de leur cage, fatigué de justifier ses actes à l'aide d'arguments philosophiques en lesquels il ne croyait plus. Stafford était coupable. Il était l'assassin de Darlene Hersch. Dans l'esprit de David, il n'y avait plus aucun doute. Il lui fallait protéger d'éventuelles victimes d'un homme comme Stafford, et non pas leur faire courir des risques en mettant son talent au service d'un tel criminel. Stafford avait supprimé une vie, et il allait payer pour cela.

Le juge l'appelait pour la deuxième fois. Les jurés le regardaient fixement. Un brouhaha grandissant montait du public. David secoua lentement la tête.

« Pas de question », dit-il.

Et Stafford n'eut pas un mot de protestation.

Quatrième partie

L'ÉPREUVE DU FEU

1

Le parloir du pénitencier d'Etat était une grande pièce remplie de canapés et de fauteuils recouverts en similicuir rouge aux appuis-bras chromés. Les distributeurs de boissons et de confiseries occupaient l'un des murs et on comptait quelques tables basses sur lesquelles étaient posés des cendriers.

Jamais Jennifer ne s'était rendue dans un tel endroit auparavant, et ces visites la déprimaient. Les autres prisonniers lui paraissaient bizarres, menaçants, n'ayant rien à voir avec les personnes qu'elle fréquentait habituellement. Chaque fois qu'elle franchissait l'enceinte de la prison, elle avait l'impression d'entrer dans un pays étranger.

Larry ne comprenait pas la répugnance qu'elle éprouvait à le toucher. Tout autour d'eux, épouses, maîtresses et proches embrassaient les autres prisonniers. Elle essaya de lui expliquer ce qu'elle ressentait, mais il ne vit dans ses réticences qu'une trahison de plus.

«J'ai vu Mr Bloch, dit Jennifer. Il dit qu'il présentera la demande en révision à la cour d'appel cette semaine. Il paraissait optimiste, Larry.»

Stafford secoua la tête. Il avait viré David dès que le juge Rosenthal l'avait condamné à la réclusion à perpétuité. Jerry Bloch, avocat d'appel expérimenté, le représentait maintenant. Ils avaient parlé du recours en appel la semaine précédente.

« Jamais je ne vais sortir. Ce salopard de Nash a tout fait pour ça lorsqu'il m'a laissé tomber au procès.

— Mais Mr Bloch…

— Je lui ai parlé, figure-toi. N'oublie pas que je suis avocat, moi aussi. Il n'y a aucune erreur de procédure sur laquelle il puisse se fonder, parce que Nash n'a soulevé aucune objection lorsqu'ils ont fait venir ce maquereau à la barre. Cet enfant de salaud m'a enfoncé jusqu'au cou. »

Jennifer ne répondit pas. Elle était déjà passée par là. Une fois que Larry était lancé, sa rage ne le quittait pas de toute la visite.

« Si seulement il avait procédé au contre-interrogatoire de Johnson, s'il l'avait discrédité d'une manière ou d'une autre… Il y avait mille moyens d'empêcher ce maquereau de témoigner, Jenny. »

David aurait pu aussi expliquer au juge que toi et moi avions menti, pensa-t-elle sans le dire. Mais il n'avait rien fait. Une image du dernier jour du procès se glissa dans son esprit sans qu'elle l'ait voulu. Elle revit TV Johnson quitter la salle d'audience parfaitement silencieuse. Les jurés qui défilaient vers la sortie. Puis le juge et le ministère public. Mais ni David ni Larry n'avaient bougé. Et lorsque le gardien était venu chercher Larry, David n'avait toujours pas bougé. Elle l'avait attendu au fond de la salle, elle aurait voulu lui parler, le serrer dans ses bras.

Lorsque tout le monde fut parti, David s'était laborieusement mis sur ses pieds, à croire qu'il escaladait les derniers mètres d'un sommet abrupt. Puis il s'était tourné ; il paraissait épuisé, il avait le regard éteint. Après avoir rangé ses papiers, il s'était engagé dans l'allée, vers elle. Une fois à sa hauteur, il s'était arrêté et l'avait regardée, mais un instant seulement. Elle s'était attendue à de la haine, mais n'avait lu que du désespoir dans ses yeux. L'expression d'un homme qui a renoncé à tout sans même combattre.

Le soir même, après une courte délibération, le jury avait rendu un verdict de culpabilité. Elle n'avait pas revu David depuis. Jamais il n'avait répondu à ses coups de téléphone, et il paraissait n'être jamais chez lui. Au bout d'un moment, elle avait arrêté toute tentative de le joindre.

« D'après Bloch, si nous perdons en cour d'appel, je peux aller devant le tribunal fédéral et arguer de l'incompétence de la défense. Mais avant, il faut épuiser les recours devant les tribunaux d'Etat.

— On le fera, si tu y tiens.

— Et comment que j'y tiens !

— Est-ce qu'ils ne risquent pas de découvrir.... que je n'étais pas avec toi, ce soir-là ?

— Ça m'est égal, Jenny. Ce n'est qu'un simple délit de parjure. Je suis condamné à perpète pour un meurtre que je n'ai pas commis. »

Et moi ? eut-elle un instant envie de demander. Mais elle ne pouvait pas. S'il fallait qu'elle soit punie pour faire sortir Larry, elle n'aurait que ce qu'elle méritait. Si elle n'avait pas trahi David, jamais il ne se serait effondré de cette façon. Larry était en prison parce que ses mensonges avaient détruit David.

David... comme elle l'aimait ! Davantage encore depuis qu'elle l'avait perdu. Elle se souvint de la nuit où ils s'étaient rencontrés pour la première fois. Il lui avait fallu faire un effort surhumain pour ne pas l'appeler les jours suivants. Et pourquoi avait-elle résisté ? La culpabilité. Toujours la même chanson. La culpabilité l'avait empêchée de demander le divorce bien avant l'assassinat de Darlene Hersch. La culpabilité l'avait empêchée de dire la vérité à David. Et la culpabilité la ligotait à un homme qui allait probablement passer le reste de sa vie en prison.

Le col de son veston relevé, Thomas Gault se protégeait du vent glacial qui le faisait trébucher au milieu des marins ivres et des dockers en goguette encombrant le trottoir. Il poussa la porte du Dutchman, un bar à matelots bruyant. La bourrasque d'air glacé qui entra avec lui dérangea deux hommes assis au bar. Ils se tournèrent pour regarder le nouveau venu. Le bar était parallèle au mur de droite, et une rangée de box occupait celui de gauche. Le reste de la salle était rempli de tables à revêtement de formica. Deux billards trônaient dans l'espace dégagé, non loin des toilettes.

« La porte ! » lança l'un des deux hommes au bar.

Gault sourit. Il ne venait pas sur les quais pour l'ambiance, mais pour l'action. Et il avait l'impression que l'action, ce soir, allait peut-être commencer plus tôt que prévu. Il avait bien pensé refermer la porte — mais il la laissa ouverte.

« Va la fermer toi-même, connard », répondit-il, s'avançant le long du bar sans un autre regard pour l'homme.

Il entendit un murmure coléreux dans son dos, puis, quelques secondes plus tard, la porte qui claquait.

Gault s'installa dos au mur à une table inoccupée, près du juke-box ; de là, il avait vue sur toute la salle. Une serveuse lui apporta une bière dont il but une gorgée, surveillant l'homme qu'il venait d'insulter pardessus le bord du verre. Il mesurait entre un mètre quatre-vingt-cinq et quatre-vingt-dix. Un gros bourrelet de graisse lui retombait sur la ceinture, et sa chemise, en partie sortie du pantalon, laissait voir un sous-vêtement taché de sueur. Ses mouvements étaient lents et saccadés. Il était clair qu'il buvait déjà depuis un bon moment.

Le compagnon du gros était de la taille de Gault. Sa tenue était correcte et il paraissait à jeun. Le gros avait l'air d'avoir oublié l'incident et de ne s'intéresser qu'à son verre. Dommage, pensa l'écrivain. Ses yeux errèrent sur le reste de la salle. Un marin, accompagné d'une femme corpulente à la chevelure blonde hirsute, faisait une partie de billard contre deux jeunes en grosse chemise à carreaux et jean. La femme réussit son coup. L'un des jeunes jura. Le marin éclata de rire et donna une claque sur les fesses de la femme.

Trois hommes, à quelques tables de Gault, discutaient d'un match de boxe poids lourds qui devait avoir lieu bientôt. Lorsque les yeux de l'écrivain passèrent à hauteur du bar, ils croisèrent accidentellement ceux du gros — et ne les lâchèrent plus. Le gros n'était pas de taille et abandonna la lutte en moins d'une minute, tendant un doigt obscène à Gault pour sauver la face. Gault lui envoya un baiser. Le gros descendit de son tabouret et commença à remonter le long du bar. Son compagnon tenta de l'arrêter en l'attrapant par le coude, mais le gros se dégagea d'une secousse, ce qui le fit d'ailleurs trébucher. Il s'avança d'un pas titubant vers Gault, et son ami le suivit après un instant d'hésitation.

« C'est moi que tu regardais, tas de merde ? demanda le gros quand il fut près de la table.

— Laisse tomber, Harvey, dit l'autre homme.

— Hé, il m'a envoyé un baiser, Al, répondit Harvey sans quitter Gault des yeux. T'as vu ça ? C'est les pédés qui embrassent les garçons. Tu serais pas pédé, par hasard, crâne de fesse ?

— T'es tellement mignon que je vais te laisser deviner, répliqua Gault en minaudant.

— Tu ferais mieux de calter, mon pote, intervint l'ami de Harvey, soudain en colère contre Gault.

— Je t'aurais cru plus malin que ton copain », lança l'écrivain d'un ton sec.

Il repoussa sa chaise et se leva lentement.

« Moi non plus j'aime pas trop les grandes gueules

dans ton genre. Alors tu ferais mieux de foutre le camp tant qu'il est encore temps.

— Je peux même pas finir mon verre ? » demanda Gault d'un ton moqueur.

Harvey le regarda une seconde, puis balaya la table d'un revers de main. Le verre alla se briser sur le sol, et un silence tendu se fit dans le bar. Gault sentit l'adrénaline l'envahir. Tout son corps semblait en mouvement.

« Il est fini... », commença Harvey, le souffle brutalement coupé par le pied que Gault venait de lui lancer dans l'entrejambe.

Puis le poing gauche de l'écrivain vint cueillir le gros à la tempe. La tête du bonhomme partit violemment de côté et il tomba de tout son poids sur le derrière.

Gault pivota, bloquant de l'avant-bras un uppercut imprécis du dénommé Al. Il tenta un coup de pied latéral à la rotule qui arriva à côté de son objectif, mais réussit tout de même à déséquilibrer son adversaire. Le gauche qui suivit ne fit que frôler l'œil d'Al.

L'écrivain n'avait plus l'avantage de la surprise et Al possédait de bons réflexes. Il se lança sur Gault, le rejetant contre le mur. Gault poussa un grognement, momentanément sonné par l'impact. De son côté, Harvey s'était relevé sur un genou et s'efforçait de se remettre debout.

Gault porta un violent coup de boule. Le nez d'Al craqua et du sang gicla sur la chemise de l'écrivain. Puis il fit remonter son genou et le sentit qui entrait sèchement en contact avec l'entrejambe d'Al. Celui-ci eut un hoquet et desserra sa prise de bras. Gault lui expédia un droit au plexus solaire puis lui enfonça les doigts dans les yeux. L'homme poussa un hurlement et s'effondra, ce dont profita Gault pour lui porter une manchette à la nuque. Achevé, Al roula au sol, le visage ensanglanté.

Il y eut un bruit de verre brisé et Gault reprit position ; Harvey fonçait sur lui, serrant dans sa main le goulot d'une bouteille cassée. Gault décrivit un demi-cercle prudent pour maintenir la distance entre eux. Harvey feinta. L'écrivain, en reculant, sentit l'angle du bar qui lui entrait entre les omoplates. Il devina un mouvement dans son dos et s'écarta légèrement, mais pas suffisamment pour éviter le coup que lui porta le barman avec une queue de billard sciée qu'il gardait près de lui pour de telles occasions.

Le téléphone sonnait. David ouvrit lentement les yeux et dut faire un effort pour retrouver ses facultés. Il prit conscience du goût amer et gras qu'il avait dans la bouche, de la migraine qui battait derrière ses yeux. Le téléphone retentit à nouveau et il grimaça. Il faisait encore nuit dehors. D'après son horloge numérique, il était deux heures du matin.

David décrocha pour arrêter la sonnerie.

« Dave ! fit une voix dans le combiné.

— Qui appelle ?

— C'est Tom, Dave. Thomas Gault. Je suis en taule, mon vieux. Il faut que vous veniez me sortir de là. Sous caution.

— Qui ça ? dit David, qui n'avait rien compris.

— Tom Gault. N'oubliez pas votre chéquier. Je vous rembourserai quand je serai rentré chez moi. »

David s'assit dans le lit et essaya de se concentrer.

« Qu'est-ce que vous avez fait ?

— Il y a eu une bagarre. Et c'est moi que ces clowns accusent d'agression. Je vous expliquerai tout une fois dehors. »

David n'avait aucune envie de se rendre à la prison à deux heures du matin. Il n'éprouvait aucun besoin de revoir Thomas Gault non plus. Il était cependant trop fatigué pour refuser.

«J'arrive. Le temps de m'habiller, dit-il en allumant sa lampe de chevet.

— Je savais que je pouvais compter sur vous», dit Gault.

Ils échangèrent encore quelques mots et raccrochèrent.

David avait un carillon dans la tête. Il avait trop bu — mais cela devenait habituel. Il inspira lentement, à fond, et prit le chemin de la salle de bains. La lueur aveuglante des ampoules lui fit mal aux yeux et son reflet, dans le miroir, lui fit mal d'une autre manière. Il était blême, sa peau paraissait terreuse. Ses traits commençaient à se brouiller. Lorsqu'il retira son pyjama, il découvrit d'autres plis d'érosion sur son corps.

Il n'avait pas pris d'exercice ni fait grand-chose d'autre que ce que font les humains depuis la condamnation de Larry, trois mois auparavant. Le lendemain du verdict, il avait préparé son sac à dos et était parti en randonnée dans la nature pour essayer de mettre de l'ordre dans les événements qui lui étaient tombés dessus les jours précédents, mais le silence et la pénombre de la forêt l'avaient emprisonné dans la solitude et entraîné des pensées qu'il aurait mieux aimé éviter. Il avait piteusement battu en retraite chez lui.

Jennifer avait laissé des messages pendant son absence, mais il ne l'avait pas rappelée. Il avait essayé de travailler, sans parvenir à se concentrer. Une fois, dans la solitude de son bureau, il avait éclaté en sanglots. Pendant l'affaire Stafford, il avait trahi la confiance de la cour, fait bon marché de ses principes, renoncé à ce qu'il était. Dans les décombres du procès, il voyait le naufrage de sa carrière, la mise à bas de l'édifice de fictions concernant la vérité et la justice qu'il avait soigneusement échafaudé pour se dissimuler le néant de la profession qu'il avait embrassée avec tant de zèle. La vie lui était intolérable. Ses journées se déroulaient comme mues par un automatisme, il mangeait peu, buvait beaucoup.

Gregory Banks avait senti le désespoir de son ami et lui avait donné l'ordre de prendre quinze jours de congé. L'éclatant soleil hawaïen et la gaieté des touristes du petit hôtel balnéaire où il était descendu n'avaient fait qu'augmenter son angoisse. Il essayait de prendre part à des conversations dont il se désintéressait rapidement. La liaison qu'il tenta d'avoir s'acheva sur une humiliation — il n'avait pas pu. Seule la boisson l'aidait, mais le sursis à la souffrance qu'elle lui accordait n'était que temporaire et les horreurs de sa dépression étaient deux fois pires lorsque s'estompaient les effets de l'alcool.

Il était retourné à Portland avant le terme de ses vacances, sans avertir personne. Restant chez lui, sans se laver, sans se raser, devenant aussi ignoble et dégoûtant physiquement qu'il sentait qu'il l'était moralement. Dans la ruine silencieuse de son foyer, il finit par comprendre qu'il s'enfonçait dans la dépression. Il ne fit rien pour interrompre le processus. Au lieu de cela, il se traînait de pièce en pièce, ivre, comme s'il assistait à ses propres funérailles.

C'était en fin de compte l'odeur de son propre corps qui l'avait sauvé. Un matin, il s'était réveillé suffisamment sobre pour se rendre compte des remugles que dégageaient ses draps et de la puanteur qui montait de ses aisselles et de son entrejambe. Ecœuré, il n'avait pu faire autrement que d'aller sous la douche. Il s'était rasé et avait pris ensuite un petit déjeuner correct. Si le plus fort de la crise était passé, il était encore loin d'aller bien, cependant.

De retour au bureau, il avait donné l'impression d'être à peu près maître de lui. Sauf qu'il lui arrivait d'oublier des rendez-vous et de se présenter en retard au tribunal. Il payait les efforts qu'il déployait pour faire bonne figure par des maux d'estomac et des nuits d'insomnie. Souvent, c'était un apéritif, sinon deux, dès le déjeuner. Lundi commença à ressembler à mercredi, puis à lui faire bientôt l'effet du vendredi ; il s'était stabilisé dans une sorte d'état fonctionnel bien que fortement dégradé, absolument plus rien n'avait de sens pour lui.

« Qu'est-ce que vous fabriquiez dans ce boui-boui, de toute façon ? » demanda David.

Il reconduisait Gault chez lui après l'avoir sorti de prison.

L'écrivain sourit, puis grimaça. Il était en piteux état. Harvey avait eu le temps d'assouvir sa vengeance avant que les clients du Dutchman songent à l'arrêter. Il avait fallu lui faire plusieurs points de suture à l'arcade sourcilière droite, et il avait le nez et une côte cassés.

« Je cherchais la bagarre, mon vieux, répondit Gault d'une voix fatiguée.

— Quoi ?

— J'aime ça, la bagarre, et les bars sont un excellent endroit pour en déclencher une.

— Mais vous êtes cinglé, ma parole !

— Oui, parfois. En fait c'est la vie, qui est cinglée. Vous ne lisez donc pas mes livres ? »

Ils roulèrent un moment en silence, ce que Gault apprécia. Il était épuisé, mais ravi de sa sortie nocturne, même s'il en revenait cabossé. Pendant qu'ils filaient sur la route déserte, il revit en pensée les épisodes de la rixe, savourant les bons moments.

« Cela vous arrive souvent ? demanda David au bout de quelques minutes.

— Voilà qui vous intrigue, hein ? dit Gault avec un petit rire. Oui, Dave, ça m'arrive souvent, sauf qu'en général je ne me fais pas baiser comme ce soir. Les sensations sont formidables, quand on se bat. Même quand on prend des coups. La douleur fait que vous

vous sentez vivant et les coups... rien ne vaut un bon coup de poing. L'impact vous remonte dans le bras et se répand dans le corps comme de l'électricité. Non, il n'y a rien d'aussi excitant, sauf peut-être de tuer. »

David regarda l'écrivain, incrédule.

« Vous parlez sérieusement, n'est-ce pas ?

— Tout à fait. Je suis trop crevé et trop mal en point pour plaisanter.

— Vous prenez réellement plaisir à faire mal aux gens, c'est ça ?

— Non, pas exactement. Ce qui est excitant, c'est de ne pas savoir le tour que vont prendre les choses. La peur quand ça commence, la satisfaction lorsqu'on gagne.

— Mais, bon Dieu, vous pourriez vous faire tuer, dans des bouges pareils !

— Bien sûr. Et c'est d'autant plus excitant. Dans la jungle on ne connaît pas les règles de la boxe. Pas de marquis de Queensberry pour les édicter. On joue pour de bon. C'est ce qu'on faisait à la guerre dans le bush, vieux. On jouait pour de bon. Les Nègres aussi. Tous les coups permis, pas d'arbitre. Si bien qu'on se sent vivant parce que lorsque la mort est proche, ou lorsqu'on met un terme à la vie de quelqu'un d'autre, on prend conscience de la valeur de la sienne et de la fragilité de ce cadeau. »

David n'en revenait pas. Il n'ignorait pas, depuis qu'il le fréquentait, à quel point l'écrivain était un personnage insaisissable. Il connaissait aussi le passé de mercenaire de Gault. Mais il ne l'avait cependant jamais perçu comme un tueur professionnel. Il se rappela la fois où Gault l'avait fait marcher en prétendant qu'il avait tué sa femme. Avait-il seulement plaisanté, ou bien n'avait-il pas dit la vérité, en fin de compte ?

« La vie, c'est faire des expériences, Dave. Sans aventure, nous mourons. Dans la guerre, on se sent vivant. Quand on a peur, on se sent vivant. Pourquoi croyez-vous que vous vous occupez d'affaires criminelles ? Ne refusez pas de l'admettre : vous éprouvez, par personne interposée, une véritable excitation d'être aussi proche de la mort et du meurtre. Et est-ce qu'il n'y pas a une sorte d'admiration secrète qui vous monte en douce à la tête quand vous êtes assis à côté d'un homme qui a eu le courage d'enlever la vie à quelqu'un ?

— Non, Tom. Je n'ai jamais ressenti ce genre de choses.

— Vraiment ? s'étonna Gault, sceptique. A chacun ses plaisirs, comme on dit. N'est-ce pas, mon vieux ? »

David ne répondit pas et Gault ferma les yeux. Le paysage plongé dans l'obscurité défilait, indistinct. Aucun des deux ne rouvrit la bouche pendant le reste du trajet jusqu'au lac.

La propriété de Gault était entourée d'un mur de pierre et fermée d'une grille. Une allée d'environ huit cents mètres reliait l'entrée, à travers bois, au sommet d'une colline dominant un petit lac. La maison, avec son toit à pignons et ses parements en pierres poreuses s'inspirait, par son style, d'une gentilhommière française. David s'arrêta devant et réveilla Gault d'un coup de coude.

« Désolé, je m'étais endormi, dit l'écrivain, qui se redressa et s'étira. Entrez donc une minute. Je vais vous préparer un verre.

— Il est presque quatre heures, Tom, et je voudrais dormir encore un peu.

— Vous n'avez qu'à coucher ici. Cela vous évitera de retourner chez vous.

— Merci, mais j'aime autant pas.

— En fait, il y a un petit problème de droit dont j'aurais aimé vous parler.

— Ça ne peut pas attendre ? Je ne tiens plus debout.

— Je vais vous faire du café. D'autant que je crois que ce que je vais vous dire va vous intéresser. »

La maison était plongée dans l'obscurité, et Gault alluma dans quelques pièces. Il laissa David dans un petit bureau et alla préparer le café. Le plancher parqueté et le mobilier de chêne donnaient à la pièce un côté gothique qui mettait l'avocat mal à l'aise. Un masque grotesque, que l'ex-mercenaire avait ramené d'Afrique, décorait l'un des murs, et une cheminée en pierres grises en occupait un autre.

« Quoi de neuf, dans l'affaire Larry Stafford ? » demanda Gault, l'air innocent, à son retour.

David sentit son cœur bondir.

« Je ne sais pas. C'est Jerry Bloch qui porte l'affaire en appel.

— Sacré coup dur pour vous, observa Gault, s'asseyant en face de David. Je pensais que vous aviez partie gagnée lorsque ce maquereau est venu témoigner… » Gault s'interrompit. Puis un petit sourire étira ses lèvres. « Juste entre nous, Dave, est-ce qu'il l'a fait ?

— Je n'ai pas le droit d'en parler, Tom, répondit David, espérant que l'autre allait changer de sujet. Ce sont des informations confidentielles.

— Bien sûr. J'avais oublié. Dites-moi, qu'arriverait-il si quelqu'un débarquait un beau jour et avouait ? Disait, c'est moi qui ai commis le meurtre ? Le gars s'en tirerait-il parce que Stafford a déjà été déclaré coupable ?

— Pas si le type venu avouer était le véritable assassin. On libérerait Stafford et on ferait le procès de l'autre.

— C'est logique. »

Gault resta un certain temps profondément plongé dans ses pensées. David était très fatigué et aurait aimé que Gault lui expose rapidement son problème. Il était sur le point de parler, lorsque l'écrivain reprit la parole.

«J'ai une colle à vous poser, mon vieux. Et si un type venait vous voir en tant que client et vous disait, c'est moi qui l'ai fait, mais je vous interdis d'en parler à personne ? Qu'est-ce qui se passerait ?

— Que voulez-vous dire ?

— Eh bien, vous n'avez pas le droit de répéter quoi que ce soit de ce que vous dit un client, n'est-ce pas ? Informations confidentielles, pour employer votre expression.

— Je vois ce que vous voulez dire. Il faudrait que je vérifie, mais je crois que je ne pourrais parler à personne de cette confession. »

Gault esquissa un sourire torve.

« Si bien qu'un innocent resterait en prison. »

Il y avait eu, dans son ton, une note de regret qui éveilla l'inquiétude de David.

« En effet, répondit-il, mal à l'aise.

— Vous vous retrouveriez dans une situation difficile, n'est-ce pas, mon vieux ?

— Ecoutez, Tom, je suis vraiment fatigué. Quel est donc ce problème de droit si urgent ?

— Vous n'avez pas trop envie de parler du meurtre de cette femme flic, hein ?

— Pas vraiment.

— N'aimeriez-vous pas savoir, pourtant, qui l'a commis ? demanda Gault d'une voix si basse que David douta un instant d'avoir bien entendu. Ah, je commence à vous intéresser, non ? Mais si vous êtes vraiment crevé, on pourra en discuter une autre fois. »

David ne bougea pas, ne répondit pas. Il eut soudainement conscience de l'isolement de la maison. Les yeux de l'écrivain pétillaient d'une manière qui donnait un aspect diabolique à son beau visage.

« Vous savez, je me suis senti très mal lorsque Larry a été condamné. J'étais bien certain que vous l'en sortiriez. Sans compter qu'il y a autre chose. Je trouve que ce n'est pas juste que ce soit lui qui ramasse les lauriers, alors que c'est moi qui ai fait tout le boulot. C'est comme s'il avait eu le prix Pulitzer pour un livre que j'aurais écrit en tant que nègre.

— Etes-vous en train de me dire que vous avez tué Darlene Hersch ?

— Exactement, mon vieux. C'est moi.

— Si ce sont encore des aveux dans le genre du meurtre de Julie, je trouve que c'est de bien mauvais goût. »

Le sourire de Gault s'agrandit.

« Mais je l'ai tuée, elle aussi. Je tiens à ce que vous le sachiez. Et il y en a eu d'autres.

— D'après Ortiz, le tueur avait des cheveux blonds frisés, fit remarquer David, s'efforçant de parler d'un ton ferme.

— Il ne se trompait pas. »

Gault se leva et alla jusqu'à un bureau, près de la porte. Il retira une perruque du tiroir du bas et la montra à David.

« J'étais devenu si fichtrement célèbre, après le procès, que je devais me déguiser chaque fois que je voulais m'amuser un peu. Voyez-vous, Dave, il y a certaines filles qui aiment à coucher avec des criminels, mais vous seriez surpris du nombre de celles qu'excite la perspective de finir la soirée sous forme de cadavre. Je ne suis pas si mal, en blond, d'ailleurs.

— Pourquoi avoir tué Darlene Hersch ?

— Je n'en suis pas trop fier. Pour dire la vérité, j'ai paniqué. J'avais fait la tournée des bars, mais je n'avais réussi à draguer personne. Et puis, tout d'un coup, cette vision céleste au coin du trottoir... (Gault secoua tristement la tête au souvenir de la jeune femme.) J'avais des projets sensationnels pour Darlene, mais elle n'a pas attendu et a tout gâché en voulant m'arrêter. (Il haussa les épaules.) Je vous l'ai dit, j'ai paniqué. Je l'ai frappée, et je me suis rendu compte qu'il fallait que je l'achève. J'en avais ma claque de la police et de la loi, après mon procès, et l'idée de devoir en subir un autre pour avoir agressé une femme flic ne me tentait pas du tout.

— Et ces autres dont vous avez parlé ? »

Une expression nostalgique vint remplacer le sourire de Gault.

« On pourrait penser, voyez-vous, que j'aurais été plus heureux, depuis que j'ai gagné tout cet argent avec mes livres et mes films ; et pourtant, c'est comme mercenaire que j'ai connu les meilleurs moments de toute ma vie. Je me sentais bien vivant, alors.

« La vie est sinistre, Dave, mortellement sinistre. Des gestes ennuyeux que l'on répète tous les jours, jusqu'à notre mort. Mais un esprit inventif peut créer l'événement. Devenir riche était une expérience, par exemple. Epouser une star de Hollywood aussi, même si c'était une salope. C'est le genre de choses que les gens lisent dans les journaux ; moi, je les réalise. Sauf que ça aussi devient barbant, à la longue, et qu'il faut trouver autre chose. D'ailleurs, toutes les expériences deviennent barbantes, à la longue, Dave. Toutes, sauf une. Tuer n'est jamais ennuyeux.

— Pourquoi me racontez-vous cela ?

— J'ai confiance en vous, Dave. En particulier à cause de l'opiniâtreté que vous avez mise à me défendre alors qu'au fond de vous-même vous me croyiez coupable. Je me souviendrai toujours de votre plaidoirie. Tellement convaincante, tellement sincère ! Et pendant tout ce temps-là, je me disais que j'étais noir comme le péché... On peut faire confiance à un homme qui ment si bien.

« Cela fait longtemps que j'avais envie de discuter de ce que l'on pourrait appeler ma philosophie, si l'on veut ; mais c'était un risque que je ne pouvais prendre tant que j'ignorais à quel point était rigoureuse la règle de confidentialité entre un client et un avocat. Je me sens beaucoup mieux maintenant que je sais que tout ce que je vous dis restera sous le sceau du secret professionnel. »

David était incapable de bouger ni de parler. Il se sentait anéanti. Gault l'étudia un instant et éclata de rire. L'avocat espérait encore plus ou moins que Gault allait lui dire que tout cela n'était qu'une blague.

« Vous voilà dans un sacré dilemme, hein ? Stafford qui moisit en prison parce que vous avez raté votre coup... »

David releva brusquement la tête et commença à dire quelque chose, mais Gault leva une main.

« Hé, mon vieux, ce n'est pas une critique. Ainsi va le monde. N'oubliez pas que je suis plus ou moins journaliste aussi. Autrement dit, j'interroge des gens. Beaucoup d'avocats estiment que vous auriez pu empêcher Johnson de déposer si vous aviez voulu. Mais vous ne l'avez pas fait, n'est-ce pas ? Et vous et moi savons pour quelle raison, pas vrai ? »

L'écrivain cligna de l'œil et David sentit son cœur battre plus vite.

« Qu'est-ce que vous... ?

— Pas de problème, mon vieux. Nous avons tous nos petits secrets. Et le vôtre ne risque rien avec moi. J'ai commencé à avoir des soupçons lorsque je vous ai trouvé en compagnie de la bonne femme de Stafford dans un coin tranquille de ce restaurant ; si bien que, en bon journaliste professionnel, j'ai décidé de vous suivre. La chose s'est avérée on ne peut plus aisée, en particulier de nuit.

« Hé, ne prenez pas la mouche. Je ne vous juge pas. Merde, ça la ficherait mal qu'un mec qui a descendu deux ou trois personnes se permette de jeter la pierre à quelqu'un qui couche avec une femme mariée, non ?

— Espèce de fils de pute ! gronda David.

— Oh, pire que ça encore. Mais il n'y a aucune raison de prendre cela à titre personnel et, comme je vous l'ai dit, votre secret ne risque rien avec moi. Tout comme le mien ne risque rien avec vous.

— Vous laisseriez un innocent crever en prison à votre place ? demanda David, qui se sentit aussitôt ridicule d'avoir posé cette question à quelqu'un comme Gault.

— Est-ce que j'ai le choix ? Pour le faire sortir, il faudrait que j'aille la prendre, sa place. »

Gault alla remettre la perruque en place dans le tiroir.

« Je crois, dit David d'un ton prudent, que vous avez besoin d'aide, Tom. C'est bon signe que vous ayez déjà décidé de me parler, et...

— Je vous en prie, inutile de me sortir toutes ces conneries psychiatriques, coupa-t-il en sortant du champ de vision de David. Je ne suis pas cinglé, mon vieux. Je suis un inadapté social. Relisez donc un peu vos manuels. Voyez-vous, je sais ce que je fais, mais je n'en ai strictement rien à foutre parce que je n'ai pas la même structure morale que vous. » Gault se tenait juste dans le dos de David et parlait d'une voix basse, douce, vaguement menaçante. « En fait, Dave, je n'ai aucune structure morale. »

L'écrivain s'interrompit. Le plus grand silence régnait dans la maison. La peur faisait battre violemment le cœur de David. Il n'avait qu'une envie, prendre ses jambes à son cou, mais il était incapable de bouger.

« Un inadapté social fonctionne sur le principe du plaisir-douleur, reprit Gault. Si vous vous retrouviez tout seul avec un inadapté social dans l'obscurité d'une maison avec pas un chat à des kilomètres à la ronde, ce type pourrait vous tuer juste pour le frisson, s'il pensait pouvoir s'en tirer sans être inquiété. »

David entendit un cliquetis près de son oreille et se souvint alors de l'entaille irrégulière qui paraissait diviser la gorge de Darlene Hersch en deux. Il plongea, mettant autant de distance qu'il le pouvait entre Gault et lui. Il alla s'écraser dans le fauteuil situé en face du sien et se contorsionna pour faire face à l'autre et lever les mains en position défensive.

Gault le regardait, immobile devant la cheminée. Il tenait un couteau à cran d'arrêt à la main et souriait.

« Pas si mal, pour quelqu'un qui n'est pas au meilleur de sa forme. Bien entendu, vous n'auriez jamais dû, pour commencer, me laisser passer derrière vous. »

David se leva. Il regarda autour de lui, cherchant désespérément une arme.

« Je sais à quoi vous pensez, reprit Gault, mais une arme ne vous servirait à rien. Si je le voulais, je pourrais de toute façon vous tuer. »

L'écrivain se tut, et David comprit qu'il avait dit vrai. Il se sentait vaincu et étrangement calme, maintenant qu'il savait qu'il allait mourir.

« Mais je n'ai aucune envie de vous tuer, mon vieux, enchaîna Gault, dont le sourire s'élargit. Bon sang, vous êtes mon ami et mon avocat. Vous m'avez sauvé la vie, et ce serait faire preuve d'une monstrueuse ingratitude que de vous égorger comme cette pauvre Darlene. »

Il referma le cran d'arrêt et le mit dans sa poche. David tremblait de la tête aux pieds.

« En tant que grand égocentrique, j'ai une confiance sans borne dans ma capacité à juger les gens, et j'ai fait un petit pari avec moi-même. Je me suis dit Tom, Dave est un copain et un homme honorable. Si tu lui confies quelque chose sous le sceau du secret, tu peux compter sur son sens de l'éthique professionnelle et sur son amitié pour qu'il ne te trahisse pas. Même si cela signifie qu'un innocent doit passer le reste de ses jours en prison. Voilà ce que je me suis dit. Ai-je eu raison ? »

David avait envie de répondre, mais restait incapable de parler.

« Ai-je eu raison ? répéta Gault dans une moue sardonique, le regard glacial.

— Pourquoi me faites-vous cela ? demanda David

— Je suis peut-être un Diogène des temps modernes à la recherche d'un honnête homme. Ou peut-être ai-je envie de vous voir vous tortiller au bout de ma ligne.

— Espèce de salopard, gronda David, sa colère un instant plus forte que sa peur.

— Non, ce n'est pas la bonne réaction, ça. Ce n'est pas en vous mettant en colère que vous allez vous sortir de votre dilemme, Dave. Examinez votre situation comme s'il s'agissait d'un problème d'échecs. Peut-être existe-t-il une possibilité de mat, ou de reprendre l'avantage, ou bien (Gault marqua un temps d'arrêt) la personne qui a inventé le problème a peut-être triché, et il n'y a aucune solution gagnante pour les blancs.

« Si vous rentriez chez vous à présent prendre un peu de repos ? Vous avez l'air encore plus mal en point que moi. »

2

ORTIZ, assis dans le fond du tribunal, suivait les débats qui devaient conduire le juge McIntyre à décider s'il devait ou non accepter la motion de vice de forme relative aux pièces à conviction déposée par l'avocat de Cyrus Johnson. La loi était claire, disait le juge ; si un policier voulait fouiller quelqu'un sans mandat, il devait avoir de bonnes raisons d'estimer que cette fouille permettrait de découvrir une pièce à conviction et ne pas avoir le temps d'aller demander un mandat de perquisition. Lorsque Cyrus Johnson avait été fouillé, l'inspecteur Ortiz aurait eu le temps de se procurer un mandat et n'avait pas de raison probante de croire que Johnson avait des stupéfiants sur lui. C'est à regret, conclut-il, qu'il se voyait contraint d'interdire au ministère public de présenter, dans un procès, une pièce à conviction dont la saisie avait été faite en violation de la constitution des Etats-Unis.

L'avocat de Johnson sourit et serra la main de son client. TV ne lui rendit pas son sourire ; au lieu de cela, il regarda vers le fond du tribunal où Ortiz venait de se lever pour partir. Le policier savait dès le début quel serait le résultat de cette audience. Il avait étudié sa déposition pour qu'elle cadre avec les derniers attendus de la cour suprême en la matière, c'est-à-dire de façon que l'on soit obligé de déclarer un non-lieu dans l'affaire Johnson. Il avait également contacté le procureur responsable de l'affaire et lui avait déclaré qu'il avait probablement agi trop hâtivement lorsqu'il avait fouillé Johnson. A la lumière du témoignage de TV au procès Stafford, Ortiz et le procureur avaient décidé de ne pas poursuivre le maquereau plus qu'il ne le fallait.

« Hé, Ortiz ! » lança une voix grave.

L'interpellé se tourna et vit Kermit Monroe assis sur un banc, près de la porte.

« Je peux faire quelque chose pour toi, Kermit ?

— TV veut te voir. Il m'a demandé de m'arranger pour que t'ailles nulle part avant de lui avoir parlé.

— Dis-lui qu'on pourra se voir un autre jour. J'ai du boulot.

— Ecoute, vieux, répondit Kermit, prenant tout son temps pour se lever, pourquoi vouloir toujours rendre les choses difficiles ? TV a dit que c'était important, et il te demande de l'attendre. Il a un tuyau pour toi. Pourquoi me casser les couilles alors qu'il veut te faire une fleur ? »

Ortiz était sur le point de répondre lorsque Johnson sortit à son tour du tribunal.

« Tu voulais me voir ? » demanda Ortiz.

TV sourit.

« Ouais, je veux te voir. » Il serra la main de son avocat et les deux hommes se séparèrent. « Allons dans ma voiture, au moins, il n'y a pas de micro planqué dedans », continua Johnson, toujours souriant.

Ortiz haussa les épaules. L'homme avait peut-être décidé de se lancer dans une carrière d'indic. Ce ne serait pas la première fois qu'un gros bonnet aurait eu la frousse après avoir senti passer le vent du boulet.

Ils prirent l'ascenseur jusqu'au rez-de-chaussée puis se rendirent à pied dans le parking, de l'autre côté du tribunal. La Cadillac de Johnson était garée au cinquième niveau, et Monroe se glissa derrière le volant pendant que Johnson et Ortiz s'installaient à l'arrière sur les sièges de cuir.

« Bon, c'est quoi, ce truc si important ? voulut savoir Ortiz.

— Tu m'as baisé, Ortiz. Tu m'as planté la dope dans la poche et tu m'as obligé à moucharder pour que je n'aille pas en taule. Tu m'as obligé à témoigner dans l'affaire Stafford et à dépenser pas mal de fric en avocats. Sans compter que tu t'es parjuré et que tu as enfreint la loi. Pourquoi avoir fait toutes ces conneries ? Pour une seule et unique raison, évidemment : enfoncer ce pauvre chnoque de Stafford. Pour qu'il aille se geler le cul en cabane jusqu'à la fin de ses jours. C'est pas ça ?

— Continue, TV. Si tu as quelque chose à me dire, dis-le. Je n'ai pas tout mon temps.

— Oh, ne crains rien, tu ne vas pas le perdre, Ortiz. Vois-tu, je voulais que tu saches un truc. J'ai menti. Ces conneries que j'ai racontées à la barre, c'était rien d'autre que ça — des conneries. »

Il s'arrêta pour laisser ce qu'il venait de dire produire son effet. Ortiz paraissait intrigué.

« Oh, c'est vrai que Stafford a essayé de s'offrir une partie de jambes en l'air et qu'il a frappé Mordessa, mais ça ne s'est pas du tout passé comme je l'ai raconté. Il voulait de la chair noire, le petit Blanc, mais il n'a rien demandé de tordu. Lorsqu'ils se sont retrouvés dans la piaule, cette grande conne de Mordessa a essayé de lui chouraver son portefeuille. Il l'a surprise et elle a commencé à gueuler contre lui.

« C'est une parfaite salope, la Mordessa, et elle cogne dur. Stafford a été obligé de lui flanquer un gnon rien que pour se débarrasser de ses griffes.

— Mais alors, l'histoire que tu as racontée à la police ?

— Hé, j'avais pas tellement le temps de réfléchir avec les poulagas qui rappliquaient. J'ai décidé de leur dire que le miché avait fait quelque chose de très gênant pour lui, comme ça il ne déposerait pas plainte. J'ai dit le premier truc dingue qui m'est passé dans la tête. Mais ton Stafford, c'est pas un sado-machin-truc j'sais pas quoi. Il n'aurait rien fait, bordel, si Mordessa ne lui avait pas tapé dessus.

« Alors tu vois, mon vieux, le témoignage que tu m'as arraché par des moyens illégaux et forcé à donner n'est qu'un tissu de mensonges. Et tu sais très bien que, sans ce témoignage, le jury aurait acquitté Stafford. Sauf que tu ne peux dire à personne que j'ai menti sans te filer toi-même dans les emmerdes, n'est-ce pas ? Ce qui veut dire qu'il va falloir que tu passes le reste de ta vie avec ce que tu as fait, pendant que Stafford passera le reste de la sienne en cabane. »

Ortiz s'enfonça dans le siège, s'efforçant de réfléchir. Quelle importance que Johnson ait menti ? Stafford lui aussi avait menti. Il avait déclaré sous serment n'avoir jamais été avec une prostituée. Et le policier savait bien qui il avait vu dans l'encadrement de la porte, au motel, le soir du crime. Larry Stafford avait tué Darlene Hersch.

« Je vais te dire un truc, Ortiz. Vous autres, les Blancs, vous êtes vraiment cinglés. C'est ce que j'ai fini par découvrir en faisant ce boulot. Toi qui me plantes la dope, Stafford qui a besoin de s'acheter une chatte, et cet écrivain… »

Johnson secoua la tête et Ortiz se tourna vers lui.

« Quel écrivain ?

— Celui qui a battu Mordessa et qui voulait lui faire tous ces trucs bizarres. Bordel, dire qu'il a failli être condamné pour meurtre… Mordessa a eu de la chance de ne pas y passer.

— Mais de quoi parles-tu ?

— Mordessa a vu sa photo dans les journaux, à la

fin du procès. Sur le coup, elle l'a pas reconnu, parce qu'il portait une perruque quand il lui a flanqué sa raclée. C'est de là que vient mon histoire. Fallait la voir. Le type lui avait dit qu'il voulait l'attacher ; elle, elle voulait pas. Alors, il s'est mis à la tabasser à coups de pied et de poing jusqu'à ce qu'elle pleure. Et je peux te dire qu'il faut pas y aller de main morte pour faire chialer cette fille. Il lui a vraiment fait mal. Après quoi, il a tué sa femme.

— Mais de qui parles-tu ? demanda lentement Ortiz.

— Son nom ne me revient pas. Sa femme était riche, en tout cas, et elle a été battue à mort dans cette grande maison, au bord du lac.

— Thomas Gault ?

— Tout juste. »

Ortiz regarda fixement le maquereau.

« Tu veux dire que cette histoire que tu as racontée à la barre des témoins est bien arrivée, mais que c'est en réalité Thomas Gault qui a battu ta pute ?

— Exactement.

— Et quel genre de perruque portait-il ?

— Aucune idée. »

Ortiz ouvrit la portière et descendit du véhicule. Il avait l'impression de se noyer.

« Où tu vas, Ortiz ? demanda TV avec un petit rire. Te confesser à l'église ou bien raconter au juge que le petit Stafford qui est en prison n'est pas coupable ? Sauf que tu peux pas, vu que tu serais obligé de raconter aussi les conneries que tu as faites. »

Le policier s'éloigna. Le moteur démarra, et Monroe le frôla d'aussi près que possible, faisant crier les pneus en s'engageant dans la rampe. Ortiz n'y fit même pas attention.

Le mensonge de Johnson ne signifiait pas nécessairement que Stafford était innocent. Mais la perruque… Gault et Stafford étaient de stature semblable. Avec une perruque blonde…

Puis Ortiz se souvint du mystérieux inconnu qui, d'après la déposition faite sous serment par Gault, aurait assassiné sa femme ; il l'avait décrit comme étant d'allure athlétique, de taille moyenne, avec des cheveux blonds frisés. Une description qui aurait convenu à Gault lui-même, mis à part les cheveux blonds frisés. Et à Stafford.

Ortiz se rappela alors autre chose. Grimes, le portier de nuit du Raleigh Motel, avait déclaré dans sa déposition que l'homme qu'il avait vu s'éloigner en voiture du motel avait des cheveux bruns, assez longs. Gault avait effectivement des cheveux bruns, et il les avait longs lors de son procès. S'il avait enlevé une perruque après avoir tué Darlene, cela expliquait que lui ait vu un blond frisé et Grimes un brun à cheveux longs.

Avait-il pu se tromper ? Il semblait impossible que deux hommes aient la même stature, la même chemise, le même pantalon, la même voiture. Cependant, Gault et Stafford avaient la même corpulence ; quant au pantalon, c'était un modèle archicourant.

La chemise ? Si le modèle n'était pas aussi courant que le pantalon, il s'en était vendu tout de même plus d'une à Portland. Et la voiture ? Voilà qui était simple à vérifier. Trop simple. Le policier sentit son estomac se nouer. Il avait peur. Peur d'avoir commis une terrible erreur. Si jamais Thomas Gault possédait une Mercedes beige, Larry Stafford, dans ce cas, pouvait très bien être innocent.

Gregory finissait de dicter une lettre lorsque David entra.

« Tu t'occupes toujours du comité d'éthique et de déontologie du barreau, n'est-ce pas ? demanda David, se laissant tomber dans un fauteuil.

— Oui, pourquoi ? Aurais-tu récemment commis une entorse à la déontologie ? répliqua Gregory, ne plaisantant qu'à moitié.

— Permets-moi de te soumettre une hypothèse, et dis-moi ce que tu en penses. »

Gregory coupa le dictaphone et s'installa confortablement sur son siège. Il se concentra, les yeux plissés, la tête légèrement inclinée de côté.

« Supposons qu'un avocat représente A, auteur d'une attaque de banque à main armée, et que A soit condamné. Plus tard, B engage ce même avocat pour le représenter dans une affaire n'ayant rien à voir. Or B raconte à l'avocat, sous le sceau de la confidentialité, que c'est lui qui a commis l'attaque de banque pour laquelle A a été condamné, ainsi que d'autres forfaits. Quand l'avocat suggère à B d'aller avouer son crime de façon à innocenter A, B refuse. Que peut faire l'avocat pour aider A ? »

Gregory réfléchit un moment, puis prit un livre sur la crédence située derrière son bureau. Il le feuilleta jusqu'à ce qu'il ait trouvé ce qu'il cherchait, et lut quelques instants en silence. David attendait calmement, regardant le pied des collines, par la fenêtre. Une onde douloureuse lui crispa l'estomac et il se mit à se masser doucement au-dessus de la ceinture.

« Je dirais que ton avocat a un sacré problème, admit Banks. D'après *Wigmore on Evidence* et les Règles d'Ethique, on ne peut révéler les informations confidentielles données par un client que si celui-ci poursuit son avocat, lequel est alors en droit de faire part de ce qui lui a été dit, dans la mesure où ces informations permettent de contribuer à sa défense. Si le client confie à son avocat, par ailleurs, qu'il envisage de commettre un crime, l'avocat a le devoir de faire les révélations indispensables pour empêcher sa réalisation ou assurer la protection de la personne menacée. Sinon, dans le cas où ces informations ont été transmises confidentiellement et alors que le client demandait un conseil juridique, la confidentialité est permanente. J'ai bien peur que dans ton hypothèse l'avocat ne puisse rien faire pour protéger A. »

David réfléchit calmement. Gregory venait de lui confirmer ce qu'il soupçonnait depuis le début.

« Et si jamais l'avocat décidait de passer outre les Règles d'Ethique et de ne pas respecter la confidentialité ?

— On pourrait l'empêcher d'en faire état devant un tribunal, et on ne pourrait obliger son client à venir corroborer les faits. Tu aurais beaucoup de mal à faire sortir A de prison dans de telles circonstances. »

Dans l'estomac de David, la douleur s'accrut encore. Il respira profondément, espérant que Gregory ne remarquerait pas qu'il n'allait pas bien.

« N'y a-t-il rien que je puisse faire pour t'aider ? »

Il avait désespérément besoin de cette aide qui lui était proposée, mais ne pouvait la demander à son ami. Comment lui révéler ce qu'il avait fait sans perdre le respect que Gregory avait pour lui ?

« Non, Greg. C'était juste un cas d'école. »

Gregory aurait bien aimé approfondir la question, mais préféra demander à David s'il voulait déjeuner avec lui.

« Non, désolé, Greg, mais j'aime autant rentrer à la maison. Je ne me sens pas très bien.

— Es-tu bien sûr que je ne peux rien faire pour toi, Dave ? Si quelque chose te tracasse... »

David secoua la tête et sourit sans conviction.

« Pas de problème. Rien que des brûlures d'estomac. » Il se leva. « A demain matin.

— Ouais, à demain », répondit Banks, qui fronça les sourcils et resta plusieurs minutes immobile, songeur, après le départ de David.

« Pourquoi vous intéressez-vous tant à Thomas Gault ? demanda Norman Capers.

— J'aimerais autant ne pas le dire, Norm », répondit Ortiz.

Capers haussa les épaules.

« Au fond, qu'est-ce que j'en ai à faire ? Si ça peut vous aider à mettre ce salopard à l'ombre, je me passerai très bien de ne pas le savoir. »

Cette réaction surprit Ortiz. Norman Capers était un substitut expérimenté, professionnel, qui appartenait au bureau du procureur général depuis longtemps. Il se laissait rarement aller à ce genre de manifestation quand il parlait d'une affaire.

« C'est son style littéraire que vous n'aimez pas ? lui demanda le policier d'un ton léger, espérant le pousser ainsi à en dire davantage.

— Je ne peux pas blairer cet enfoiré, point final. J'ai poursuivi des tas de gens, mais lui... je ne sais pas comment exprimer cela. Julie Gault... le type qui a fait le coup y a vraiment pris plaisir. » Le procureur se tut un instant et examina ses ongles. « Voyez-vous, il n'a pas arrêté de lancer des blagues pendant tout son procès, reprit-il. Il traitait toute l'affaire comme s'il s'agissait d'une comédie montée pour l'amuser. Oh, pas quand le jury était dans la salle. Dès qu'ils s'asseyaient dans leur box, il se tenait bien droit et affichait une mine lugubre. Quant à sa déposition... il a craqué et fondu en larmes.

« Sauf que tout était du cinéma. Dès que le jury eut sorti pour délibérer, il s'est tourné vers moi et m'a adressé un clin d'œil. Malheureusement, il avait été sensationnel, à la barre, et ces braves gens n'ont pas vu le reste.

— Vous le croyez capable de tuer quelqu'un ?

— Gault ? C'est un champion en matière de combat à mains nues et rapproché. Vous ne connaissez donc pas son passé ? »

Ortiz secoua négativement la tête.

« Je ne me suis pas occupé de l'affaire en tant que policier, et je ne l'ai pas spécialement suivie. J'en ai eu les échos habituels au commissariat et j'ai lu les articles dans les journaux, c'est tout.

— Notre Tom est un tueur, un vrai. Mercenaire en Afrique pendant plusieurs années. Il y a pété quelques plombs, à mon avis, des plombs importants. Quand il habitait Hollywood, il a été mêlé à plusieurs sales affaires de bagarres et j'ai entendu dire que cela lui était arrivé ici aussi.

— C'est un dragueur ?

— Lui ? Il saute sur tout ce qui bouge et porte jupons. Mais c'est le genre amour vache. Nous avons pu parler à deux de ses ex pendant l'enquête préliminaire. Il les avait battues plus d'une fois. Très méchamment et le sourire aux lèvres, comme s'il y prenait un réel plaisir. Ce type est sérieusement barjot et très fort. »

Et, se dit Ortiz, le service des immatriculations lui connaît une Mercedes beige.

3

DAVID roula au hasard pendant une heure, puis retourna chez lui. Il était épuisé, et ses brûlures d'estomac n'avaient fait qu'empirer. Dès la porte franchie, il se servit un verre. Il savait pourtant que l'alcool n'arrangerait rien, mais les souffrances provoquées par les reproches qu'il s'adressait et par l'auto-apitoiement dans lequel il sombrait étaient bien pires que l'inconfort physique.

Le premier verre lui ayant fait un peu de bien, il s'en servit un deuxième. Sa conversation avec Gregory Banks lui avait fait prendre conscience de sa solitude. Il se souvint d'une scène de *1984*, le livre de George Orwell. Une forme de torture inventée par l'Etat. On attachait, sur la tête de l'homme, un casque prolongé sur le devant d'une petite cage, à hauteur de ses yeux. Dans la cage, on plaçait un rat qui n'était séparé de l'homme que par une grille mobile. L'obligation du secret entre avocat et client, comme cet objet effrayant, enfermait David avec le secret de Gault — qui pouvait à tout instant venir le ronger et le torturer.

Et même s'il n'y avait eu cette obligation, David aurait été impuissant. Il n'avait pas d'autre preuve que les aveux que lui avait faits Gault. Si l'écrivain niait avoir tué Darlene Hersch, comment prouver qu'il mentait ? De plus, David n'était pas lui-même encore totalement convaincu que Gault ne lui jouait pas la comédie. Il en avait suffisamment appris sur l'écrivain pendant la période où il avait assuré sa défense pour savoir que celui-ci avait une très forte propension au sadisme. David se souvenait aussi de ce qu'il avait ressenti lorsque Gault s'était retrouvé derrière lui, le cran d'arrêt ouvert à la main. Chacun des moments de sa vie serait identique s'il trahissait la confiance de l'homme.

Quelque chose d'autre venait aussi torturer David. Il avait toujours eu sa fierté. Il l'avait perdue, à présent, mais seuls lui-même et Jennifer Stafford savaient pour quelle raison. S'il portait l'affaire devant les autorités, Gault rendrait publique la liaison de David et Jenny. Tout le monde penserait qu'il avait salopé sa défense afin de se débarrasser de Larry et de pouvoir garder la jeune femme comme maîtresse. Il serait radié du barreau, déshonoré, et personne ne croirait les accusations qu'il porterait contre Gault.

David acheva son verre. Il en aurait bien pris un autre, mais il n'avait même plus assez d'énergie pour aller se le préparer. Les lumières de la ville le laissèrent un moment perplexe. Il faisait jour au moment où il avait quitté le bureau, et déjà la nuit tombait. Il ne s'était pas aperçu de la transition. Il se sentait épuisé. L'idée de se rouler en boule sur le sol et de dormir là le séduisit. Il essaya. Le tapis était moelleux et, quand il fermait les yeux, ce n'était que velours noir. Et l'image de Jennifer. Son visage et sa silhouette se glissaient dans ses pensées sans y être priés. Il rouvrit les yeux et contempla le plafond. Jennifer comprendrait son tourment car elle y jouait un rôle. Si seulement il pouvait lui parler.... Accepterait-elle de le voir ?

Le doute l'envahit, le submergea, et sa main se mit à trembler. Il aurait voulu se lever, mais la peur le paralysait. Comment la regarder en face ? Qu'allait-elle lui dire ? Il s'était éloigné d'elle parce qu'il croyait qu'elle l'avait trahi, mais il se rendait compte maintenant que c'était lui le traître. Jennifer avait menti par loyauté vis-à-vis de Larry et parce qu'elle le croyait innocent. Les mobiles de David ne présentaient pas cette pureté. Il avait rationalisé son attitude, lors du procès, en se disant qu'il ne voulait pas remettre un tueur en liberté, mais il savait que telle n'avait pas été la véritable raison. Il voulait Jennifer, et il avait trahi Larry pour leur faire mal à tous les deux, fort du sentiment d'avoir été trompé par eux. Jennifer ne le méprisait-elle pas, à présent ? Elle devait bien savoir ce qu'il avait fait. Peu importait, finalement. Elle était la seule à qui il pût s'adresser.

A mi-chemin de la maison des Stafford, David faillit faire demi-tour. Il espérait secrètement que Jennifer ne serait pas chez elle et qu'ainsi il n'aurait pas à l'affronter, si bien que c'est avec un mélange d'espoir et de crainte qu'il vit les lumières allumées dans le séjour lorsqu'il s'arrêta dans l'allée.

Jennifer vint ouvrir dès le premier coup de sonnette. Elle était pieds nus et portait un t-shirt jaune par-dessus un jean délavé. La tension des mois écoulés la faisait paraître plus âgée, mais non moins belle.

« Est-ce que je peux entrer ? » demanda-t-il, hésitant, avec presque l'air de s'excuser.

L'aspect de David laissa Jennifer sans voix. Plus gros, la tenue négligée, il paraissait au bout du rouleau. Aucune trace de l'énergie qui avait été l'élément moteur en lui.

« Je ne sais pas », répondit-elle.

Sa voix tremblait. Elle se sentait toute bizarre à l'intérieur, tiraillée dans des directions tellement opposées qu'elle se disait qu'elle allait être réduite en morceaux.

« Tu as absolument le droit..., commença David. Ecoute, Jenny, il faut que je te voie. C'est à propos de Larry. »

Elle recula d'un pas et étudia son visage, à la recherche d'indices. Il dégageait une forte odeur d'alcool. Il paraissait anéanti.

« Quoi, à propos de Larry ?

— Je peux entrer ? » répéta-t-il.

Elle hésita une seconde, puis le précéda jusque dans le séjour. Il la regarda avancer devant lui. Elle avait le dos raide, la démarche précise, comme si elle se préparait à fuir. Cette attitude réticente le déprima, mais il aurait dû s'y attendre. Pendant le trajet il s'était complu, à un moment donné, à imaginer des retrouvailles au milieu des larmes, avec une Jennifer se jetant dans ses bras. Il avait été insensé de seulement l'envisager. Et il se sentait déjà bien content qu'elle acceptât au moins de lui parler.

« Quoi, à propos de Larry ? demanda-t-elle à nouveau lorsqu'ils furent assis sur l'un des canapés.

— Il est très possible qu'il soit innocent, Jenny. »

Elle parut interloquée.

« J'ai un client, un homme que j'ai défendu pour une autre affaire. Il m'a avoué avoir tué Darlene Hersch. »

La jeune femme secoua la tête comme pour s'éclaircir les idées. Elle était complètement prise au dépourvu. Elle avait toujours cru Larry innocent, mais que signifiait tout cela pour elle ?

« Je ne comprends pas. Un autre homme a avoué le meurtre de Darlene Hersch ?

— Oui.

— Mais... pourquoi venir me le dire à moi ? Et pas à la police ?

— C'est très compliqué. Cet aveu m'a été fait dans

un cadre précis, la règle de confidentialité entre un client et son avocat. C'est une information qui doit rester secrète. La loi m'interdit de la révéler à qui que ce soit sans la permission de mon client.

— Est-ce que Larry... ? Est-ce que cela veut dire qu'il sera libéré ?

— Seulement si mon client m'autorise à aller raconter ce que je sais à la police.

— Mais évidemment... il ne laisserait pas un innocent croupir en prison à sa place ?

— Il faut que tu comprennes. Cet homme.... c'est une sorte de jeu, pour lui. Il prend plaisir à faire souffrir les gens. Il me l'a avoué parce qu'il sait que je ne peux pas aller le raconter aux autorités. Il me l'a dit pour me tourmenter. Je ne suis même pas tout à fait certain qu'il m'ait dit la vérité.

— Attends une minute ! Que veux-tu dire ? que tu n'es pas certain que ce soit la vérité ?

— Il m'a déjà fait le coup, une fois. Il m'a avoué avoir commis un crime. Après quoi, il s'est rétracté. Il pourrait s'agir d'une plaisanterie. »

David vit la confusion se peindre sur le visage de Jennifer. Il détourna les yeux et surprit son propre reflet dans la vitre. Il n'en revint pas. Il avait l'air d'une loque. Le genre de personne pathétique qu'un ignoble canular suffirait à détruire.

« S'il s'agit d'une plaisanterie, pourquoi venir ici ? Pourquoi me raconter tout ça ?

— Je t'en supplie, Jenny. Il fallait que je parle à quelqu'un. Je ne pouvais pas garder ça davantage pour moi. D'ailleurs, je crois qu'il parlait sérieusement. Cet homme a quelque chose de bizarre. Je sais qu'il est capable de tuer.

— Mais pourquoi moi, David ? Pourquoi moi ? »

Elle le scrutait intensément ; ses questions allaient beaucoup plus loin en réalité. David essaya de déchiffrer son regard. Il redoutait de dire ce qu'il avait sur le cœur. Redoutait de se ridiculiser. Redoutait de l'avoir déjà perdue. Il savait néanmoins que le moment était venu de parler, non de s'esquiver, et il rassembla tout son courage.

«Je suis venu parce que je t'aime toujours, Jenny. Parce que je n'ai jamais cessé de t'aimer.»

Il se tut et elle vit qu'il pleurait.

«Je suis anéanti depuis la fin du procès, Jenny. J'ai perdu toute fierté, plus rien ne m'intéresse, même les choses qui comptaient le plus pour moi jusqu'ici. Mais pas mon amour pour toi. Simplement, je n'avais pas le courage de te regarder en face.»

Il détourna les yeux. Jennifer eut l'impression qu'une digue venait de s'ouvrir en elle, libérant des émotions qu'elle croyait ne plus jamais pouvoir éprouver. Sa main vint effleurer la joue de David.

« Oh, mon Dieu, Jenny », sanglota-t-il.

Elle le prit dans ses bras et le serra contre elle.

« Ça va aller, dit-elle, le berçant légèrement. Ça va aller.

— Je ne savais vraiment pas que faire, et je n'avais personne, personne à qui me confier...

— J'ai toujours été là, David. Toujours.

— Je ne pouvais pas venir. Pas après ce que j'avais fait à Larry.

— Tu n'as rien fait à Larry. C'est Larry et moi qui t'avons fait quelque chose. Nous t'avons menti, nous t'avons utilisé.»

Il se redressa et la tint par les épaules.

« C'était mal. Ce que j'ai fait était mal. Nous le savions l'un et l'autre. Je n'aurais jamais dû représenter Larry étant donné les sentiments que j'éprouvais pour toi. A présent, il faut le sortir de prison.

— J'estime toujours que tu devrais aller à la police », dit Jennifer d'un ton ferme.

David secoua la tête.

« Tu n'as pas compris. Etant donné que ses aveux

ont été faits sous le sceau du secret professionnel, rien de ce que je leur dirais ne pourrait être utilisé devant un tribunal. Il pourrait nier avoir fait cette confession et nous serions impuissants.

— Qui est cet homme ? Celui qui a tué Darlene Hersch ? »

Il hésita. Même en cet instant, sa formation de juriste le retenait à l'idée de rompre le code de déontologie.

« Thomas Gault, répondit-il finalement.

— Oh, mon Dieu... je connaissais Julie Webster. C'était horrible.

— Je sais, Jenny. Et c'est moi qui suis responsable d'avoir obtenu le non-lieu de Gault pour qu'il puisse tuer à nouveau.

— Il y a sûrement quelque chose à faire.

— Je n'arrête pas d'y penser. Je ne trouve rien. Toutes les initiatives que je pourrais prendre... »

Il s'interrompit soudainement. Une idée venait de germer en lui. Et si... ? Il se leva et se mit à faire les cent pas. Jennifer le regardait. Le feu qui brûlait constamment dans les yeux de l'ancien David avivait de nouveau son regard. Elle se sentit mieux en le voyant ainsi et à l'idée qu'elle était peut-être pour quelque chose dans ce réveil.

Terry Conklin parcourut des yeux la salle du restaurant ouvert vingt-quatre heures sur vingt-quatre et repéra David, installé dans l'un des box du fond. L'avocat en était à sa deuxième tasse de café quand l'enquêteur le rejoignit.

« Y'a intérêt à ce que ce soit important, dit Conklin. Je dormais comme un sonneur. Rose est en pétard.

— Je suis désolé. »

Conklin fut sur le point d'ajouter quelque chose ; mais un seul regard sur son ami l'en empêcha. Il ne l'avait pas revu depuis le procès Stafford et son aspect le confondait. David avait le visage bouffi, les yeux injectés de sang, son costume était froissé et taché.

Une serveuse apparut et Conklin commanda du café. Dès qu'elle eut tourné les talons, David expliqua à l'enquêteur qu'il voulait l'engager.

« C'est que je suis déjà pas mal pris, Dave.

— Je sais, mais ma situation est… désespérée. Je suis prêt à te payer le double de ton tarif habituel et à couvrir tes frais si tu es obligé d'engager quelqu'un d'autre pour faire ce que tu n'auras pas le temps de faire.

— C'est à ce point important ? »

David acquiesça.

« Qui est le client ?

— Moi.

— Et… de quoi s'agit-il ? » demanda Conklin, prudent.

Si David avait des ennuis, cela expliquait son aspect, mais l'enquêteur n'arrivait pas à imaginer son ami ayant commis un acte illégal ou contraire au code de déontologie.

« Un de mes clients m'a donné des informations confidentielles. Je dois vérifier s'il m'a dit la vérité ou s'il m'a menti.

— Qui est le client ?

— Thomas Gault.

— Je croyais l'affaire classée.

— Elle l'est.

— Il s'agit alors de faits nouveaux.

— En effet.

— Et qu'est-ce qu'il t'a dit ?

— Je ne peux pas le révéler. Et je crains que tout ce que tu pourrais trouver soit nul et non avenu si je romps mon obligation de réserve.

— Comment ça, nul et non avenu ?

— Si un avocat révèle quelque chose qui relève du secret professionnel à la police pour résoudre un crime, je crois que la cour empêchera le ministère public d'utiliser cette preuve lors du procès.

— Si bien que tu ne peux pas me dire ce que Gault t'a confié ? demanda Conklin, incrédule.

— Exactement.

— Et comment veux-tu que je mène une enquête si je ne sais pas sur quoi je dois enquêter ?

— Je peux tout de même te donner des informations qui ne violent pas l'obligation de réserve et je répondrai à tes questions chaque fois que ce sera possible. »

Conklin fut sur le point de faire une remarque sarcastique, mais vit l'expression douloureuse de David et s'en abstint.

« D'accord. On va suivre tes règles du jeu. Que peux-tu me dire ?

— Que je suis bouleversé parce que Larry Stafford a été condamné. »

Conklin fronça les sourcils.

« Cela a quelque chose à voir avec l'affaire Stafford ?

— Je ne peux pas répondre à cela.

— Bon. Gault t'a donc confié quelque chose sur l'affaire Stafford et tu penses qu'il pourrait mentir. »

David resta sans réaction.

« J'ai l'impression de jouer à oui ou non.

— N'arrête pas. Je me sens aussi ridicule que toi, mais c'est trop important — on ne peut pas risquer de tout foutre en l'air. Je tiens à ce que tu puisses subir avec succès l'épreuve du détecteur de mensonge si jamais un avocat de la défense te demande si j'ai trahi le secret professionnel avec toi. Réfléchis maintenant à ce que tu sais.

— Tu m'as dit que tu étais bouleversé parce que Stafford avait été condamné, tu veux savoir si Gault ne t'aurait pas menti à propos de quelque chose qu'il t'a dit et qui concerne probablement l'affaire Stafford. Je ne vois pas... »

Conklin s'interrompit. Il étudia David. Depuis tant d'années qu'il le connaissait, il ne l'avait jamais vu ainsi. Pour que sa confiance en soi fût à ce point ébranlée, sans doute lui était-il arrivé quelque chose de monumental. L'enquêteur se pencha vers David et le regarda droit dans les yeux.

« Gault t'a dit qu'il avait tué Darlene Hersch et tu veux que je vérifie si c'est vrai. »

David ne broncha pas. Conklin se laissa aller contre le dossier de la banquette.

« Dis à ta secrétaire de m'envoyer un contrat qui fixe les termes de notre accord », dit David.

4

TERRY Conklin commença ses investigations à la bibliothèque publique. Les articles consacrés à Thomas Gault, auteur célèbre, étaient nombreux. Après qu'il eut remporté le prix Pulitzer, le *New York Times Magazine* avait publié un papier, en première page, racontant par le menu ses aventures de mercenaire en Afrique du Sud, au Libéria et dans différentes autres nations africaines, et dans lequel on trouvait également l'interview de quelques-uns des soldats de fortune qui avaient servi avec lui. Si Gault avait tué sa femme, cela n'aurait pas été la première fois qu'il aurait supprimé quelqu'un à mains nues.

Après la bibliothèque, Conklin s'était rendu au quartier général de la police et avait obtenu des copies des rapports de police qui relataient des incidents dans lesquels Gault jouait un rôle. L'enquêteur s'était attendu à trouver des plaintes déposées par Julie Webster Gault pour violences domestiques, mais il eut la surprise de découvrir plusieurs plaintes pour agression, ainsi que le récit d'une bagarre récente à laquelle Gault avait pris part dans un bar des quais, le Dutchman. Terry releva avec intérêt que cet incident s'était produit seulement quelques jours avant sa rencontre avec David et que l'avocat qui s'était chargé des formalités de la caution n'était autre que son nouveau client — David Nash.

Conklin alla interroger le barman et un autre témoin ; ils lui parlèrent des aptitudes au combat de Gault et de la manière détachée dont il avait provoqué la bagarre. Il finit aussi par mettre la main sur l'une des ex-petites amies de Gault, laquelle avait toujours aussi peur de lui alors qu'elle ne l'avait pas vu depuis deux bonnes années. Deux autres femmes refusèrent de lui parler.

Comme il y était question de cheveux blonds frisés, Conklin fut tout d'abord troublé par la description du tueur de Darlene Hersch faite par l'inspecteur Ortiz ; puis il se rappela celle qu'en avait donnée Merton Grimes, qui correspondait assez bien à la coupe de Gault au moment où il avait été jugé pour le meurtre de Julie Webster. Il suffisait d'imaginer que Gault portait une perruque pour se déguiser, à cause de toute la publicité que provoquait son procès, pour expliquer cette différence de description. Conklin apprit également que Gault possédait une Mercedes beige.

Au bout d'une semaine, l'enquêteur eut la conviction que Thomas Gault pouvait très bien avoir assassiné Darlene Hersch, sans cependant posséder la moindre preuve qu'il eût jamais rencontré la jeune femme. Il en fut réduit à organiser la filature de Gault dans l'espoir que celui-ci le conduirait à un témoin ou une preuve qui l'aiderait à résoudre le dilemme de David.

Chaque matin, Conklin garait sa voiture sur une route qui passait non loin de la propriété de Gault ; puis il escaladait une petite colline d'où il surveillait la maison depuis un bosquet. Il n'observait guère de signes d'activité avant dix heures, en général, moment où Gault quittait la maison pour aller courir pendant une heure. Il paraissait toujours avoir transpiré avant de courir, et Conklin supposa qu'il devait commencer par faire des exercices dans sa salle de gymnastique.

Trois fois par semaine, l'écrivain se rendait dans un dojo local où il prenait des leçons particulières auprès du maître des lieux — un ancien instructeur de combat rapproché dans l'armée de Corée du Sud. Les jours où il ne se rendait pas au dojo, Gault ne quittait jamais sa maison avant le milieu de l'après-midi.

Si les activités quotidiennes de Gault étaient insipides pendant la journée, cela changeait du tout au tout le soir venu. Il se rendait presque toujours dans un bar ou une boîte de nuit. Il revint une fois chez lui en compagnie d'une femme qui repartit en taxi peu avant le jogging matinal de l'écrivain. Vers le début de la deuxième semaine, cependant, il changea ses habitudes. Au lieu de se rendre directement chez lui en sortant de son bar ou de sa boîte de nuit, il allait jusqu'à la zone industrielle de Portland. Là, il se garait toujours non loin d'un entrepôt désert, en bordure de la Columbia. On pouvait lire encore, malgré la peinture rouge qui s'écaillait, « Wexler Electronics » sur le côté du bâtiment. Conklin vérifia ce qu'il en était de cette société. Déclarée en faillite un an auparavant, le tribunal administratif avait placé ses biens immobiliers sous séquestre.

La première fois que Gault se rendit dans l'entrepôt, Conklin attendit dans sa voiture. Un haut grillage séparait l'édifice d'une bande de terre sablonneuse qui descendait en pente douce jusqu'au fleuve. Conklin vit Gault sortir un grand tapis et une lampe-torche du coffre de sa voiture avant de disparaître sur le côté de l'entrepôt où commençait le grillage. Il reparut une demi-heure plus tard, l'air essoufflé. Conklin le vit s'essuyer le front de sa manche de chemise, puis laisser tomber la lampe dans le coffre et repartir.

La deuxième fois, Gault prit la lampe-torche et une

grosse boîte à outils dans son coffre et revint une heure plus tard avec les deux objets.

La troisième nuit, Conklin ne suivit pas Gault lorsque celui-ci quitta l'entrepôt. Dès que la Mercedes fut hors de vue, l'enquêteur prit sa propre torche et s'avança jusqu'au grillage. Le vent qui soufflait de la rivière le glaçait. Il courba les épaules et fit passer le faisceau sur le sol, puis le long du mur de l'entrepôt. Il ne vit rien de particulier.

C'est alors qu'il entendit un claquement sec, juste devant lui. Il braqua sa lampe ; une porte claquait contre le côté du bâtiment. Il s'en approcha à pas prudents et regarda autour de lui avant d'entrer. Le toit élevé faisait écran à la lune et aux étoiles, et le rayon de sa lampe, à l'intérieur, était la seule source de lumière. Il fut envahi par un sentiment très vif d'appréhension ; il se sentait enveloppé par les ténèbres, comme s'il se trouvait à cent brasses sous l'eau, là où l'océan absorbe complètement la lumière.

La lampe-torche lui révéla la présence de poutrelles rouillées, d'une palette abandonnée sur laquelle était posée une caisse ouverte et vide, et d'un lot de planches empilées recouvertes de toiles d'araignées et de poussière. Il avança de quelques pas et tomba sur une partie du sol recouverte par le tapis que Gault avait sorti de sa voiture le premier soir. Il posa un pied sur le tapis. Un modèle de mauvaise qualité, d'un vert éteint. Il braqua la lampe tout autour, mais ne vit rien d'autre pouvant expliquer pour quelle raison Gault avait laissé ce tapis dans l'entrepôt ou y était retourné à plusieurs reprises.

« J'espère que le tapis vous plaît. »

Conklin sursauta et faillit lâcher sa lampe.

« C'est pour vous que je l'ai acheté. »

Conklin pivota sur lui-même, mais ne vit personne.

« Avant que je vous donne votre cadeau, Mr Conklin, il vous faudra répondre à quelques questions.

— Gault ?
— Auriez-vous suivi quelqu'un d'autre depuis deux semaines ?
— On peut parler. Si on allait dehors pour ça ? proposa Conklin, qui continuait de pivoter lentement pour faire face au point d'où émanait la voix.
— Non, merci. Nous serons très bien ici. Le son portera moins loin. Il y aura moins de risques que quelqu'un vous entende crier. »

5

« Mr Nash ? C'est encore Mr Gault », dit la secrétaire de David.

L'avocat éprouva une bouffée de peur, puis de colère.

« Répondez-lui que je suis en conférence.

— Il dit qu'il va venir ici et créer un scandale si vous refusez de prendre la communication.

— Et merde, bougonna David en regardant par la fenêtre. Bon, d'accord, passez-le-moi.

— Hé, mon vieux, s'écria Gault dès que David eut pris le téléphone, figurez-vous que j'ai besoin de vous.

— Ecoutez, Tom, que tout ceci soit bien clair. Je ne veux plus jamais avoir affaire à vous. Ni maintenant ni plus tard.

— Hé, ce n'est pas la peine d'être si hostile.

— Ecoutez...

— Non, c'est vous qui allez écouter. » On ne pouvait se tromper sur le ton avec lequel l'écrivain venait de lui couper la parole. « Si vous raccrochez, je risque d'appeler l'*Oregonian* pour leur parler d'une histoire intéressante qui concerne une certaine Jennifer Stafford — vous voyez ce que je veux dire ? »

David eut un instant le souffle coupé.

« Très bien. Que voulez-vous ?

— Rien qu'un conseil. Si l'on déjeunait ensemble? C'est moi qui régale. »

Gault avait choisi un petit restaurant français du nord-ouest de Portland. La clientèle était composée d'un groupe de femmes âgées installées autour d'une table ronde, de plusieurs hommes d'affaires qui feraient passer l'addition en note de frais et de quelques jeunes couples d'amoureux. Le maître d'hôtel conduisit David jusqu'à une table où Gault l'accueillit avec un sourire décontracté.

« Un peu de riesling? proposa Gault, prenant une élégante bouteille de vin d'Alsace dans le seau placé à côté de la table.

— Ne tournez pas autour du pot, Tom. Je suis fatigué de ce petit jeu.

— Ah? Ce n'était pas mon impression. Néanmoins, je suis d'accord. Voilà de quoi il s'agit. Je travaille sur un nouveau livre, mais j'ai un problème avec la fin. J'ai pensé que vous pourriez m'aider. C'est l'histoire d'un écrivain, de quelqu'un comme moi, si vous voulez. Et voilà que lui, qui ne s'occupe que de ses affaires, éprouve l'étrange impression d'être suivi. Et effectivement, il l'est.

« Sur le coup, l'écrivain pense que c'est juste un lecteur fana de ses livres, mais le type ne l'approche jamais. L'écrivain commence à devenir nerveux et il lui tend donc un petit piège. » Gault s'interrompit pour évaluer la réaction de David. « Ce doit être une sacrée bonne intrigue, reprit-il, je vois que vous êtes déjà assis sur le bord de votre chaise. Bon, où en étais-je? Ah oui, le piège. L'écrivain connaît bien entendu le vieux proverbe : *la curiosité est un vilain défaut* et imagine de piquer la curiosité de l'autre. Tous les soirs, il se rend dans coin perdu, désert, et se livre à d'étranges activités avec l'espoir que le mystérieux personnage le suivra à l'intérieur, où il fait bon et où l'on est tranquille; comme ça l'écrivain pourra lui poser quelques questions sans risquer d'être dérangé.

« Au bout de la troisième nuit, notre petit minou mord à l'appât. Et devinez ce qui arrive ensuite ? »

David restait paralysé, incapable de parler.

« Aucune idée ? Voyez-vous, l'écrivain tient beaucoup à sa vie privée et n'apprécie absolument pas qu'un quidam la viole. Savez-vous ce que fait mon personnage à l'intrus ? »

Sur cette question, Gault sourit. David était blanc comme un linge.

« Dans mon histoire, l'écrivain torture ce type, lequel répond à toutes les questions qui lui sont posées. C'est une scène d'une rare violence. Le sang qui gicle partout, les os qui craquent... Je vais peut-être devoir l'atténuer un peu avant de soumettre le manuscrit à mon éditrice. Elle n'a pas l'estomac bien solide et je ne suis pas sûr qu'elle supportera le réalisme de ces descriptions. Bref, notre écrivain, qui vient justement d'avoir quelques ennuis avec la justice, aime autant que ce petit incident reste secret. Ces tortures ont eu lieu sur un grand tapis, absolument parfait pour ce qui est d'absorber le sang. L'écrivain roule le corps dans le tapis, nettoie les saletés, et ne laisse pas le moindre indice derrière lui pour les limiers de la police. C'est à ce stade que ça coince. Que se passe-t-il ensuite ? Ma vie en dépendrait-elle, je n'arrive pas à l'imaginer.

« Mon personnage connaît l'identité de l'ignoble froussard qui a engagé la victime. Je me dis que l'écrivain pourrait venir l'affronter, mais je ne sais pas... cela fait tellement convenu, alors que les critiques m'ont toujours couvert de louanges pour mon originalité... (Gault haussa les épaules.) Je dois admettre que je sèche. C'est pourquoi j'ai fait appel à vous. Vous possédez une imagination fertile. Je me suis dit que vous trouveriez peut-être quelque chose. »

David se leva si vivement qu'il renversa sa chaise. Gault le regardait, s'amusant énormément. Le bruit du siège heurtant le sol provoqua un silence soudain dans le restaurant. Tout le monde suivit David des yeux pendant qu'il gagnait la sortie en titubant. Gault renversa la tête en arrière et éclata d'un rire qui poursuivit l'avocat jusque dans la rue.

6

MONICA Powers s'apprêtait à se coucher lorsqu'on sonna à sa porte. Elle enfila un peignoir de bain par-dessus sa chemise de nuit et alla ouvrir. David n'était jamais venu dans son appartement, et elle fut surprise de le voir — mais plus encore par son aspect. Depuis la fin du procès Stafford, des rumeurs inquiétantes lui étaient parvenues sur son ex-mari, et le spectacle de ses vêtements froissés, de ses yeux injectés de sang et de ses cheveux en bataille paraissait les confirmer.

« J'ai besoin de ton aide, Monica », dit-il.

Il se tenait le dos voûté et n'arrivait même pas à la regarder dans les yeux en parlant. Elle s'écarta pour le laisser entrer.

« Tu as une mine affreuse. Qu'est-ce qui t'arrive ? »

Il s'avança jusque dans la salle de séjour et se laissa pesamment tomber sur le canapé. Monica s'assit sur une chaise en face de lui. Les épaules de David furent soudain secouées de sanglots. Il se cacha le visage dans les mains. Monica se précipita vers lui.

« Il n'y a personne d'autre à qui je peux m'adresser », dit-il au milieu de ses larmes.

Monica le serra contre lui et David s'accrocha à elle. Au bout de quelques minutes, elle le sentit qui se détendait un peu et elle le relâcha. Il s'essuya les yeux de la manche de son veston.

«Je suis désolé, réussit-il à dire.

— Qu'est-ce qui ne va pas ? Raconte-moi tout. »

Il se laissa aller contre le dossier du canapé et ferma les yeux.

« C'est Terry Conklin. Il a été tué, et je suis responsable de sa mort.

— Quoi ? !

— Thomas Gault l'a torturé et a enterré le corps.

— Je ne comprends... »

David se redressa et se pencha en avant, coudes sur les genoux, regardant le plancher.

« Gault m'a dit quelque chose sous le sceau du secret professionnel. Je ne pouvais pas aller en parler à la police, puisque ce qu'il m'avait dit était protégé par ce secret. Ce type est un sadique. Il m'avait déjà avoué avoir tué quelqu'un, juste pour m'énerver, disant ensuite que c'était une blague. Il m'a complètement embrouillé. Lorsque... lorsqu'il ma donné cette nouvelle information... je l'ai cru, mais en même temps, c'est un tel menteur que... »

Il s'interrompit. Il avait les lèvres desséchées, la gorge irritée à force d'avoir pleuré.

«Je... j'ai pensé être plus malin que lui, alors j'ai engagé Terry pour qu'il vérifie cette nouvelle histoire. Puis, hier, j'ai rencontré Gault. Il m'a dit qu'il avait torturé Terry à mort et fait disparaître le corps.

— Il t'a avoué un meurtre ? demanda Monica, comme si elle n'était pas tout à fait sûre d'avoir compris.

— Pas directement... »

David lui raconta alors comment s'était déroulée la conversation dans le restaurant.

« Qu'est-ce qui te fait penser que Gault n'est pas encore une fois en train de jouer au sadique avec toi ? demanda Monica quand il eut fini.

— Terry a disparu. J'ai appelé sa femme dès mon retour au bureau. Rose ne sait pas où il est. D'habitude, il rentre toujours chez lui et sinon, il l'avertit. Elle n'a plus eu de ses nouvelles depuis avant-hier.

— Et qu'est-ce que t'a confié Gault pour que tu aies l'idée d'engager Conklin ? »

David hésita avant de répondre :

« Qu'il avait assassiné Darlene Hersch.

— C'est Larry Stafford qui l'a tuée.

— Gault a à peu près le même gabarit que Stafford, il roule en Mercedes beige, et il m'a montré la perruque blonde frisée qu'il portait lorsqu'il a égorgé Darlene Hersch. Il m'a aussi avoué d'autres meurtres, y compris celui de sa femme, Julie Webster.

« Tu te souviens du témoignage de Grimes quand il a dit que le tueur avait des cheveux bruns ? Gault a des cheveux bruns. Si Gault avait porté cette perruque et l'avait ensuite enlevée dans la voiture, en repartant, il est alors normal que Ortiz ait vu un homme à cheveux blonds frisés et Grimes un homme à cheveux longs et bruns.

— Ortiz est toujours convaincu d'avoir reconnu Stafford.

— Tu sais bien quelles étaient les conditions d'éclairage, cette nuit-là. Tu as vu les photos de Terry Conklin.

— Très habilement prises, ces photos, je dois le reconnaître, répondit-elle d'un ton sarcastique.

— Non, Monica, elles n'ont pas été trafiquées. J'ai fait reproduire le travail de Terry par d'autres photographes professionnels. Il n'a rien truqué.

— Je sais, admit Monica avec un soupir. Moi aussi, j'ai envoyé un photographe de la police au motel, et il a obtenu les mêmes résultats. »

David passa la demi-heure suivante à expliquer ses relations avec Gault depuis leur premier contact jusqu'à leur dernière rencontre, au restaurant. Il omit simplement de parler de Jennifer et de leur liaison. Il savait qu'il aurait mieux valu tout raconter à Monica, mais il ne put se résoudre à lui faire cette dernière révélation.

«Je me demande..., dit Monica lorsqu'il eut terminé. Il est évident que Gault souffre de désordres mentaux, sans quoi il ne s'amuserait pas à ce genre de petit jeu avec toi, que ses aveux soient authentiques ou non. Cependant, il s'est rétracté la première fois et, comme tu l'as toi-même fait remarquer, il n'y a pas le moindre début de preuve le reliant au meurtre de Darlene Hersch. Quant à Terry Conklin, nous n'avons même pas le corps.

— Il l'a fait, Monica. Si tu avais été là et si tu l'avais entendu parler...

— Oui, mais je n'y étais pas.

— Cela veut-il dire que tu ne vas rien faire ?

— Non, David. Tu ne serais pas venu me voir si tu n'avais pas cru que Gault a vraiment assassiné Darlene Hersch et Terry Conklin.»

Elle se tut un instant, paraissant se demander si elle devait ou non poser la question qui la tracassait depuis un moment.

«David, fit-elle d'un ton hésitant, qu'est-ce qui t'est arrivé pendant le procès de Stafford ? Tu m'as donné l'impression de t'effondrer complètement lorsque j'ai fait venir Johnson à la barre. Tu devais bien savoir, pourtant, que tu avais toutes les chances de le récuser.»

David garda les yeux rivés sur la table basse pour ne pas avoir à regarder son ex-femme.

«Je n'ai pas envie de parler du procès de Stafford. Je te prie instamment de ne pas insister.»

Monica aurait aimé en savoir davantage, mais elle sentit à quel point David souffrait; elle avait trop de respect pour lui pour le questionner davantage.

« Je crois que je devrais mettre Bert Ortiz au courant, dit-elle. C'est lui que tu dois convaincre. S'il ne change pas d'avis, impossible de poursuivre.

— Tu as raison. Est-ce qu'on peut lui faire confiance ? Il ne parlera pas ?

— Non, je ne pense pas.

— Alors appelle-le. »

« David vient de me confier des informations très préoccupantes à propos de l'affaire Darlene Hersch. Je veux qu'il vous les répète, mais vous devez accepter le principe de la confidentialité de ce qu'il va vous dire. »

Ortiz était perplexe. Lorsque Monica l'avait appelé, elle lui avait dit qu'il s'agissait de l'affaire Stafford, tout en refusant de donner d'autres précisions. Le policier avait tout d'abord pensé qu'elle avait découvert sa combine avec TV Johnson et il s'était beaucoup creusé la tête pour trouver ce qu'il allait répondre, si jamais elle l'accusait d'avoir piégé le maquereau. Puis, en arrivant, il avait eu la surprise de tomber sur David Nash.

« Je ne révélerai à personne ce qu'il me dira », déclara Ortiz.

Il s'assit dans le fauteuil qui faisait face à l'avocat, lui-même installé sur le canapé à côté de Monica.

Le policier écouta attentivement David, qui lui répéta fidèlement ce qu'il avait confié à Monica.

« Qu'en pensez-vous ? demanda Monica lorsqu'il eut fini.

— Je ne sais pas trop », répondit Ortiz, prudent. Il n'arrivait pas à croire sa chance, mais il ne voulait pas paraître trop excité. « Tout cela est si soudain... Je suis toujours aussi certain pour Stafford, cependant... Qu'en pensez-vous vous-même ?

— Moi non plus, je ne sais pas, Bert. J'estime toutefois que vous devriez envisager la possibilité d'une erreur de notre part.

— Comment savoir s'il ne s'agit pas encore d'un canular de Gault ? Après tout, c'est bien vous qui nous dites que ce type a une case en moins », remarqua Ortiz.

David secoua la tête.

« On ne peut l'exclure, mais à mon avis, nous devrions partir du principe que ce n'est pas un canular.

— D'accord. Ce qui nous laisse avec le problème de prouver que Gault est bien l'assassin de Darlene Hersch et de Terry Conklin. Comment s'y prend-on ? »

David secoua de nouveau la tête.

« Je l'ignore. J'ai passé toute la journée à tenter de répondre à cette question.

— On peut essayer d'établir ce qu'il faisait la nuit où Darlene Hersch a été tuée, proposa Monica en se tournant vers David. Est-ce qu'il ne t'a pas dit qu'il avait commencé la soirée en allant draguer dans quelques bars ?

— En effet, répondit David. On pourrait faire circuler une photo et voir si quelqu'un le reconnaîtrait.

— Les faits remontent à plusieurs mois, fit observer Ortiz. Personne ne va se souvenir de lui, après tout ce temps, en particulier s'il s'était déguisé. Et nous ne savons même pas dans quels bars il est passé. Ce ne sont pas les établissements de ce genre qui manquent à Portland.

— Oui, vous avez raison, admit Monica.

— Et la perruque ? demanda soudain Ortiz. Vous avez dit qu'il vous l'avait montrée. Cela signifie qu'il l'a conservée, alors qu'elle pouvait prouver son lien avec le meurtre.

— C'est vrai. Il l'a probablement toujours.

— Vous devriez rédiger tout de suite une demande

de perquisition pour le domicile de Gault, Monica, dit Ortiz, excité à cette perspective.

— C'est malheureusement impossible, Bert. Gault a montré cette perruque à son avocat dans le cadre d'une communication confidentielle. David est le seul à l'avoir vue, et il ne peut trahir ce secret sur un plan légal.

— Merde... » Ortiz se leva et se mit à faire les cent pas. « Et si on mettait son téléphone sur écoute, ou qu'on équipait David d'un micro et les faisait se contacter ? suggéra-t-il.

— Nous avons toujours le même problème, dit David. Ce serait une atteinte au secret professionnel qui lie un client à son avocat. En outre, je doute que Gault accepte d'en discuter par téléphone. Il est très fort. Il soupçonnerait quelque chose. »

Ils gardèrent tous trois le silence pendant quelques minutes. C'est finalement Monica qui reprit la parole la première :

« Ecoutez, j'ai un procès demain matin, et il faut que je prenne un peu de repos. Je propose que nous repensions au problème et que nous nous recontactions après dix-sept heures. D'accord ?

— D'accord, dit David. Je suis épuisé. On aura peut-être des idées après une bonne nuit de sommeil. J'appellerai en fin d'après-midi, Monica, et on décidera de l'endroit où se rencontrer. »

« Quelle impression ça fait, de travailler pour les honnêtes gens ? » demanda Ortiz lorsque les deux hommes furent seuls dans l'ascenseur.

David rougit. Il n'avait jamais tout à fait pensé à la chose en ces termes, mais il était incontestablement agréable d'essayer d'empêcher quelqu'un de faire du mal aux autres, au lieu d'essayer de réduire à néant un travail d'enquête consciencieux de la police

« Je n'ai jamais eu le sentiment de travailler pour les gens malhonnêtes, répondit-il, sur la défensive.

— Ouais, évidemment », fit Ortiz avec un sourire.

En fin de compte, Stafford faisait partie des « gens honnêtes », pensa David. C'est Gregory qui avait raison en réalité. On ne peut pas avoir un système judiciaire pour les coupables et un autre pour les innocents. Si David avait défendu Stafford au lieu de le juger, celui-ci serait peut-être libre en ce moment.

Ortiz pensait à Thomas Gault en se rendant à sa voiture. Comment pouvait-on le piéger ? Il devait bien exister un moyen. Il entendit David ouvrir et refermer la portière de sa voiture. Son propre véhicule était non loin, dans le parking voisin de l'appartement. Il déverrouilla la portière et s'assit derrière le volant.

La voiture de David passa au moment où le policier allumait une cigarette. Ortiz se sentit désolé pour Nash. Le type paraissait bien mal en point. Il se demanda ce qu'il ressentirait s'il devait porter le fardeau des aveux de Gault sans rien pouvoir faire. Puis il se rendit compte qu'il était exactement dans la même situation.

Ortiz lança le moteur. Il était crevé. Cette nuit, il fallait qu'il dorme. Il jeta un coup d'œil par la fenêtre, ne regardant rien de particulier, tandis qu'il approchait de la sortie donnant sur la rue. La voiture de David roulait à une centaine de mètres en direction de l'est. De l'autre côté de la rue, côté ouest, des phares s'allumèrent, attirant l'attention d'Ortiz. Son cœur s'arrêta. Il ralentit, se glissa dans un emplacement de parking libre et coupa ses lumières. La voiture qui venait d'allumer ses phares se glissa dans la circulation, restant à une certaine distance de celle de David. Ortiz fit marche arrière et commença à la suivre. La voiture était une Mercedes beige.

7

DAVID remarqua bien des phares dans son rétroviseur, dès qu'il eut quitté la voie rapide, mais il était tellement perdu dans ses pensées qu'il n'y fit vraiment attention que lorsqu'ils le suivirent dans l'allée privée de Jennifer. Il se gara et regarda le véhicule qui s'était engagé derrière le sien, cherchant à voir qui était au volant. L'éclat des phares l'obligeait à s'abriter les yeux de la main. Puis la voiture s'arrêta, et il reconnut la Mercedes de Gault.

« Qu'est-ce que vous faites ici ? demanda-t-il à l'écrivain lorsque celui-ci descendit de voiture.

— Salut, Dave ! » répondit Gault d'un ton joyeux. Il tenait un pistolet à la main. « Sonnez donc à la porte au lieu de poser des questions idiotes. On dirait que votre petite amie vous attend.

— Qu'est-ce que c'est que ça ? demanda David, effrayé par le contraste entre la nonchalance de l'homme et l'arme qu'il tenait.

— Le dénouement, mon vieux, le dénouement. A présent, faites ce que je vous ai dit. Sonnez ! »

Gault poussa David dans le vestibule dès que la porte s'ouvrit.

« Bonsoir, Mrs Stafford, dit-il en repoussant le battant derrière lui.

— Qu'est-ce qui se passe, David ? demanda Jennifer, qui regardait tour à tour le pistolet dans la main de Gault et son amant.

— J'ignore ce qu'il veut, Jenny », répondit David.

Il alla se placer près de la jeune femme et lui prit la main. Gault examina le vestibule et le séjour qui faisait suite.

« Je vais vous poser quelques questions, ma jolie, dit Gault à Jennifer. J'exige des réponses claires. Si je ne les obtiens pas, je vous fais sauter les rotules et croyez-moi, c'est la blessure la plus douloureuse qu'on puisse imaginer. Me suis-je bien fait comprendre ?

— Oui, répondit Jennifer d'une voix qui chevrotait.

— Y a-t-il quelqu'un d'autre dans la maison ?

— Non, répondit-elle hâtivement.

— Bien. Question numéro deux, à présent : attendez-vous la visite d'une autre personne que David, ce soir ?

— Non. »

Gault sourit.

« Voilà qui simplifie les choses, n'est-ce pas ? rien que notre petit *ménage à trois** et personne pour nous déranger. Si on passait dans le séjour ? » ajouta-t-il avec un mouvement de son arme.

Il suivit David et Jennifer.

David savait qu'il lui fallait gagner du temps. Gault était cinglé et, s'il arrêtait de le faire parler, l'écrivain était capable de les abattre sur place.

« S'il s'agit encore de l'une de vos blagues, dit-il, essayant de parler d'un ton calme, vous feriez mieux de laisser tomber. Vous fichez une peur bleue à Jenny… et à moi, incidemment.

— Vous n'essaieriez pas de m'attendrir, par hasard, mon vieux ? Allez, avouez-le. Vous savez très bien qu'il ne s'agit pas d'une blague, hein ? »

---

* En français dans le texte (*N.d.T.*).

David ne répondit pas et Gault secoua tristement la tête.

« Vous m'avez déçu, David. Vous avez détruit la foi que j'avais en la nature humaine.

— Que voulez-vous dire ?

— Vous avez rompu votre serment, trahi votre déontologie, n'est-ce pas ? le taquina Gault. Vous êtes allé porter le pet chez votre ex-femme, vous lui avez confié notre petit secret. »

David sentit son estomac se retourner.

« Comment ? Rien à répondre ? Pas de protestations ? »

La voix de David s'étrangla, tant sa gorge était sèche. Gault le regarda essayer de parler, amusé. Il paraissait disposer de tout son temps.

« Voulez-vous que je vous dise quelque chose, mon vieux ? Je ne suis pas furieux contre vous. Vous êtes toujours mon pote. Voyez-vous, je comptais bien que vous iriez voir la police. »

David ne savait plus où il en était.

« Vous pensiez que j'allais leur dire que vous aviez tué Darlene Hersch et Conklin ?

— J'en étais convaincu. Bon Dieu, David, vous êtes un vrai débris. Ivre la moitié du temps, et ne valant même plus un pet de lapin en tant qu'avocat. Je savais que vous seriez incapable de supporter la pression que j'allais mettre sur vous.

— Je ne comprends pas. Si vous ne m'en aviez pas parlé, jamais personne n'aurait soupçonné que vous aviez tué l'un ou l'autre. Vous ne risquiez absolument rien.

— Je ne tiens pas à ne rien risquer du tout, mon vieux. Voyez-vous, je vous ai un peu menti, l'autre jour, lorsque je vous ai dit que tuer ne devenait jamais ennuyeux. Même ça finit par perdre de son charme, au bout d'un moment, si quelque chose ne vient pas le pimenter. Pensez combien il va être intéressant pour moi de baiser la police quand elle enquêtera sur votre assassinat et celui de Mrs Stafford. »

Les yeux de Jennifer s'agrandirent et elle étreignit la main de David.

« Eh oui, Mrs Stafford, je suis désolé, mais je n'ai pas le choix. Voyez-vous, les flics et le procureur général vont savoir que j'ai tué Julie parce que David a rapporté mes aveux à Ms Powers, n'est-ce pas ? »

Ni Jennifer ni David ne répondirent, et Gault enchaîna :

« Pour ces faits, néanmoins, ils ne peuvent rien faire parce que j'ai été acquitté et qu'on ne peut refaire mon procès. Un point pour le méchant.

« En revanche, ils savent à l'heure actuelle que j'ai tué Darlene Hersch et l'enquêteur, mais ils n'ont aucun moyen de le prouver. J'ai détruit toutes les preuves, y compris la perruque et le couteau, et qui irait croire Ortiz, s'il se mettait à proclamer que c'est moi qui ai tué Darlene Hersch après avoir été si affirmatif dans son identification de Stafford ?

« Reste les aveux que je vous ai faits. Sauf que vous serez morts. Pour les flics il n'y aura plus qu'une seule affaire. Monica Powers saura que je vous ai tués, à cause du mobile : les confidences que je vous ai faites, Dave. Je serai le suspect numéro un. Le seul problème est qu'ils ne pourront jamais parler au jury de ces aveux, c'est bien ça ?

— Mais pourquoi ? voulut savoir Jennifer.

— A vous de lui expliquer, cher maître, dit Gault avec un sourire satisfait.

— Gault peut faire objection à ce que Monica rapporte au jury les confidences qu'il m'a faites comme client, dit David.

— Et n'oubliez pas les rumeurs, mon vieux. Un témoin ne peut parler au jury de choses qu'on lui a rapportées à l'extérieur du tribunal. N'est-ce pas ? Moi aussi, j'ai fait quelques incursions dans les manuels juridiques. Dites, vous ne croyez pas que je devrais faire des études de droit? Lorsque vous ne serez plus là, il faudra bien quelqu'un pour reprendre le flambeau de la défense des criminels dans cette ville.

— Vous vous croyez peut-être malin, lui lança Jennifer, mais vous finirez par faire un faux pas. Ils vous auront. »

Gault haussa les épaules.

« C'est possible. Bon Dieu, je ne suis pas parfait. Mais que vaut un jeu s'il n'y a pas quelques risques? Et si vous la fermiez un peu, tous les deux, que je puisse décider tranquillement de la façon dont vous allez mourir? »

Ortiz se douta de la destination de David lorsque ce dernier quitta la voie rapide. S'il roulait trop près des deux autres véhicules, sur cette route secondaire déserte, Gault risquait de le repérer. S'il se trompait, et si Nash n'allait pas chez les Stafford, il était sûr de les perdre tous les deux. Il décida de courir le risque et les laissa prendre de l'avance.

Son pari lui réussit. Ortiz se gara à une certaine distance de chez les Stafford et passa dans la propriété grâce à un espace entre les buissons de la haie. Il s'accroupit. D'où il se tenait, dans l'obscurité, il vit David Nash et Thomas Gault parler devant la voiture de ce dernier qui lui tournait le dos. Le policier ne remarqua le pistolet que lorsque Gault se déplaça pour aller se coller contre le mur, à gauche de la porte d'entrée.

Le battant s'ouvrit et Gault poussa brutalement David à l'intérieur. La porte se referma. Ortiz compta jusqu'à dix; puis, passant par les endroits les plus sombres, il courut prendre position à droite de l'entrée. Il savait, depuis le jour où ils avaient fouillé la maison, que la salle de séjour était à gauche du vestibule. La pièce était éclairée, mais les rideaux, tirés, l'empêchaient de voir. La pièce de droite — la salle à manger — était plongée dans l'obscurité.

Ortiz se rappela à ce moment-là que la salle de séjour comprenait une fenêtre latérale. Il y courut en silence et regarda dans la pièce. Gault poussait Jennifer Stafford et Nash vers lui. Il plongea et s'écarta vivement de la fenêtre. Gault braquait toujours son arme. Ortiz devait le désarmer sans risquer la vie des deux prisonniers. Il était hors de question de passer par la porte d'entrée. Elle était probablement verrouillée, mais même dans le cas contraire, le mouvement de la porte serait visible depuis la salle de séjour. Le policier n'aurait aucun moyen de savoir où se tiendrait Gault quand il ferait mouvement.

Par quel autre moyen pouvait-on entrer dans la maison ? Ortiz courut à l'arrière, mais la porte était fermée à clef, et il ne vit aucune autre ouverture susceptible de lui livrer passage. Il leva la tête. Le balcon sur lequel donnait la chambre de Larry Stafford était au-dessus de lui. Le policier se souvenait d'avoir remarqué, lors de la fouille de la pièce, une porte-fenêtre coulissante.

Il chercha des yeux quelque chose sur quoi il pût monter ou s'élancer. Il y avait une poubelle à côté de la cuisine. Il enleva le couvercle en silence et le posa sur l'herbe. La poubelle était à moitié pleine. Il la transporta jusque sous le balcon et la renversa lentement. Une bouteille vide cogna bruyamment contre la paroi d'aluminium et Ortiz retint un juron ; il se pétrifia, le dos collé au mur. Au bout de quelques instants, il revint à la poubelle et grimpa dessus. Le sol était mou et son escabeau improvisé oscillait sous lui. Un instant, il crut bien qu'il allait tomber, mais il réussit à retrouver son équilibre. La difficulté consistait à présent à s'agripper au bas du balcon et à se hisser sans renverser la poubelle. Il glissa son arme dans la ceinture de son pantalon et tendit lentement les mains. Il parvint à saisir le bas de la balustrade de métal qui ceinturait le balcon et se souleva à force de tractions, comme lors des leçons de gymnastique de son enfance. La poubelle ne bougea pas, mais cela faisait un moment qu'il ne s'était pas livré à ce genre d'exercice. Ses bras se mirent à trembler, ses poignets lui faisaient mal. Il serra les dents, se hissa encore un peu, suffisamment pour pouvoir lancer son pied gauche pardessus le rebord. La suite fut un jeu d'enfant, et il ne tarda pas à se retrouver devant la chambre plongée dans l'obscurité.

Il fit un essai ; la porte-fenêtre n'était pas verrouillée. Il la fit glisser et gagna rapidement la porte qui donnait sur le palier. Il s'accroupit à gauche du battant et l'ouvrit délicatement. Il n'y avait personne de l'autre côté, et il entendit un bruit de voix étouffé en provenance du rez-de-chaussée.

Une moquette recouvrait le palier et l'escalier et il entama sa descente sans faire le moindre bruit. On ne pouvait voir le haut de l'escalier depuis la salle de séjour, mais la partie inférieure, en revanche, était au niveau de l'entrée donnant sur cette pièce. Une partie du séjour fut bientôt visible pour lui, mais les voix provenaient de celle qui ne l'était pas. Une femme suppliait, un homme parlait d'une voix basse, contenue. Il devait sans doute s'agir, pour la première, de Jennifer Stafford, et Ortiz pria pour qu'elle retînt suffisamment l'attention de Gault — le temps qu'il puisse faire mouvement.

Le policier descendit encore quelques marches. Dès qu'il apercevrait ne serait-ce qu'une partie d'une personne, il sauterait par-dessus la rampe en espérant pouvoir cueillir Gault avant que celui-ci n'ait le temps de lui balancer une bastos.

Encore une marche. Il voyait maintenant le tiers de la salle de séjour et une partie du mobilier : un grand canapé, une table basse, et la fenêtre de la façade. Les rideaux étant tirés, il n'y avait aucun reflet qui aurait pu lui indiquer la position respective des personnes dans la pièce.

Une dernière marche. Il distinguait à présent une partie de la cheminée et la moitié d'une peinture moderne. Il y eut un mouvement, et un dos d'homme vint masquer partiellement la cheminée. Ortiz bondit par-dessus la rampe et atterrit en position de tir, pistolet braqué. Nash portait un veston et une chemise blanche. Il visait un pull-over noir.

David avait aperçu Ortiz juste avant. Lui et Jennifer se tenaient derrière un deuxième canapé, orienté vers le devant de la pièce. Ortiz cria : « Personne ne bouge ! » Gault tourna un instant la tête et David en profita pour se jeter au sol, entraînant Jennifer avec lui derrière le canapé. Gault se rendit compte qu'il venait de perdre ses otages. Il restait pétrifié, en apparence, mais il était intérieurement détendu, prêt à agir. Ortiz s'avança lentement, courbé en position de tir, l'arme tendue devant lui.

« Levez les mains très lentement et laissez tomber votre pétard », ordonna Ortiz.

L'écrivain savait qu'il ne lui restait plus qu'une seule chance. Grâce au reflet, dans la fenêtre latérale, il voyait Ortiz se déplacer. S'il tentait de se retourner et de tirer, il était mort. Il attendit que le policier avançât encore d'un pas et leva alors les mains, tenant toujours son arme.

« Laissez-le tomber, Gault », ordonna de nouveau Ortiz, ne quittant pas des yeux le pistolet qui s'élevait.

C'était là-dessus que comptait Gault. Il leva très haut le genou gauche et expédia son talon dans le plexus solaire du policier. Celui-ci eut l'impression d'avoir été frappé par un marteau-pilon et que ses poumons se vidaient de tout leur air. Il tomba.

Gault reprit son équilibre, pivota et fit feu, le tout en un seul mouvement. Ortiz était assis lorsque la balle lui pénétra dans le crâne, mais son doigt avait pressé la détente de son arme juste avant. L'épaule droite de Gault explosa ; son bras partit d'un mouvement désordonné et l'automatique alla atterrir derrière le canapé pendant que l'écrivain s'effondrait à son tour.

David vit l'arc décrit par le pistolet. Il était trop frappé de stupeur pour bouger. Tout blessé qu'il était, Gault n'en fit pas moins appel à toutes ses ressources. Il était conditionné pour affronter des situations de ce genre. Il savait qu'il lui fallait récupérer l'arme. Il n'arrivait cependant pas à bouger. Lorsqu'il voulut se hisser sur un coude, son corps refusa de lui obéir ; il retomba de côté, sa main gauche agrippant le sofa à la recherche d'un appui.

David regarda Jennifer. Elle hurlait. Elle voyait la main de Gault qui étreignait le tapis. Il essayait de se traîner jusqu'à l'automatique. David se précipita à quatre pattes par-dessus Jennifer. Il sentit une main se refermer sur sa cheville et il plongea en direction de l'arme ; ses doigts se refermèrent dessus à l'instant où une douleur flamboyante lui montait dans la jambe — une prise de karaté que venait de lui porter Gault. L'avocat inspira violemment et roula sur le dos. Gault avait réussi à se hisser sur son bras valide, un genou au sol. Il avait tout le côté droit couvert de sang. Il regardait David, mais son visage était dépourvu d'expression. David souffrait atrocement. Il braqua son arme.

« Reculez », dit-il, mais d'un ton sans assurance.

Gault s'élança lourdement vers lui, et David balança le pistolet de toutes ses forces. Le canon vint frapper Gault à l'œil et l'écrivain s'effondra sur son épaule blessée avant de rouler sur le dos. David resta où il était, tremblant de tout son corps.

Ce fut pour David un brouillard presque complet pendant les cinq minutes suivantes. Il réussit à regagner le canapé. Il se souvenait seulement de Jennifer accrochée à lui et secouée de tremblements aussi forts que les siens. Aussi d'avoir songé à quel point le mobilier de la pièce paraissait miraculeusement intact : pensée ridicule, étant donné les circonstances. Il se rappelait également d'avoir lutté contre l'envie de vomir qui le tenaillait, au fur et à mesure que se reconstituaient dans sa tête les événements des minutes précédentes. Gault poussa un gémissement et Jennifer sursauta, heurtant David de la tête. Les yeux de l'écrivain s'ouvrirent. Ni David ni Jennifer ne bougèrent. Et soudain, Gault sourit.

« On dirait que c'est vous qui m'avez eu, mon vieux, dit-il, grimaçant de douleur. Fichtre, ça fait bougrement mal. Vous n'appelez pas une ambulance ?

— Pourquoi, je devrais ?

— Vous n'allez tout de même pas laisser un de vos clients saigner à mort sur le tapis de votre petite amie, hein ?

— Vous vous apprêtiez à nous tuer.

— Bien sûr. Mais moi, je suis cinglé, pas comme vous, un homme de loi.

— Vous n'êtes pas cinglé, Gault, vous vous ennuyez, c'est tout. Vous vous en souvenez ? C'est vous qui l'avez affirmé.

— Et merde, Dave, vous n'allez tout de même pas croire tout ce que raconte un cinglé. Et je le suis vraiment. Ne vous y trompez pas. Mon nouvel avocat le prouvera sans qu'on puisse faire état d'un doute raisonnable. » Il grimaça un sourire. « A moins, bien entendu, que vous ne vouliez plaider l'affaire. Dites, vous parlez d'un coup de théâtre ! On ferait sans aucun doute les manchettes avec un coup pareil. *Un avocat défend l'homme qui a tenté de l'assassiner !* »

L'écrivain commença à rire, mais la douleur lui arracha une nouvelle grimace, et son rire se transforma en toux. Jennifer se leva et prit la direction du téléphone.

« Où vas-tu ? lui demanda David.

— Appeler la police.

— Je pense qu'il vaut mieux attendre encore un peu », observa doucement David.

Il était assis au bord du canapé, ne quittant pas Gault des yeux.

« Mais....

— Il a raison. Il va engager les meilleurs avocats et un bataillon de psychiatres, et le jury le déclarera non coupable pour cause de folie. Il passera quelques années dans la section fermée d'un hôpital psychiatrique et bénéficiera d'une étonnante guérison. N'est-ce pas, Tom ? »

Gault se contenta de sourire.

« Et Larry restera en prison, n'est-ce pas ? »

Le sourire de Gault s'élargit. David alla prendre l'arme qu'Ortiz avait laissé échapper et revint s'asseoir sur le canapé, face à Gault.

« Non, David, pas ça, dit Jennifer, comprenant tout d'un coup ce qu'il voulait faire.

— Ne t'en fais pas, mon cœur, lui lança Gault. Il n'a pas les couilles pour ça, ton Dave. Il n'a pas pu me tuer il y a deux minutes, il ne le pourra pas davantage maintenant. »

David braqua le pistolet.

« David, je t'en supplie ! s'écria Jenny. Il te provoque. Il t'oblige à faire comme lui. Pour que tu sois conforme à l'idée qu'il se fait des gens. »

David la regarda. Sa main tremblait. Il paraissait au désespoir.

« C'est justement pour cette raison qu'il faut que je le tue. Je sais ce qui va m'arriver si je le fais, mais de toutes les façons, je suis perdant dans l'affaire. Gault est différent. Jamais je ne pourrai gagner contre lui, mais je peux par contre mettre un terme à sa carrière destructrice. Au moins, ne détruira-t-il plus personne comme il m'a détruit.

— Tiens, tiens, ricana Gault. Vous commencez à le sentir, Dave, n'est-ce pas ?

— A sentir quoi ? demanda David, pas très sûr de lui.

— Le pouvoir. Ce pouvoir divin. Vous vous rendez compte que j'avais raison, hein ?

— Non, je ne suis pas comme vous, protesta faiblement l'avocat.

— Mais vous allez le devenir dès que vous aurez appuyé sur la détente.

— Il a raison, intervint Jennifer d'une voix pressante. Je t'en supplie, ne le tue pas !

— N'avez-vous pas envie que je vous supplie moi aussi avant, mon vieux ? Vous pourriez y trouver une certaine satisfaction.

— Ne vois-tu pas comment il est, Jenny ? dit David d'un ton de mépris total pour la chose qui rampait sur le sol.

— David est mon berger, chantonna Gault, je ne manquerai de rien...

— La ferme !

— Quand je marche dans la vallée de l'ombre de la mort...

— La ferme ! répéta David, pointant son arme.

— ... je ne crains aucun mal... »

David regarda en direction de Jennifer. Elle écarquillait les yeux, fixant Gault avec une expression de totale répulsion, comme si elle le voyait réellement pour la première fois.

« ... car David est avec moi. »

L'automatique explosa. Il n'y eut pas la moindre trace de remords ou de peur sur les traits de l'écrivain lorsqu'il vit le doigt de son avocat presser la détente. Seulement du mépris.

C'est ainsi que David sut qu'il avait fait ce qu'il fallait.

8

David empila ses diplômes encadrés sur le dessus du carton qu'il scella ensuite avec de l'adhésif. Puis il se releva et jeta un coup d'œil circulaire dans son bureau. Les murs étaient nus. Les tiroirs vidés. La pièce avait cessé d'être le cabinet de maître David Nash.

« Ça y est ? Tout est emballé ? » lui demanda Gregory Banks depuis la porte.

David ne l'avait pas entendu arriver. Il songeait à son bureau.

« Ouais, c'est fait. De toute façon, il n'y avait pas grand-chose. Mes diplômes, dit-il avec un geste vers le carton, et quelques objets personnels qui restaient dans les tiroirs. »

Il haussa les épaules.

« Bon, très bien. »

Les deux hommes gardèrent quelques instants un silence un peu embarrassé.

« Bon Dieu, tu vas me manquer, David », finit par dire Gregory, la voix étranglée.

Le jeune avocat se sentit gêné par cette démonstration inusitée de la part de son aîné.

« Hé, je ne fais que partir en vacances. Je vais revenir. Peut-être pas comme avocat, mais ce n'est pas comme si je partais pour toujours. »

Larry Stafford était sorti de prison et Jennifer avait relancé la procédure de divorce. Elle et David allaient disparaître pendant quelque temps. David voulait rattraper tout ce qu'il avait manqué pendant qu'il travaillait à sa carrière. Il avait envie de voir Abou Simbel et la Grande Muraille de Chine. Ils allaient voyager pendant un an. Peut-être plus longtemps. A leur retour, le divorce de Jennifer aurait été prononcé. Ils décideraient alors d'un avenir commun. Cela marcherait peut-être — ou peut-être pas. On verrait.

« Qu'est-ce que tu vas faire, si tu renonces au barreau ? demanda Gregory.

— Voilà une question à laquelle je ne tiens pas à penser pour le moment. Ne sois pas si pleurnichard. Tu me fais me sentir encore plus mal. »

Gregory rougit.

« Tu as raison. Merde, c'est la première fois que je me laisse aller comme ça. Ce doit être l'âge. »

David sourit, et Greg l'imita.

« Je t'aime mieux comme ça », conclut David.

Il eut un dernier regard pour la pièce. Le bureau était un vieux meuble imposant, acheté d'occasion, qu'il avait depuis ses tout débuts. Il essaya en vain de se rappeler combien il l'avait payé.

Sans en avoir conscience, il en caressa un angle. Il pensa aux articles encadrés qu'il venait de ranger. Certains des moments les plus sensationnels de sa vie avaient débuté dans cette pièce.

Il avait aimé le droit et avait été un bon avocat. L'un des meilleurs, peut-être. Mais cette partie de sa vie s'était achevée pour toujours à l'instant où il avait pressé la détente pour mettre fin à l'existence de Thomas Gault. Peu importait comment il pouvait justifier son acte : il lui était maintenant impossible de poursuivre sa carrière d'avocat. Avoir tué Gault avait fait de lui un hors-la-loi, même si personne d'autre que lui-même et Jennifer ne le savait.

« Tu viens bien dîner demain soir ? demanda Gregory.

— Bien sûr. »

Ses dispositions étaient déjà prises. Il quitterait le pays dans deux jours. Jennifer devait le retrouver à Londres quinze jours plus tard. Personne n'était au courant de leur liaison, et ils préféraient ne rien y changer. L'affaire Gault était classée, et ils ne voyaient pas de raison de faire naître des soupçons.

Personne n'avait remis en question la version des faits sur laquelle lui et Jennifer s'étaient mis d'accord. David avait raconté à la police comment Gault s'était confessé à lui, puis comment il avait été en parler à Monica et à Ortiz. Il avait fidèlement rapporté ce qui s'était passé dans la maison des Stafford, à l'exception d'un détail. Il avait dit qu'Ortiz avait fait feu et blessé Gault, qui avait fait feu simultanément, blessant mortellement Ortiz, et que la balle qui avait achevé Gault avait été tirée par le policier juste avant qu'il ne mourût.

David s'était excusé pour avoir touché l'arme d'Ortiz et déplacé les corps. Il aurait dû faire preuve de plus de sang-froid, mais il était tellement bouleversé... Personne ne lui avait adressé de reproches. Lui et Jennifer, après tout, avaient subi un vrai supplice. Et à vrai dire, personne ne se formalisait beaucoup à l'idée qu'un tueur fou, assassin de policiers, avait été abattu.

« Il faut que j'y aille, Greg », dit David.

Il souleva le carton et se dirigea vers la porte.

« Oui, bien sûr. »

Le deux hommes s'immobilisèrent un instant sur le seuil pour regarder la pièce vide.

« Tu reviendras, dit fermement Gregory.

— Peut-être », répondit David.

Mais il ne le croyait pas.

REMERCIEMENTS

Je tiens à remercier en particulier Don Nash pour son soutien, Bill Phillips, Laura Evans et Mike Mattil pour leur aide, et Jed Mattes pour avoir trouvé un port d'accueil à ce livre.

Merci également à Irwyn Applebaum, Elisa Petrini, et à tous ceux de Bantam — vous avez fait beaucoup pour moi.

Et finalement, je désire exprimer toute ma gratitude à Jim Tower, qui a pris le temps de me faire partager ses connaissances sur les automobiles Mercedes-Benz et à Dan Bronson pour son excellent scénario et ses conseils pour tirer les fils d'une intrigue particulièrement emmêlée.

« SPÉCIAL SUSPENSE »

MATT ALEXANDER
Requiem pour les artistes

STEPHEN AMIDON
Sortie de route

RICHARD BACHMAN
La Peau sur les os
Chantier
Rage
Marche ou crève

CLIVE BARKER
Le Jeu de la Damnation

GILES BLUNT
Le Témoin privilégié

GÉRALD A. BROWNE
19 Purchase Street
Stone 588
Adieu Sibérie

ROBERT BUCHARD
Parole d'homme
Meurtres à Missoula

JOHN CAMP
Trajectoire de fou

JOHN CASE
Genesis

JEAN-FRANÇOIS COATMEUR
La Nuit rouge
Yesterday
Narcose
La Danse des masques
Des feux sous la cendre
La Porte de l'enfer

CAROLINE B. COONEY
Une femme traquée

HUBERT CORBIN
Week-end sauvage
Nécropsie
Droit de traque

PHILIPPE COUSIN
Le Pacte Prétorius

JAMES CRUMLEY
La Danse de l'ours

JACK CURTIS
Le Parlement des corbeaux

ROBERT DALEY
La nuit tombe sur Manhattan

GARY DEVON
Désirs inavouables
Nuit de noces

WILLIAM DICKINSON
Des diamants pour Mrs Clark
Mrs Clark et les enfants du diable
De l'autre côté de la nuit

MARJORIE DORNER
Plan fixe

FRÉDÉRIC H. FAJARDIE
Le Loup d'écume

FROMENTAL/LANDON
Le Système de l'homme-mort

STEPHEN GALLAGHER
Mort sur catalogue

CHRISTIAN GERNIGON
La Queue du Scorpion
(Grand Prix de
littérature policière 1985)
Le Sommeil de l'ours

JOHN GILSTRAP
Nathan

JEAN-CHRISTOPHE GRANGÉ
Le Vol des cigognes
Les Rivières pourpres

JAMES W. HALL
En plein jour
Bleu Floride
Marée rouge

JEAN-CLAUDE HÉBERLÉ
La Deuxième Vie de Ray Sullivan

CARL HIAASEN
Cousu main

JACK HIGGINS
Confessionnal

MARY HIGGINS CLARK
La Nuit du Renard
(Grand Prix de
littérature policière 1980)
La Clinique du Docteur H.
Un cri dans la nuit
La Maison du guet
Le Démon du passé
Ne pleure pas, ma belle

Dors ma jolie
Le Fantôme de Lady Margaret
Recherche jeune femme aimant danser
Nous n'irons plus au bois
Un jour tu verras...
Souviens-toi
Ce que vivent les roses
La Maison du clair de lune
Ni vue ni connue
Tu m'appartiens

CHUCK HOGAN
Face à face

PHILIPPE HUET
La Nuit des docks

GWEN HUNTER
La Malédiction des bayous

TOM KAKONIS
Chicane au Michigan
Double Mise

MICHAEL KIMBALL
Un cercueil pour les Caïmans

LAURIE KING
Un talent mortel

STEPHEN KING
Cujo
Charlie

JOSEPH KLEMPNER
Le Grand Chelem

DEAN R. KOONTZ
Chasse à mort
Les Étrangers

PATRICIA MACDONALD
Un étranger dans la maison
Petite Sœur
Sans retour
La Double Mort de Linda
Une femme sous surveillance
Expiation
Personnes disparues

PHILLIP M. MARGOLIN
La Rose noire
Les Heures noires

DAVID MARTIN
Un si beau mensonge

RICHARD NORTH PATTERSON
Projection privée

LAURENCE ORIOL (NOËLLE LORIOT)
Le tueur est parmi nous
Le Domaine du Prince
L'Inculpé
Prière d'insérer

ALAIN PARIS
Impact
Opération Gomorrhe

THOMAS PERRY
Une fille de rêve

STEPHEN PETERS
Central Park

NICHOLAS PROFFITT
L'Exécuteur du Mékong

PETER ROBINSON
Qui sème la violence...

FRANCIS RYCK
Le Nuage et la Foudre
Le Piège

LÉONARD SANDERS
Dans la vallée des ombres

TOM SAVAGE
Le Meurtre de la Saint-Valentin

JOYCE ANNE SCHNEIDER
Baignade interdite

BROOKS STANWOOD
Jogging

WHITLEY STRIEBER
Billy
Feu d'enfer

La composition de cet ouvrage
*a été réalisée par l'***Imprimerie Bussière,**
l'impression et le brochage ont été effectués
sur presse Cameron
dans les ateliers de **Bussière Camedan Imprimeries**
à Saint-Amand-Montrond (Cher)
pour le compte des Éditions Albin Michel.

Achevé d'imprimer en février 1999.
N° d'édition : 17874. N° d'impression : 2329-984821/4.
Dépôt légal : mars 1999.